Spürnase

Karin Köster

Spürnase

Bibliografische Information der Deutschen Nationalbibliothek:
Die Deutsche Nationalbibliothek verzeichnet diese Publikation in der Deutschen Nationalbibliografie; detaillierte bibliografische Daten sind im Internet über http://dnb.dnb.de abrufbar.

Cover: Marcus Friedeberg
Lektorat: Rebekka Bolzek, Claus Hock

Herstellung und Verlag: BoD – Books on Demand, Norderstedt

ISBN: 978-3-7392-0438-3

1

Mein Name ist Napoleon. Ich bin eine gelungene Mischung aus Dackel und Terrier, jedenfalls meint Nele das. Sie hat Fotos und Beschreibungen in Hundebüchern miteinander verglichen und ist irgendwann zu diesem Ergebnis gekommen. Mein Stammplatz hier in der Lokalredaktion ist ein mit vielen flauschigen Decken und Schafwollkissen ausgestattetes Körbchen an der Heizung neben ihrem Schreibtisch.

Nele gibt ihr Geld am liebsten bei Zoomaxx aus. Wenn wir da reingehen, kommen wir immer mit prallen Tüten wieder raus, auch wenn sie eigentlich „nur mal gucken" wollte. Bei Zoomaxx haben sie andauernd neue Sachen – neue Halsbänder, Leinen und Spielzeug – und eben Decken. Deswegen hab ich so viele davon.

Als ich noch ein winziger Kerl war, hat Nele mich in einer Mülltonne gefunden. Sie war auf dem Weg zum Bäcker, hörte mein jämmerliches Fiepen, wühlte im Müll und rettete mich. Ich spürte die Haut ihrer Hände und den weichen Stoff ihrer Jacke, und ihre sanfte Stimme beruhigte mich. Sie nahm mich mit in ihre Wohnung, säuberte behutsam mein Fell, fütterte mich aus einem Plastikfläschchen und ließ mich in ihrem Bett schlafen. Fortan sorgte sie Tag und Nacht für mich und während sie über mich wachte, sprach sie über ihre Vergangenheit. Sie hat viel geweint damals. Ich glaube, wir haben uns in gewisser Weise gegenseitig gerettet.

Der Tierarzt hat ihr keine Hoffnungen gemacht. Welpen, die schon so früh von der Mutter getrennt werden, haben wenig Aussicht zu überleben, meinte er. Nun, da hat er sich getäuscht. Und dann, als ich über'n Berg war, hat er ihr prophezeit, dass ich ein Problemhund werden würde, weil ich nicht sozialisiert sei. Meine Mutter hätte mir 'ne Menge Dinge beibringen sollen, die für einen Hund wichtig sind. Und dass ich ohne Geschwister aufgewachsen bin, bemängelte er auch. Der Tierarzt ist ein alter Miesmacher.

Ich will ihm aber nicht Unrecht tun. In einem Punkt hat er leider nicht ganz falsch gelegen: Mir fehlt das Verständnis für meine Artgenossen und umgekehrt ist das ganz genauso. Ich verstehe die Sprache der Menschen besser als die der Hunde.

Nach langem Hin- und Herüberlegen nannte Nele mich Napoleon. Einen Mann mit diesem Namen hat es früher mal gegeben. Der Mensch Napoleon war ein kleiner, stämmiger Kerl, eine Kämpfernatur mit einem ausgeprägten Dickschädel, der sich durch nichts von seinem Ziel abbringen ließ. „Und", erklärte mir Nele damals mit leisem Lächeln, „Napoleon war ein Charmeur." Scheint so, als ob der Name ganz gut zu mir passt.

Napoleon ist auf jeden Fall besser als Charly oder Rocky oder Max, so heißt ja fast jeder Hund. Wenn wir auf die Spielwiese gehen und jemand ruft „Charly", drehen sich mindestens drei Hunde um. Ob einer von ihnen dann zu dem Rufenden hingeht, ist eine andere Sache. Was ich aber überhaupt nicht ausstehen kann, ist, wenn Menschen mich Napo, Nappi oder, noch schlimmer, Poldi nennen. Wozu hat man einen Namen, wenn sich keiner dran hält? Ich strafe diese Leute, indem ich sie stumpf ignoriere. Ich bin da konsequent. Wer mich Poldi nennt, von dem nehm ich nicht mal ein Stück Wurst. Und für ein Stück Wurst mach ich normalerweise 'ne ganze Menge.

Es ist später Vormittag und die Kollegen versammeln sich zur Konferenz im Besprechungsraum. Sie setzen sich rundherum auf die Stühle und ich leg mich unter den Tisch, der Beine aus Holz und eine Glasplatte hat. Sie diskutieren über die Titelseite der morgigen Ausgabe unserer Zeitung, und ich denk an die Kekse, die vor ihnen auf einem Teller bereit stehen. Niemand außer mir scheint Appetit darauf zu haben.

Die Stimmen werden lauter und dann beruhigen sie sich wieder. Der morgige Aufmacher ist ein Artikel von Dieter, und der hört nun endlich auf mit den Füßen zu scharren. Er lehnt sich zurück, schaut grinsend in die Runde und streckt die Beine aus. Ein unaufmerksamer Beobachter würde annehmen, dass Dieter jetzt entspannt ist. Aber Dieter steht immer unter Strom. Er kratzt über die trockene Haut hinter seinem Ohr, kratzt sich am Kinn und im nächsten Moment ballt er seine Hände unterm Tisch zu Fäusten.

Sein Artikel handelt vom Breitbandausbau, was auch immer das sein soll. Die Kollegen sind der Meinung, dass das Ding wichtig für unsere Stadt und den Landkreis ist. Somit hat Dieter gewonnen, und Niklas' Bericht kommt in den Innenteil. Niklas hat über alte Leute geschrieben, die in ein anderes Heim umziehen müssen, weil ihres geschlossen wird. Das ist ziemlich blöd für die alten Leute, denk ich mir. Es dauert eine Weile, bis man sich an einen neuen Schlafplatz gewöhnt hat, das weiß ich aus Erfahrung.

Nele tut so, als würde sie die Diskussion interessiert verfolgen. Vor ihr liegt ein Block, sie hält den Kugelschreiber einsatzbereit in der Hand. Sie arbeitet als Sekretärin in der Redaktion und muss sich um alles kümmern, was die anderen nicht hinkriegen oder wozu sie keine Lust haben. Unzählige Male am Tag klingelt ihr Telefon und wenn sie nicht telefoniert, dann hämmert sie auf den Tasten ihres Computers herum. Wie so oft ist sie mit ihren Gedanken woanders, aber sie passt auf, dass das niemand bemerkt.

Ich wär auch lieber woanders, nämlich auf dem Stuhl neben Nele. Wegen der Kekse und wegen Nele. Dazu müssten sich aber entweder Jens oder Silke auf den Fußboden setzen. Ich konzentriere mich auf Silke, weil die gerade eine Diät macht, und weil Jens nicht gut auf Tiere zu sprechen ist. Wenn Silke meine Gedanken auffängt, so wie Nele manchmal, gehören der Stuhl und die Kekse mir.

Doch Silke reagiert nicht. Null, nix. Die ist überhaupt nicht auf Empfang gestellt, sondern schmachtet Niklas an, aber wie immer merkt der nichts davon. Ich versteh nicht, wie man so blind sein kann. Ich habe Nele sagen hören, dass er bald vierzig wird und den Zug verpasst hat. Seinetwegen malt Silke ihre Lippen jeden Tag in einer anderen Farbe an und wenn sie ihn anguckt, dann formt sie sie zu einem Kussmund. Das muss man doch mitkriegen! Ich bin mir sicher, dass

Silke ihm helfen würde, den Zug zu erwischen. Niklas bräuchte sie nur zu fragen.

Außer Nele, Silke, Jens, Niklas und dem zappeligen Dieter sitzen noch Olga und Jürgen mit am Tisch. Olga ist Volontärin, sie hat dunkle, kurz geschnittene Haare und sieht aus wie ein kleiner Junge. Vor kurzem ist sie aus einem Dorf in Ostdeutschland hierher gezogen, um Redakteurin bei unserer Zeitung zu werden. Sie ist schüchtern und macht den Mund nur auf, wenn sie was gefragt wird.

Jürgen ist der Ressortleiter, und das stinkt vor allem Jens und Dieter. Die beiden haben ständig was an ihm auszusetzen und klagen sich gegenseitig ihr Leid, sobald Jürgen außer Hörweite ist. Aber sie können schimpfen so viel sie wollen, er ist der Chef in der Redaktion, also bestimmt er, wo's langgeht. Ich mag Jürgen. Er hat ein gutes Herz und gute Gedanken. Aber er ist eben auch nur ein Mensch und trifft mal 'ne falsche Entscheidung. Das ist nicht weiter schlimm, denn 'ne falsche Entscheidung ist besser als gar keine. Jürgen findet Hunde toll und deswegen darf Nele mich mit zur Arbeit nehmen. Er hat immer ein nettes Wort für mich und was er sagt, das meint er auch so.

Die Kollegen sprechen jetzt über die Beiträge für den Innenteil der morgigen Ausgabe. Olga, die Volontärin, hat einen Bericht über den Umzug des Finanzamts geschrieben. Der soll aktuell mit, so heißt das bei uns, wenn ein Artikel am nächsten Tag in der Zeitung erscheint, und damit ist Olgas Werk abgesegnet. Es ist selten, dass jemand in diesem Haus die Arbeit eines anderen lobt. Dazu sind sie angeblich viel zu beschäftigt. Anders ist das, wenn sie sich über irgendwas ärgern, da haben sie alle Zeit der Welt.

Um den übrigen Platz auf den Seiten zu füllen, werden Texte und Fotos von freien Mitarbeitern genommen. Freie Mitarbeiter besuchen Veranstaltungen, für die die Redakteure keine Zeit haben, und schreiben sie zu Hause in den Computer. Bevor diese Beiträge in die Zeitung kommen, müssen die Kollegen sie redigieren, das heißt durchlesen und Fehler verbessern.

Jürgen meint, wir haben genug Stoff für morgen, und kaum hat er das verkündet, nimmt er einen Schokoladenkeks vom Teller und steckt ihn in seinen Mund. Ich höre ihn kauen, lutschen und schlucken. Als hätte er ein Kommando gegeben, greifen die anderen nun ebenfalls zu und alles was ich tun kann, ist zu hoffen, dass möglichst viele Krümel auf den Fußboden fallen. Ich spring auf die Füße und behalte den Teppichboden rund um mich herum im Blick.

Jürgen nimmt sich den nächsten Keks, aber er beißt noch nicht rein. Die Köstlichkeit in den Fingern haltend, erzählt er den anderen, was die Polizei ihm gemeldet hat. Jürgen hat einen direkten Draht zu den Polizisten, sie schreiben ihm Neuigkeiten in seinen Computer oder sie rufen ihn an. Es gab einen Unfall mit Blechschaden und einen, bei dem eine junge Fahrradfahrerin angefahren wurde. In der Lindenstraße hat jemand ein Auto aufgebrochen und nun werden Leute gesucht, die das beobachtet haben. Der Keks verschwindet in seinem Mund, er kaut krachend, schluckt und dann fällt ihm ein, dass in Eversmühlen ein Pferd am Bauch verletzt wurde. Die Wunde könnte möglicherweise von einem Messer stammen, aber die Polizisten sind sich nicht sicher, und deswegen soll das nicht in der Zeitung stehen.

Ein Ruck geht durch Neles Körper, plötzlich ist sie hellwach, löchert Jürgen mit Fragen und will wissen, was da passiert ist. Ich höre ebenfalls genau zu und erfahre, dass das Pferd einem Mädchen gehört und dass es von einem Tierarzt behandelt werden musste.

„Das könnte der Pferdeschänder gewesen sein", ruft sie aufgebracht.

Die Redakteure nehmen weitere Kekse vom Teller und kauen, außer Silke. Die nippt an ihrem Wasserglas, dann schaut sie Nele aus sorgfältig geschminkten Augen an. „Der Pferdeschänder? Wir haben vor Jahren darüber berichtet, ich erinnere mich vage. Wurde der eigentlich jemals gefasst?", erkundigt sie sich.

Nele schüttelt den Kopf. „Nein, wurde er nicht." Sie hat einen dicken Kloß im Hals, in ihren Augen sammeln sich Tränen und sie schaut runter auf den Schreibblock. Automatisch dreht sie eine Strähne ihres langen Haars um ihren Zeigefinger, das macht sie immer, wenn sie durcheinander ist.

Jens seufzt genervt auf. „Lappalie", schnauft er. „Kein Grund, ein Drama draus zu machen."

Zustimmendes Gemurmel aus der Runde.

Nele hebt den Blick und lässt die Haarsträhne los. Eine steile Falte teilt ihre Stirn in zwei Hälften. „Morgen muss zumindest eine Notiz im Blatt erscheinen. Die anderen Pferdebesitzer müssen gewarnt werden!", drängt sie.

Ablehnendes Gemurmel aus der Runde.

„Pferde können sich leicht verletzen", meint Jürgen. „Wir brauchen mindestens eine konkrete Aussage von offizieller Seite. Auch für eine kleine Notiz."

„Wenn dem nicht so wäre, müssten wir auch berichten, dass unsere Nachbarskatze neuerdings humpelt. Wo kommen wir denn da hin?", gibt Dieter seinen Senf dazu.

„Und dass das Meerschweinchen meiner Tante Schnupfen hat", meint Jens kichernd, und rückt seine Brille zurecht. Die hat die Angewohnheit, bis zur Nasenspitze runterzurutschen. Kaum dass er sie hochgeschoben hat, macht sie sich wieder auf den Weg bergab.

Weil Nele keine Redakteurin ist, kann sie gegen die Entscheidung der anderen nichts ausrichten. Jürgen steht auf, nimmt noch einen Keks als Wegzehrung mit und die anderen erheben sich ebenfalls. Nicht ein einziger Krümel ist auf den Teppich gefallen. Verfressene Bande!

Zähneknirschend folgt Nele Jürgen in den Flur und ich flitz hinter den beiden her. Die Redaktion ist im Anbau einer alten Lagerhalle untergebracht. Früher wurden unten in der Halle die Zeitungen gedruckt, jetzt werden dort Kisten und Kartons einer Spedition gelagert. Das Gebäude ist aus roten Ziegelsteinen gebaut und die Büros haben schmale, hohe Fenster.

Hier im ersten Stock des Verlagshauses werden die acht Seiten geplant, die täglich der großen Zeitung als Regionalzeitung beiliegen. Die Regionalausgabe berichtet über alles Wissenswerte aus unserer Stadt und den Dörfern rundherum. Weil das Verbreitungsgebiet der großen Zeitung riesig ist, gibt es außer uns noch fünf weitere kleine Redaktionen irgendwo in anderen Städten oder Gemeinden.

Der knarrende Holzfußboden in unserem Stockwerk ist mit einem robusten Filzboden ausgelegt, der so alt ist wie das Gebäude selbst. Die Flure sind verwinkelt und bilden mit den einzelnen Büros eine Art Labyrinth. Wenn jemand neu bei uns ist, dann verliert er in aller Regel spätestens dann die Orientierung, wenn er hinten bei Niklas' Büro angekommen ist.

Das Sekretariat, in dem Nele arbeitet, hat eine Tür mit Glasausschnitt. Es liegt am Flur, an dem sich auch die Treppe nach unten befindet. Wenn man vom Flur ins Sekretariat reinkommt und um die Ecke biegt, ist man in Jürgens Büro. Er hat sein eigenes Reich, aber er macht seine Tür nur selten zu. Lieber hat er einen freien Blick von seinem Schreibtisch auf Neles Schreibtisch, dann kriegt er alles mit, was bei ihr so passiert. Außerdem kann er durch die offene Tür besser rüber rufen, was sie für ihn erledigen soll.

Nele und Jürgen gehen zurück an ihre Plätze und setzen sich an die Computer. Jürgen kaut seinen Keks zu Ende, schluckt runter und greift zum Telefonhörer. Ich klettere auf den Deckenberg und leg mich hin.

Nele macht sich Sorgen um das verletzte Pferd. Sie

guckt in ihrem Computer nach, um mehr darüber zu erfahren, denn der Computer weiß fast alles. Wenig später schreibt sie ein paar Wörter auf einen Zettel, faltet ihn zusammen und steckt ihn in ihre Hosentasche. Ich kann mir denken, warum sie so betroffen ist: Weil sie früher mal ein eigenes Pferd hatte, das hieß Bonny und ist gestorben. Und nachdem das Bonny-Pferd gestorben ist, hatte sie einen Freund, und dessen Mutter gehört ein Reitstall. Nele hat erst ihr Bonny-Pferd und danach den Reiterhof geliebt, und ihren Freund hat sie auch geliebt. Die Mutter von diesem Freund ist eine Hexe, sagt Nele. Und der Freund ist nicht mehr ihr Freund, weil er sie betrogen hat. Hoffentlich hab ich das richtig wiedergegeben. Das alles ist nämlich passiert, bevor Nele mich gefunden hat.

Endlich hör ich draußen den Wagen vorfahren, der Bote ist da. Er kommt täglich vor der Mittagspause ins Büro, um seine Post abzugeben und unsere Post mitzunehmen. Der Bote ist mein Freund, er hat immer was Leckeres für mich dabei. Nele gefällt unsere Freundschaft überhaupt nicht. Sie meint, ich werde zu dick, was wirklich Unsinn ist. Jedenfalls darf der Bote mir neuerdings nur noch ein einziges Teil pro Tag geben. Ich bin mir sicher, dass er heute wieder Kaustreifen dabei hat, denn er hat die Tüte gestern erst aufgemacht.

Ich steige von den Decken runter und bringe mich in Position. Meine Speichelproduktion läuft auf Hochtouren, damit der Kaustreifen gleich gut rutscht.

Der Bote ist ein kleiner, dünner Mann mit

schütterem Haar und er bewegt sich nahezu geräuschlos. Ich hör ihn natürlich trotzdem im Treppenhaus. Er kommt rein, wünscht allen einen schönen Tag und guckt Nele einen Moment länger an, als nötig gewesen wäre. Ich glaub, er ist ein bisschen verliebt in Nele. Sie aber nicht in ihn, denn sie trauert immer noch dem Freund und seinem Reiterhof hinterher. Schade eigentlich.

Dann hockt der Bote sich hin, ich freu mich riesig, er will eine Pfote, kann er haben, und dann krieg ich im Gegenzug den Kaustreifen. Er bricht ihn in kleine Stücke, damit er und ich länger davon zehren können. Trotzdem geht unser Ritual viel zu schnell vorbei. Ich werf mich auf den Rücken, er krault meinen Bauch und lacht.

Das Klingeln des Telefons macht unserem vergnüglichen Spiel ein Ende, Nele geht dran und der Bote richtet sich wieder auf. Er verabschiedet sich höflich und zieht die Tür leise hinter sich zu. Wenig später reißt Dieter sie wieder auf, lässt sie gegen die Wand knallen und vergisst, sie wieder zu schließen. Er will irgendwas von Jürgen und wie immer hat es den Anschein, als stünde uns eine Katastrophe bevor. Dieter ist ständig in Katastrophenstimmung. Ich blende seine sich überschlagende Stimme aus, lausche auf die verklingenden Schritte des Boten und höre, wie er in den Lieferwagen steigt und den Motor startet.

Mit einem Seufzer krabble ich zurück auf den Deckenberg und richte mir mein Lager ein. Ich lege den Kopf auf die Pfoten und hänge meinen Gedanken nach.

Mein Körper ist behaglich zusammengerollt und mein Geist ist wach. Mit meinem Geist reise ich in die Vergangenheit und ich denke über Fragen des Lebens nach. Kein anderer Hund tut das, jedenfalls hab ich noch nicht davon gehört.

Ich denke über die Liebe nach und über Freundschaft, und ich denk an Lola. Lola ist ein Hunde-Model, sie muss Pullover, Regenjacken oder Wintermäntel anziehen und damit über einen Laufsteg spazieren. Lola hat ein sanftes Wesen und sie ist total entspannt. Und das, obwohl sie meine Art mich mitzuteilen nicht versteht. Das geht anderen Hunden genauso, aber die regen sich für gewöhnlich mächtig darüber auf.

Leider nahm unsere Freundschaft ein jähes Ende. Lola ist vor kurzem in eine andere Stadt umgezogen und Nele meint, dass wir sie vermutlich nie wieder treffen werden.

Auch wenn ich inzwischen kapiert habe, dass ich anders bin als andere Hunde, so gibt es doch Dinge, in denen wir uns ähneln. Hunde fühlen mit ihren Menschen mit. Wenn Nele Angst hat, dann krieg ich auch Angst, und wenn sie fröhlich ist, dann bin ich das auch. Wir lieben unsere Menschen aufrichtig und bedingungslos. Auch Hunde, die nicht gut behandelt werden, tun das. Wir können nicht anders.

Hunde denken für gewöhnlich nicht an das, was vor drei Jahren, gestern, oder vorhin geschehen ist. Hunde leben im Augenblick und es ist schade, dass die meisten Menschen das nicht auch tun. Dann würden sie nicht durch den Tag hetzen und sie würden sich nicht mehr über dieses Ding beklagen, das sie Stress nennen. Wir Hunde sind voll da, bei allem, was wir tun. Das sind die Menschen fast nie, und deswegen verpassen sie den Augenblick und lassen das Leben an sich vorbeirauschen.

Wir haben Mittagspause. Nele zieht ihre Jacke an, kramt in den Taschen und findet ihren Schlüssel nicht. Sie ist noch immer durcheinander wegen der Pferde-Sache, und wenn sie auf diese kopflose Art weitersucht, dann wird das heute nichts mehr mit unserem Spaziergang. Ich schlängle mich ein paarmal zwischen ihren Beinen durch und wedle übertrieben mit dem Hinterteil, um sie auf andere Gedanken zu bringen. Sie schaut mir kopfschüttelnd dabei zu, fängt an zu lachen und plötzlich findet sie den Schlüssel in ihrer Jackentasche.

Los geht's, ich renn wie ein Irrer durchs Treppenhaus und über den unteren Flur bis zur Eingangstür. Durch die Scheibe beobachte ich einen Mann mit einer Harke, er bearbeitet den Streifen Erde unter der Hecke. Gleich hinter der Hecke beginnt der Park, in dem wir unsere Mittags-Runde drehen. Nele braucht 'ne Ewigkeit bis sie unten ist, ich platze fast vor Ungeduld, aber statt die Tür endlich zu öffnen, beugt sie sich runter zu mir und befestigt die Leine an meinem Halsband. Och nö, stimmt ja… Ich hatte für einen Moment verdrängt, dass ich seit einer Weile nicht mehr frei draußen rumlaufen darf.

Der Grund dafür ist ein wirklich blödes Gesetz, das

sich ein paar schlaue Leute ausgedacht haben, und das einem den ganzen Frühling vermiesen kann. Regeln und Verordnungen sind wichtig fürs Zusammenleben, das ist logisch. Was ich allerdings nicht versteh, ist, warum die Menschen sie aufschreiben und dicke Bücher daraus machen müssen. Wir Hunde brauchen kein Papier und auch keine Stempel. Da stellt man mal kurz die Nackenhaare auf und zeigt die Zähne und schon weiß der andere, wie der Hase läuft. So viel Hundesprache versteh sogar ich.

Apropos Hase: Nele hat mir erzählt, dass ich wegen der Hasen an die Leine muss. Und wegen der anderen Tiere, die in der Natur wohnen. Nun, was mich betrifft, haben die nichts zu befürchten. Ich geb's nicht gern zu: Ich bin zu langsam, ich krieg sie nicht. Deswegen beschränke ich mich darauf, sie gehörig zu erschrecken und habe meine helle Freude daran, wenn sie wegrennen als sei der Teufel persönlich ihnen auf den Fersen.

Dieses unselige Gesetz bedeutet braves Bei-Fuß-Laufen, und das ist wahrlich nicht immer ein Spaß. Das jedoch mit Abstand Schlimmste an der Anleinpflicht ist Rosalindes Grinsen. Rosalinde ist diese arrogante, schwarz-weiße Katze unseres seltsamen Übernachbarn. Ich liebe es, sie in die Flucht zu schlagen und sie fällt immer wieder darauf rein. Jeder Tag ist ein guter Tag, wenn wir morgens vor Arbeitsbeginn Rosalinde begegnen. Das hat sich geändert. Diese aufgeblasene Trulla hockt jetzt nämlich jeden Morgen ganz entspannt auf dem Bürgersteig und grinst sich einen. Was für eine

Schmach! Warum hat eigentlich noch keiner die Anleinpflicht für Katzen erfunden?

Alle Dinge im Leben haben zwei Seiten, und so hat auch die Leinenpflicht ihr Gutes – wegen Typen wie Iwan. Iwan ist dieser großschnauzige braune Muskelprotz, dem ich manchmal in der Mittagspause begegne. Wir geraten jedes Mal böse aneinander, was stets damit endet, dass ich mit hängendem Kopf und eingeklemmtem Schwanz meiner Wege ziehe, und tagelang um meine Würde ringe.

Wenn man mich fragt, müssten Hunde wie Iwan ein großes Schild mit der Aufschrift „Ich kann mich nicht benehmen" um den Hals tragen, und zwar rund um die Uhr und zu jeder Jahreszeit. Doch stattdessen ist dieser ungehobelte Klotz mit einem dieser albernen Brustgeschirre aus abwischbarem Material bekleidet. Es ist neongelb und in schwarzen Buchstaben steht auf beiden Seiten „Weiberheld" drauf geschrieben. Das weiß ich von Nele und sie hat mir auch erklärt, was ein Weiberheld ist.

Heute ist es wieder so weit. Nele und ich gehen friedlich im Park spazieren, und wer kommt uns entgegen? Iwan. Na besten Dank! Mit einer Mischung aus grimmiger Genugtuung und Erleichterung erspähe ich den dicken Karabinerhaken samt breiter Lederleine an seinem Nietenhalsband.

Am anderen Ende der Leine befindet sich ein ungeschlachter Mann in olivgrünem Parka. Er riecht nach menschlichen Ausdünstungen und nach fettigem Essen. Nele fasst die Leine kurz, geht ein paar Schritte zur Seite und drängt mich sanft auf den Grünstreifen, damit Iwan und dem Mann der ganze Weg gehört. He, was soll das denn? Der Weg ist so breit, dass ein Reisebus darauf Platz hätte, und ich muss mich ins Gebüsch quetschen? Ich rege mich künstlich darüber auf, zerre an der Leine und stelle mich auf die Hinterpfoten. Nun bin ich mit der Großschnauze fast auf Augenhöhe, da fehlt nicht mehr viel. Nur gut, dass genügend Sicherheitsabstand zwischen uns ist.

Iwan hängt sich ebenfalls in die Leine, der Mann schlittert ein Stück über die Schottersteine, und mir wird plötzlich ganz mulmig angesichts Iwans gelber Fangzähne, die sich jetzt dicht vor meiner Nase befinden. Der Mann taumelt, kommt keuchend zum Stehen und reißt mit aller Kraft an der Leine, sodass Iwan einen unfreiwilligen Satz rückwärts macht. „Verdammter Scheißköter!", brüllt er. Merkwürdig, ich dachte, die Großschnauze heißt Iwan.

Jetzt wird Nele aber sauer. Ihr Atem stockt, ihr Herz rast. „Haben Sie schon mal was von Erziehung gehört?", faucht sie den Mann an.

Die Wut des Mannes verfliegt im Nu. Er grinst so breit, als wär er einer von den smarten Sonnyboys aus diesen Dating-Shows im Fernsehen. Nele und ich gucken oft solche Sendungen. Im Gegensatz zu den Sonnyboys sollte Iwans Begleiter den Mund jedoch lieber zu lassen, denn seine Zähne sind genauso gelb wie die seines Hundes.

„Erziehung? Für wen? Für *meinen* Hund?", fragt er in einem Ton, den die Sonnyboys im Fernsehen für Sätze wie „Ich will dir Honig um den Bauchnabel streichen" benutzen. Mir drängt sich der Gedanke auf, dass der Mann das Brustgeschirr seines Hundes bestimmt am liebsten selber anziehen würde.

Geifer tropft von Iwans Lefzen, jeder Muskel seines massigen Körpers ist auf Hochspannung. Er starrt mich aus stechend schwarzen Augen an, als würde er mich am liebsten in einem Stück runter schlingen. Ich spiele den Gleichmütigen, indem ich einfach so tu, als hätt ich soeben was total Interessantes im Gebüsch entdeckt.

„Für Sie. Wenn *Sie* wüssten was Benehmen ist, dann könnten Sie das auch Ihrem Hund beibringen", entgegnet Nele eisig, woraufhin der Mann aus der Wäsche guckt wie ein Trottel.

Sie zupft an der Leine, geht mit langen Schritten weiter und ich trabe neben ihr her. Ich kann nicht umhin, mich noch einmal umzudrehen, um Iwan einen triumphierenden Blick zuzuwerfen. Wenn ich ein Brustgeschirr hätte, dann würde da „So sehen Sieger aus" drauf stehen.

Nach der Spazierrunde isst Nele mit den Kollegen zu Mittag, und ich muss währenddessen die Stellung im Sekretariat halten. Jens besteht darauf, dass ich im Büro bleibe, weil er Hundehaare in seinem Joghurt befürchtet. Eine völlig haltlose Befürchtung. Ich würde darauf achten, ganz bestimmt kein einziges Haar zu verlieren, wenn ich dabei sein dürfte, aber Jens lässt sich nicht mal auf einen Versuch ein. Zuhause hat er zwei Kinder, und ich hoffe, die verlieren keine Haare. Andernfalls täten sie mir wirklich leid.

Die Küche ist nur ein paar Schritte entfernt, und ich hör die Kollegen trotz der geschlossenen Tür miteinander sprechen. Und natürlich steigen mir die Düfte ihrer Mikrowellen-Gerichte und Fertigpizzen in die Nase. Ohne große Hoffnung suche ich den Teppichboden nach Kaustreifen-Partikeln ab und beende die Suche schließlich ergebnislos. Ich trinke ein paar Schlucke aus meinem Wassernapf, erklimme den Deckenberg und richte mich ein.

Langatmig erzählt Jens vom Highlight seines einwöchigen Urlaubs, der gestern zu Ende ging. Er hatte bei einem Versandhaus seltene und außergewöhnlich wertvolle Pflanzen für seinen Garten bestellt und statt sieben nur sechs Pflanzen geliefert bekommen. Auf der Rechnung standen aber sieben. Daraufhin hat er bei dem Versandhaus angerufen und sich böse beschwert. Nach dem Telefonat hat dann seine Frau die Pflanzen durchgezählt und da waren es plötzlich sieben. Die erste wichtige Information in der Geschichte ist die Tatsache, dass eine Pflanze etwa hundertfünfzig Euro kostet. Und die zweite wichtige Information ist, dass Jens den Sachbearbeiter gehörig zur Schnecke gemacht hat.

Jens tut zwar immer so, als würde er in Arbeit ersticken, aber in Wirklichkeit trödelt er rum und hält sich 'ne Ewigkeit an Kleinkram auf. Außerdem ist er der Unruhestifter Nummer eins in der Redaktion. Ich weiß, dass Jürgen ihn rauswerfen würde, wenn er könnte, aber weil Jens schon so lange da ist, darf er das nicht. Und Geld für einen neuen Mitarbeiter hat Jürgen auch nicht.

Alle anderen außer Jens sind tatsächlich im Dauerstress und beklagen sich täglich über die viele Arbeit. Weil sie so viel Stress und so wenig Spaß haben, sind sie oft krank. Trotzdem arbeiten sie Tag für Tag weiter wie verrückt und ich frag mich wirklich, warum sie das machen. Sie haben doch gesehen, was mit Frank passiert ist. Der hat als Redakteur hier gearbeitet und jede Menge Pillen gegen seine Krankheiten geschluckt, bis er eines Tages unterm Schreibtisch lag und vom Krankenwagen abgeholt wurde. Er hatte einen Herzinfarkt und ist jetzt zur Reha, damit er wieder auf die Beine kommt. Ich kenn mich mit Krankheiten nicht aus und weiß auch nicht, was man in einer Reha so macht. Ich vermute aber, dass es da fröhlicher und entspannter zugeht als in der Redaktion und deswegen denk ich, wär eine Reha auch für die anderen Kollegen eine gute Sache.

Jürgen will bestimmt nicht zur Reha, aber er sollte wenigstens mal Urlaub machen. Er macht nie Urlaub, nicht einen einzigen Tag. Wenn er Urlaub hat, dann zieht er sich ein Hawaiihemd und Bermudashorts an und kommt trotzdem in die Redaktion. Er hat ein dauerndes Piepen im Ohr, und war deswegen schon bei allerlei Ärzten, aber keiner konnte ihm helfen. Vielleicht will das Piepen ihm sagen, dass er nicht nur an die Redaktion, sondern auch mal an sich und seine Familie denken soll.

Nele braucht nicht zur Reha, sie hat zwar auch zu viel Arbeit und keinen Spaß daran, aber sie hat ja mich. Ich halt sie bei Laune, sie geht viel mit mir spazieren, und Bewegung in der Natur ist gut für die Seele. Jeden Tag fahren wir nach der Arbeit ein Stück mit dem Auto aus der Stadt raus. Meistens nach Wiesmoor, wo große Weidenflächen, weite Felder und einsame Sandwege sind. Herrlich ist das da.

Die Kollegen schieben ihre Stühle zurück und klappern mit dem Geschirr. Sie haben fertig gespeist und nun geht's wieder an die Schreibtische. Die Tür schwingt auf, und Nele und Jürgen kommen rein. Ich zeige ihnen deutlich, dass ich mich über ihr Erscheinen freue, krabble dafür aber nicht extra vom Deckenstapel runter. Nele lächelt mich an, hockt sich hin und krault mich hinter den Ohren. Mmmh, sehr angenehm! Ich hebe ein Vorderbein, damit sie auch meine Lieblingsstelle am Bauch krault. Da klingelt das blöde Telefon schon wieder.

Murrend setzt sie sich auf ihren Drehstuhl, zwingt sich zu einem Lächeln und nimmt den Hörer ab. Sie lauscht einem Redeschwall und sagt dann und wann freundlich „Aha" und „Soso". Ich roll mich zusammen und schließe die Augen, um besser nachdenken zu können.

Nach einer Weile legt sie wieder auf und schimpft leise vor sich hin. Jürgen, dem fast nie was entgeht, will wissen, mit wem sie telefoniert hat.

„Das war ein Leser, der sich über einen Kommafehler beschwert hat", knurrt sie. „Auf Seite drei unten rechts im vorletzten Absatz ist ein Komma zu viel. Haben die Leute nichts Besseres zu tun, als sich mit solchen Nichtigkeiten zu beschäftigen?"

Jürgen kichert und klappert auf seiner Tastatur herum.

Seufzend lehnt sie sich in ihrem Drehstuhl zurück, worauf dieser mit einem leisen Quietschen reagiert. „Gibt's was Neues von der Polizei? Wegen des verletzten Pferdes?", erkundigt sie sich bei Jürgen.

„Nö", macht er fröhlich und klappert weiter. Nele seufzt nochmal, dann quietscht der Stuhl wieder und sie klappert ebenfalls.

Kurz vor Feierabend wach ich von meinem eigenen Schnarchen auf. Na sowas, da bin ich doch glatt eingenickt! Nele packt ihre Tasche und schaltet den Computer aus. Ich erhebe mich, klettere umständlich vom Berg und strecke meine Glieder, bis die Gelenke knacken. Ich schüttle mich und bin startklar.

Die Nachmittagssonne hat aus dem Auto einen Backofen gemacht. Widerwillig klettere ich in die Transportbox, die auf dem Rücksitz festgeschnallt und mit mehreren Schichten Zoomaxx-Decken ausgestattet ist. Nele wirft ihre Jacke auf den Beifahrersitz und lässt die Tür eine Weile auf, bevor auch sie einsteigt.

Ich japse nach Luft und hechle, mein dickes Fell ist nicht die beste Wahl heute. Hoffentlich fahren wir nach Wiesmoor und hoffentlich ist der grüne Geländewagen nicht in Sicht. Der gehört dem Jäger und wenn er nicht da ist, darf ich frei laufen. Ich brauch gleich ganz dringend eine Abkühlung, ich werd den erstbesten Graben anpeilen und mit vollem Karacho rein springen, jawoll! Auch auf die Gefahr hin, dass ich hinterher nach Gülle oder Moder rieche und Nele mich daheim in die

Badewanne steckt und mit grässlich parfümiertem Schaum wäscht. Das Zeug hat sie, wen wundert's, bei Zoomaxx gekauft, und sie findet den Geruch „voll klasse". Ich finde, ich stink frisch gebadet ganz furchtbar, da ist Gülle gar nichts dagegen.

Nele startet den Wagen und schaltet die Klimaanlage ein. Im Radio singt eine Frau ein Lied über einen Mann, der sie betrogen hat und deshalb gehen soll, und als er seinen Koffer gepackt hat und in der Tür steht, will sie plötzlich, dass er bleibt und den Koffer wieder auspackt. Nele schaltet das Radio aus, das kommt nur selten vor. Sie kann Stille nicht gut aushalten, darum hat sie Radios, einen tragbaren Computer und einen Fernseher. Doch jetzt will sie mit mir reden. Hoffentlich nichts Ernstes. Wenn sie mir den Graben von vornherein verbietet, hab ich ein Problem.

Sie schaltet den Blinker ein und guckt in den Rückspiegel. „Wir fahren heute nicht nach Wiesmoor", eröffnet sie mir.

Nein? Aber wieso nicht? He, das kannst du nicht machen, ich muss in den Graben, sonst geh ich kaputt! Zugegeben, manchmal neige ich dazu, die Dinge zu dramatisieren.

Urplötzlich wird mir klar, was die Alternative sein könnte, und ich stöhne entsetzt auf. Oh nein, jetzt sag bitte nicht, dass wir in die Fußgängerzone gehen! Ich will nicht stundenlang in einem dieser langweiligen Läden auf einem Fleck stehen, während du dich nicht entscheiden kannst, ob du ein rotes oder ein blaues T-Shirt kaufen willst. *Bitte* nicht heute!

Sie löst eine Hand vom Lenkrad, greift in ihre hintere Hosentasche und kramt den Zettel hervor. Ich behalte den Straßenverkehr im Auge, während sie den Zettel auseinanderfaltet und liest, was sie vorhin aufgeschrieben hat. Manchmal ist sie ganz schön leichtsinnig. Sie legt den Zettel auf den Beifahrersitz und guckt wieder auf die Straße.

„Wir fahren zu dem verletzten Pferd nach Eversmühlen. Ich muss da hin, sonst krieg ich heute Nacht kein Auge zu."

Ich atme auf. Wir gehen nicht shoppen, dem Himmel sei Dank. Wenn's gut läuft, gibt's an der Pferdeweide einen Graben. Ein Tümpel wär mir auch recht.

Wir lassen die Stadt hinter uns. Die Klimaanlage leistet ganze Arbeit und ich stelle das Hecheln ein, mach's mir auf den Decken bequem und lasse die Landschaft an mir vorüberziehen. Nach einer Weile guckt Nele nochmal auf den Zettel, der Wagen wird langsamer und der Blinker klackert. Ich spring auf und sehe einzelne Bäume, jede Menge Wiesen und die schmale Straße, auf der wir fahren. Wir kommen an ein paar Häusern vorbei, auf einer Weide grasen Kühe. Der Wagen wird langsamer und wir biegen nochmal ab. Wiederum eine schmale Straße.

„Da vorne muss es sein", murmelt sie. „Hoffentlich sind die Besitzer bereit, mit mir zu sprechen."

Ich erblicke ein großes, einzelnes Haus, das von Weideflächen umgeben ist. Sie bremst ab, lässt den Wagen ausrollen und hält auf dem Grünstreifen vorm

Hausgrundstück an. Bevor ich aussteigen darf, befestigt sie die Leine an meinem Halsband. Ihre Finger zittern.

Pferde sind weit und breit nicht zu sehen, aber ich rieche sie trotzdem. Wir gehen einen mit Steinplatten belegten Gartenweg entlang in Richtung Haustür. Bienen summen in einem Busch, sie fliegen raus, umkreisen ihn und fliegen wieder rein. Ich verlangsame meinen Schritt, schlage einen Bogen und schleiche geräuschlos vorbei. Seit mich mal eine Biene in die Nase gestochen hat, bin ich vorsichtig, wenn's irgendwo summt.

Nele atmet geräuschvoll ein und aus, dann drückt sie auf den Klingelknopf. Ich höre Schritte, die Tür schwingt auf. Eine Frau schaut uns fragend an.

„Entschuldigen Sie die Störung", stammelt Nele. „Ich, äh, ich möchte mich gern erkundigen, wie es Ihrem Pferd geht."

Die Frau guckt immer noch fragend. „Kennen wir uns?"

Nele schüttelt den Kopf. Sie sagt ihren Namen und dass sie in der Redaktion arbeitet. „Die Polizei meint, dass die Verletzungen von einem Messer stammen könnten", ergänzt sie.

Die Frau legt die Stirn in Falten. „Sind Sie Journalistin?", fragt sie abweisend. „Ich möchte nicht, dass in der Zeitung darüber berichtet wird. Emily hat schon genug Kummer wegen Happy, da muss sie nicht noch von allen Leuten darauf angesprochen werden." Ihre Körpersprache besagt, dass das Gespräch für sie beendet ist, doch sie ist zu höflich, die Tür vor unserer

Nase zuzuschlagen. Sie steht mit aufeinander gepressten Lippen da und wartet darauf, dass wir gehen.

„Ich... nein, ich bin Sekretärin. Ich schreib keine Artikel. Es... ist rein persönliches Interesse."

Die Frau steht noch immer abwartend in der Tür, sie bleibt stumm.

Nele schluckt hart. „Ich... mein Pferd...", stammelt sie. „Es wurde erstochen... Jemand hat es regelrecht... abgeschlachtet."

Ach du Schande, das wusste ich nicht! Ich dachte, ihr Bonny-Pferd wäre ganz normal gestorben, wie man eben stirbt, wenn man alt ist. Hat sie mir davon erzählt? Hab ich das etwa überhört? Vergessen hätt ich's bestimmt nicht. Dann ist's ja kein Wunder, dass sie heute so aufgewühlt war. Ich spüre, dass sie mit den Tränen kämpft, streiche an ihrem Bein entlang und setze mich auf ihren Schuh.

Die Frau guckt jetzt nicht mehr abweisend, sondern mitfühlend. „Das tut mir aber leid für Sie", sagt sie betroffen. „Wurde der Täter denn gefasst?"

Nele schüttelt den Kopf. „Nein. Womöglich ist es derselbe, der auch Ihr Pferd angegriffen hat. Deswegen bin ich hier."

Die Frau schaut sie zweifelnd an. „Ich glaube, da irren Sie sich. Aber nichtsdestotrotz..." Sie öffnet die Tür weit, als wolle sie uns hereinbitten, überlegt es sich anders und sagt, wir sollen einen Moment warten. Sie schlüpft in ein Paar Schuhe, ruft die Treppe hoch, dass sie gleich wieder da ist, kommt nach draußen und macht die Tür hinter sich zu.

„Kommen Sie. Wir gehen nach hinten zu den Pferden." Sie setzt sich in Bewegung und wir folgen ihr. Die Steinplatten führen um das Haus herum an Beeten und Blumenkübeln vorbei. Im Garten stehen große Eichbäume, sie breiten ihr Blätterdach über uns aus und spenden kühlen Schatten. Von einem dicken Ast hängen zwei Seile runter, daran ist ein Brett als Schaukel befestigt.

Unter der Terrassenüberdachung stehen zwei runde Futternäpfe aus Kunststoff. Im ersten Napf befindet sich Wasser und – oh la la – im zweiten Reste von Katzenfutter aus der Dose. Die braune Köstlichkeit ist durch die Wärme des Tages hart geworden und klebt wie Schorf am Rand und Boden des Napfes. Sehnsüchtig schiele ich zu Napf Nummer zwei. Wie gern würde ich mich darüber hermachen, in Windeseile wär er blitzblank. Ein Wunschtraum, denn wir gehen daran vorbei und überqueren die Rasenfläche. Meine Begleiterinnen ziehen die Köpfe ein, als wir unter einer Wäscheleine hindurchgehen. Das Ende des Rasens bildet ein akkurat aufgeschichteter Misthaufen aus Stroh und Pferdeäpfeln. Misthaufen sind spannend, denn da verbirgt sich viel mehr drin, als man auf den ersten Blick vermuten mag.

Ich rieche den Pferdegeruch nun noch deutlicher und ich erblicke den Stall. Er ist aus dicken, braun gestrichenen Holzbrettern gebaut, die Fenster sind weiß umrandet. Wir gehen durch ein breites Metalltor und über hellen Sand.

„Wie lange ist das denn her mit Ihrem Pferd?",

erkundigt sich die Frau bei Nele.

„Etwa vier Jahre."

Die Frau bleibt stehen und nickt stumm. Dann sagt sie: „Unsere Happy hat Glück gehabt. Sie ist zwar verletzt, aber sie wird wieder ganz gesund werden. Der Tierarzt kann nicht mit Sicherheit sagen, woher die Wunden stammen, theoretisch könnte Darius nach ihr ausgeschlagen haben. Ich persönlich hätte das nicht der Polizei gemeldet, aber der Tierarzt hat's gemacht für den Fall, dass so etwas in nächster Zeit nochmal in der Gegend vorkommt."

„Das, was meinem Pferd passiert ist, war leider kein Einzelfall."

Die Frau hebt erstaunt die Brauen. „Nein?"

„Etwa ein Jahr später wurde eine junge Hannoveranerstute in Schönebeck zu Tode gequält. Der Besitzer war Züchter, er war um die achtzig, und er verstarb etwa zwei Wochen später. Die Erben haben sich nicht weiter um den Vorfall gekümmert und die Polizei…" Nele hebt in einer hilflosen Geste die Schultern. „Nun, sie kamen mit ihren Ermittlungen nicht weiter und haben die Akte irgendwann beiseitegelegt."

Das Trampeln der Pferdehufe im Stall überträgt sich auf den Erdboden, ich spüre es durch meine Pfoten in meinem Körper. Ein Pferd schnaubt unwillig, dann gibt es einen lauten Knall, als ein Huf gegen die Holzwand schlägt.

Die Frau zuckt zusammen und öffnet die Stalltür. „Sie sind es nicht gewohnt, Tag und Nacht drinnen zu sein", erklärt sie. „Aber es nützt nichts. Happy muss wegen der Verletzung in der Box bleiben und damit sie ruhiger ist, haben wir Darius daneben gestellt."

Sie tritt ein und bedeutet Nele, ihr zu folgen. Zwei riesige Pferdeköpfe, ein heller und ein dunkler, schauen uns erwartungsvoll entgegen. Die Frau tätschelt den Hals des hellen Pferdes und dann den Hals des anderen. „Schauen Sie, das ist Happy." Sie winkt Nele, die mit mir in der Stalltür stehengeblieben ist, zu sich heran.

Nele setzt sich langsam in Bewegung, ihr Gang ist plötzlich steif. Wenn sie in der Nähe von Pferden ist, benimmt sie sich immer irgendwie seltsam. Sie stakst auf die riesigen Köpfe zu und ich halte mich in ihrem Windschatten. Mir sind diese Tiere nicht geheuer.

Das dunkle Pferd weicht zurück, bläht die Nüstern und legt die Ohren an. „Na du Hübsche", flüstert sie ihm liebevoll zu. Hübsch? Nun ja, über Geschmack lässt sich streiten.

„Happy ist ein schwieriges Pferd", sagt die Frau. „Sie hat vermutlich bei ihren früheren Besitzern schlechte Erfahrungen gemacht. Aber Emily kommt super mit ihr klar, die beiden sind ein Herz und eine Seele."

„Sie ist Fremden gegenüber misstrauisch", stellt Nele fest. „Ihr fehlt das Vertrauen."

Die Frau nickt. „Deswegen glaube ich auch nicht, dass sie einen fremden Menschen auf der Weide an sich rangelassen hätte. Wenn jemand unseren Pferden schaden wollte, dann hätte er es bei Darius viel leichter gehabt." Sie krault wieder das helle Pferd.

„Darius ist ein Wallach. Die beiden bisherigen Opfer

waren Stuten, und Happy ist ebenfalls eine Stute. Vielleicht hat sie sich gewehrt, und deshalb ist sie mit dem Leben davongekommen", erwidert Nele nachdenklich.

Weil ich mich ausgeschlossen fühle, wage ich mich zwei Schritte vor. Da senkt das helle Pferd den Kopf und pustet mich aus seinen riesigen Nasenlöchern an. Ich erschrecke mich dermaßen, dass ich drei Schritte rückwärts springe.

Die Frau lacht. „Keine Angst, mein Kleiner, Darius tut dir nichts. Er will dir nur guten Tag sagen."

Nele angelt nach der Leine, sie ist ihr bei meinem Rückwärtssprung aus der Hand gerutscht. Das bringt die Frau auf einen sehr guten Gedanken.

„Sie können Ihren Hund ruhig laufenlassen. Er scheint ja brav zu sein."

Ich lege den Kopf schief, weil alle Leute das niedlich finden, und wackle bestätigend mit dem Hinterteil.

Nele zögert, aber weil die Frau so eine gute Meinung von mir hat und ich so lieb gucke, bleibt ihr nichts anderes übrig.

„Benimm dich, Napoleon", ermahnt sie mich, was wirklich nicht nötig gewesen wäre. Ich weiß schließlich, was sich gehört und was nicht. Sie beugt sich runter, es macht Klick und ich bin frei. Katzenfutter, ich komme!

Ganz entspannt, ohne auch nur eine Spur von Eile, schlendere ich zur Tür und schnupper unterwegs an einem Heuballen. Wie ich erwartet habe, beobachten Nele und die Frau mich eine Weile, dann wenden sie sich wieder den Pferden zu und setzen ihr Gespräch fort. Ich halte die Nase nach draußen, setze einen Fuß vor die Tür, und als ich außer Sichtweite bin, geb ich Vollgas. Ich renne über den Sand, springe zwischen den Streben des Metalltors hindurch, überquere den Rasen und entere die Terrasse. Juhu, der Katzennapf ist mein! Das wird ein Festmahl! Doch, halt, was ist das denn? Ich ramme meine Pfoten in den Erdboden und mach eine Vollbremsung.

Ein dicker gelber Kater spaziert über die Terrasse. Mein Gott, das ist kein Kater, das ist eine Mutation! Ich hab schon ein paarmal mit Nele „Das Ding aus einer anderen Welt" geguckt, deswegen kenn ich mich mit mutierten Lebewesen bestens aus.

Das gelbe Monster schnurrt wie der Motor eines Traktors und reibt seine Längsseite an der Gartenliege, während es gemächlich Kurs auf mich nimmt. Ich schalte den Rückwärtsgang ein, um für Sicherheitsabstand zu sorgen, und lasse dabei weder den Kater noch den Napf aus den Augen. Nach ein paar Schritten bleibe ich stehen, was ganz schön mutig von mir ist. Ich hätt weglaufen können wie die Leute im Film. Aber ich hieße nicht Napoleon, wenn ich ein armseliger Feigling wäre.

Er wirft mir einen abschätzenden Blick zu und springt mit einem für sein Volumen erstaunlich athletischen Satz auf das Fußende der Liege. Von seiner nun deutlich erhöhten Position aus schaut er mich wiederum an, und zwar ohne ein einziges Mal zu blinzeln. Gleichzeitig rammt er seine Krallen erbarmungslos ins Polster und schärft seine Waffen.

Oha, wenn das keine Ansage ist! Ich zwinge mich, seinem Treiben regungslos zuzugucken, während ich im Geiste eine Strategie entwickle. Da öffnet sich die Terrassentür.

Ein Mädchen tritt nach draußen. Ihre Haare sind zu einem langen Zopf geflochten, sie hat einen herzförmigen Mund und ihr ganzes Gesicht ist von Sommersprossen übersät. Niedlich ist die. Sie klatscht in die Hände, so sehr freut sie sich, mich zu sehen.

„Wer bist du denn?", fragt sie mit heller Stimme und ich hätte ihr liebend gerne geantwortet, wenn ich so sprechen könnte wie die Menschen. Sie hat Pantoffeln an den Füßen und kommt langsam in gebückter Haltung, die Hand nach mir ausgestreckt, näher. Zärtlich streichelt sie über meinen Kopf, was ich gar nicht richtig genießen kann, weil ich den Kampfkater im Auge behalten muss. Der ist fertig mit der Waffenpflege und streckt sich nun der Länge nach auf dem Polster aus. Ich bin mir nicht schlüssig, was das zu bedeuten hat.

Das Mädchen hockt sich ins Gras und krault den buschigen Kragen an meinem Hals. Sie kann das gut. Der Druck ist genau richtig, nicht zu sanft und nicht zu fest. Ich hebe mein Vorderbein, damit sie meine Lieblingsstelle streichelt, seufze wohlig und vergesse vor lauter Hingabe sogar den Kater und seinen Napf.

Während sie mich krault, erzählt sie mir, dass sie Emily heißt und das Monster auf der Liege heißt Fred. Sie ist dreizehn Jahre alt und geht in die siebte Klasse, ihre Lieblingsfächer sind Kunst und Sport. Zu ihrem

Geburtstag hat sie ein Pferd von ihren Eltern geschenkt bekommen, das heißt Happy. Ihre Mutter hat auch ein Pferd und das heißt Darius.

Emily liebt ihre Happy über alles und hat mit ihr schon ein paar Preise bei Turnieren gewonnen. Letztes Wochenende haben sie den zweiten Platz beim Springen belegt und waren sogar in der Zeitung abgebildet. Weil Happy sich vergangene Nacht verletzt hat und ihre Wunde genäht werden musste, darf sie für längere Zeit nicht geritten werden. Dass Emily nicht reiten darf, macht ihr nichts aus, aber sie befürchtet, dass ihr Pferd Schmerzen haben könnte. Ich bin mir sicher, dass sie geweint hat wegen ihrer Happy und es hat den Anschein, als würde sie in diesem Augenblick wieder mit den Tränen kämpfen.

Ich lecke zart über ihre Streichelhand, ihre Haut ist weich und schmeckt süß. Im Nu ist sie nicht mehr traurig, sondern kichert glucksend. Plötzlich springt sie auf und flitzt in ihren Pantoffeln über den Rasen.

„Komm mit!", ruft sie. „Ich zeig dir Happy." Sie bleibt stehen und klopft auffordernd auf ihre Oberschenkel.

Och, nö… Ich finde Emily wirklich entzückend und wär ganz bestimmt mit ihr um die Wette gelaufen, aber die Sache mit dem Napf ist noch nicht aus der Welt. Weil ich mich nicht von der Stelle rühre, gibt sie schließlich auf, öffnet das Metalltor und geht ohne mich zum Stall.

Fred liegt ausgestreckt da und blinzelt träge in die Sonne. Ich entschließe mich, die Angelegenheit nüchtern und den Tatsachen entsprechend anzugehen. Fred ist fett, er ist faul und ganz offensichtlich steht er nicht auf hart gewordenes Dosenfutter. Also los, wer nicht wagt, der nicht gewinnt!

Geräuschlos umrunde ich seine Liege und pirsche mich aus dem Hinterhalt an seinen Futternapf ran. Vorsichtig nehme ich den Rand des Napfes zwischen meine Vorderzähne, schlage wiederum einen Bogen und als ich ein paar Schritte von der Liege weg bin, renn ich davon. Ich lauf quer über den Rasen, aber nicht zum Stall, sondern den Weidezaun entlang in die entgegengesetzte Richtung.

Unter den ausladenden Ästen einer Eiche am Rande der Wiese mache ich mich über die Delikatesse her. Ich bin eine Weile damit beschäftigt und als ich fertig bin, ist der Napf pikobello sauber. Anschließend such ich den Boden ab, könnt ja sein, dass was daneben gefallen ist. Leider finde ich kein einziges Bröckchen. Stattdessen rieche ich eine menschliche Hinterlassenschaft: Jemand hat vor gar nicht allzu langer Zeit unter den Baum gepinkelt. Emily war's nicht und die Frau auch nicht. Vielleicht Emilys Vater, ich müsste ihm begegnen, dann würde mir sein Körpergeruch Gewissheit geben. Nun, mir kann's wurscht sein, wer aus dieser Familie wo hinpinkelt. Ich denk nicht weiter darüber nach, hebe mein Bein und pinkle drüber.

Dann schnüffle ich großräumiger und stoße dabei auf einen Haufen Pferdeäpfel mit vollmundigem Aroma. Ein Stückchen weiter ist Blut, das stammt vom Happy-Pferd, aber ein bisschen menschliches Blut ist auch dabei. Das Menschenblut ist von demjenigen, der unter'n Baum gepinkelt hat. Da bin ich sicher, auf meine Nase ist absolut Verlass.

Ich schlendere zurück zu den Pferdeäpfeln, die sind wirklich nicht übel. *Wirklich* nicht übel. Ich verscheuche den Gedanken an die heimische Badewanne, knicke mit den Vorderbeinen ein, mein Fellkragen nähert sich dem Haufen – und just in diesem Moment hör ich meinen Namen. Nele steht vorm Stall, hat mich genau im Blick und ruft mich zu sich. Sie ruft in diesem kompromisslosen Ton, der keinen Ungehorsam duldet. Bedauernd werfe ich einen letzten Blick auf die Pferdeäpfel und trotte zurück zum Stall.

Als Belohnung für mein promptes Erscheinen befestigt Nele die Leine an meinem Halsband. Na herzlichen Dank! So viel zum Thema „Hundeerziehung nach dem Belohnungsprinzip". Das Buch mit dem gleichnamigen Titel steht bei uns im Wohnzimmerregal, sie hat es schon zweimal durchgelesen, und die darin aufgeführten Tipps und Tricks erfolgreich an mir ausprobiert. Ich glaub, es ist an der Zeit, dass sie es ein drittes Mal liest.

Emily hüpft um mich herum, wenigstens eine, die sich freut. Ihre Mutter schließt die Stalltür, wir gehen zurück zum Rasen und den Plattenweg am Haus entlang. Der dicke Fred liegt noch genauso da wie vorhin, man könnte meinen, jemand hätte ihn erschossen. Ich bin fast ein bisschen neidisch. Jede Wette, dass der den ganzen Tag nichts anderes macht als fressen und faulenzen. Sollte ich nochmal auf die

Welt kommen, dann werd ich Kater, so viel steht fest.

An der Auffahrt verabschiedet sich Nele von Emily und ihrer Mutter, und wir steigen ins Auto. Sie fährt rückwärts, tippt kurz auf die Hupe, fährt vorwärts und ich seh, dass die beiden Arm in Arm am Straßenrand stehen und uns hinterher winken.

Die Fahrt verläuft schweigsam. Nele denkt angestrengt nach und ich guck aus dem Fenster. Wir erreichen die Stadt, nehmen aber nicht den direkten Weg nach Hause, sondern machen einen Umweg.

„Wir fahren zur Polizei", murrt sie.

Polizei? Ich hab keine gute Meinung von der Polizei. Die hat noch nie was Gutes in Jürgens Computer geschrieben. Außerdem musste Nele einem Polizisten vierzig Euro geben, weil sie vergessen hatte, dass man während des Autofahrens nicht telefonieren darf. Tagelang hat sie sich über den Polizisten geärgert und dabei Schimpfwörter benutzt, die ich hier lieber nicht wiederhole. Will sie sich jetzt ihr Geld zurückholen? Okay, das versteh ich. Jeder vergisst schließlich mal was.

Sie parkt vor einem flachen roten Gebäude, zieht den Schlüssel ab und dreht sich zu mir um. Das macht sie immer, wenn ich im Auto auf sie warten soll. Kommt gar nicht in Frage! Polizisten sperren Leute ein, und was wird aus mir, wenn sie Nele einsperren? Soll ich mich von Zoomaxx-Decken ernähren? Ich kratze wie ein Irrer an den Wänden der Transportbox, gleichzeitig stimme ich ein ohrenbetäubendes Heulen an. Aus dem Augenwinkel seh ich, dass sie unentschlossen ist, also mach ich so lange weiter, bis sie seufzend nachgibt. Sofort bin ich wieder der bravste Hund auf Gottes Erdboden.

Ein Lulatsch in Polizeiuniform versperrt uns den Weg ins Gebäude. Das geht ja gut los hier! Finster knurrend mach ich ihm klar, dass er besser freiwillig zur Seite geht. Sollte er sich stur stellen, werde ich noch 'ne Schippe drauflegen. Doch er scheint zu kapieren, denn ganz plötzlich schlägt er vor, dass wir zusammen reingehen. Er ist jetzt die Freundlichkeit in Person, hält uns die Tür auf und zeigt uns den Weg zum Büro von Polizeiobermeister Christian Zeisig. Na also, geht doch.

Zeisig trägt eine blaue Uniform, so wie der Lulatsch und alle anderen Polizisten auch. Ich find's ziemlich einfallslos, dass die alle dasselbe anhaben. Andererseits haben sie den Vorteil, dass sie morgens nicht so viele Klamotten an- und ausziehen müssen, so wie Nele, wenn sie sich nicht entscheiden kann.

Es stellt sich raus, dass Nele und Christian sich schon lange kennen, sie sind zusammen in eine Klasse gegangen. Christian hatte wohl Langeweile so allein im Büro und er scheint sich zu freuen, dass er jetzt jemanden zum Quatschen hat. Er erzählt uns die Lebensgeschichte einer gewissen Heidi, die drei Kinder hat und bald das vierte kriegt. Und er weiß auch einiges über einen Herrn Hubschmidt zu berichten, der inzwischen pensioniert ist und kürzlich in dieselbe Straße umgezogen ist, in der auch Christian wohnt. Pensioniert bedeutet, dass man den ganzen Tag zu Hause ist und kleine Flugzeuge aus Holz zusammenbaut. Das weiß ich, weil Neles Vater Edu auch pensioniert ist.

Ungeduldig wartet Nele auf das Ende des Palavers, und deswegen kratz ich mit meinem Hinterfuß meinen Bauch. Das mach ich immer, wenn mir langweilig ist, oder wenn ich durcheinander bin. Ich mach das im Stehen, hau mit der Hinterpfote kräftig unter meinen Bauch, und im Allgemeinen ziehe ich damit die Aufmerksamkeit der anwesenden Menschen auf mich. Sie reagieren stets auf dieselbe, etwas irritierte Weise, und Christian Zeisig bildet da keine Ausnahme.

Er bricht mitten im Satz ab, beobachtet mich aus schmalen Augen, und fragt dann: „Hat der Flöhe?"

Nele verneint und nutzt die Gelegenheit, indem sie ihn und mich über den Grund unseres Besuchs aufklärt. Sie ist fest davon überzeugt, dass das Happy-Pferd von einem Menschen verletzt worden ist. Mit Absicht und mit einem Messer. Und sie meint, dass dieser unselige Mensch das Happy-Pferd eigentlich töten wollte, aber dass dieses sich heftig gewehrt hat.

„Die Stute hat Verletzungen am Bauch, genau wie meine Bonny", sagt sie. Unwirsch streicht sie die langen Fransen, die sich aus ihrem Zopf gelöst haben, aus dem Gesicht. Überflüssig, denn im nächsten Moment sind die Fransen schon wieder da.

Christian tippt was in seinen Computer und wiegt den Kopf. Dann dreht er sich vom Bildschirm weg und guckt Nele an. „Kann sein, kann auch nicht sein. Der Tierarzt legt sich nicht fest. Er sagt, dass die Verletzungen ebenso gut von dem anderen Pferd stammen können. Es trägt Hufeisen, und wenn es ausgeschlagen hat..."

„Hufeisen verursachen keine Stichwunden", fällt Nele ihm ins Wort.

„Die meisten Stichwunden sind nicht zu hundert Prozent als solche zu bestimmen", entgegnet Christian. „Das Pferd hatte Fleischwunden. Die kann es sich an allem Möglichen zugezogen haben."

Nele schüttelt ungeduldig den Kopf. Sie hebt die Hände, als wolle sie ihn beschwören. „Christian! Der Pferdeschänder wurde nie gefasst. Vor vier Jahren hat er mein Pferd getötet und vor etwa drei Jahren ein weiteres. Ich bin mir sicher, dass derselbe Geisteskranke auch Happy erstechen wollte."

Der Polizist zuckt die Schultern. „Wir halten die Augen offen", sagt er, doch wie ein Versprechen klingt das nicht. „Mehr können wir nicht tun, solange der Fall nicht eindeutig ist." Er schiebt die Unterlippe vor und will damit wohl sein Bedauern ausdrücken.

Wutschnaubend springt Nele vom Stuhl. „Muss erst das nächste Pferd sterben, bevor ihr was unternehmt?", schimpft sie. „Ihr könntet wenigstens die anderen Besitzer warnen, dass sie ihre Pferde nachts nicht auf der Weide, sondern im Stall lassen sollen."

„Glaub mir, Nele, das würden wir tun, wenn der Tierarzt eine eindeutige Aussage gemacht hätte. Hinzu kommt, dass die Besitzerin des Pferdes Fremdeinwirkung ausschließt. Und dennoch haben wir den Vorfall vorsichtshalber der Zeitung gemeldet, und das ist ehrlich gesagt mehr, als mir aufgrund der Sachlage angemessen erscheint."

„Danke schön! Tausend Dank für die großartige Unterstützung!", faucht sie, stapft zur Tür und ich folge ihr eilig. Ich belle zweimal in Christians Richtung, das erscheint *mir* angemessen, weil Nele so wütend auf ihn ist. Dann fällt die Tür hinter uns ins Schloss, wir durchqueren die Eingangshalle und ziehen grußlos an dem uniformierten Lulatsch vorbei.

Im Wagen geht Neles Gezeter erst richtig los. Sie hat eine beachtliche Palette an Schimpfwörtern auf Lager und verflucht damit die Polizei im Allgemeinen und Christian im Besonderen. Seufzend rolle ich mich auf den Decken zusammen. Ich hab doch gleich gewusst, dass bei einem Polizeibesuch nichts Gutes rauskommt.

Mit quietschenden Reifen fahren wir vom Parkplatz, donnern die Straße runter, biegen in eine andere Straße ein, dann lenkt sie den Wagen an die Seite und hält an. Erst trommelt sie mit den Fingern aufs Lenkrad, dann mit den Fäusten. Ein Schluchzer bricht tief aus ihrer Seele heraus und sie weint so heftig, wie ich es noch nie bei ihr erlebt habe.

Es ist gut, dass sie alles raus weint, was sie bedrückt. Sie sollte das öfter machen, statt ihre Gefühle runterzuschlucken. Ob sie wegen des Happy-Pferds so traurig ist? Nein – das hat nur ihre Erinnerungen wachgerufen. Ich glaub, sie hat den Tod ihrer Bonny noch nicht genug betrauert. Ich verhalte mich still, denn wenn ich mich bemerkbar machen würde, dann würde ich sie vom Weinen ablenken.

Sie schnäuzt ein ganzes Paket Taschentücher voll und mit dem letzten trocknet sie ihr Gesicht ab. Dann atmet sie tief durch, ein weiterer Schluchzer kommt hoch, aber diesmal folgen keine Tränen mehr. Sie dreht den Zündschlüssel um, der Motor brummt.

„Ich fahr heute nicht mehr zu ihm", murmelt sie in sich hinein, lenkt den Wagen zurück auf die Straße und fügt seufzend hinzu: „Morgen ist auch noch ein Tag." Womit sie Recht hat, zumal es draußen inzwischen dämmert und mein Abendessen überfällig ist. Sie erzählt mir nicht, wen wir morgen statt heute besuchen wollen. Ich bin mir aber ziemlich sicher, dass meine Mahlzeit nicht der Grund dafür ist, warum sie diesen Besuch aufschiebt.

Als wir zu Hause ankommen, ist das Tageslicht fast verschwunden und die Laternen werfen helle Kreise auf den Gehweg. Ein paar Autos parken am Straßenrand und Nele stellt unseres dazu. Das Nachbarhaus und das des Übernachbarn liegen dunkel da. Unsere direkten Nachbarn sind alte Leute, die meistens verreist sind.

Ein Haus weiter wohnt der rauschebärtige Heinz mit seiner arroganten Katze Rosalinde. Heinz ist ein Zombie mit blutunterlaufenen, toten Augen, abgewrackten Klamotten und schlurfenden Bewegungen. Ich kenn mich mit Zombies aus. Wenn keine Dating-Shows oder andere interessante Sendungen im Fernsehen gezeigt werden, dann gucken wir Zombie-DVDs. Nele hat einen ganzen Schrank davon voll. Heinz' Garten ist so zugewachsen wie sein Gesicht und wenn er seine Behausung überhaupt mal verlässt, dann niemals tagsüber, sondern immer im Dunkeln. Nele und ich haben echt Schiss vor ihm, deswegen gehen wir abends nicht mehr in unserer Straße spazieren.

Zur anderen Seite unseres Hauses wohnt der liebe Gott, jedenfalls habe ich das einige Leute sagen hören. Da steht eine Kirche mit einem Turm, und in dem Turm hängt eine große Glocke, die verhindert, dass wir sonntags ausschlafen. Nele sagt, in der Kirche treffen sich die Leute, um zu Gott zu beten. Ich frag mich, warum sie das nur sonntags machen und warum sie dazu eine Kirche und eine Glocke brauchen. Neben der Kirche steht das Gemeindehaus, da treffen sich verschiedene Gruppen. Montags kommen die Anonymen Alkoholiker, das sind Menschen, die keinen Schnaps mehr trinken wollen. Warum die anonym sind, weiß ich nicht, das macht für mich keinen Sinn. Es gibt viele Menschen, die viel Alkohol trinken und sich und ihre Familien damit unglücklich machen. Wenn jemand keinen Schnaps mehr trinken will, dann ist er doch ein gutes Beispiel für die anderen.

Hinter der Kirche und dem Gemeindehaus liegt der Friedhof, da werden die Körper der Menschen vergraben, nachdem sie gestorben sind. Der Friedhof grenzt an unseren Gartenzaun, von hier aus kann ich die Leute bei Beerdigungen, beim Blumengießen und beim Weinen beobachten. Nele sagt, die Miete für unsere Wohnung ist günstig, weil kein Mensch vom Fenster aus Grabsteine und Beerdigungen sehen will. Das wundert mich.

Unsere Wohnung ist die untere Etage eines alten, weiß gestrichenen Häuschens. Über uns wohnt Ernestine Müller, genannt Oma Tine, eine alleinstehende Frau in den Sechzigern. Oma Tine ist der absolute Hit. Sie geht mit einem Leinenbeutel zum Einkaufen und wenn sie wiederkommt, ist da meistens eine Salami für mich drin. Nele hat Oma Tine verboten mich zu füttern, aber sie tut's trotzdem. Sie versteckt die Salami ganz unten im Beutel unter Kaffee, Milch und Erdbeerschokolade, um sie später liebevoll in winzig kleine Vierecke zu zerschneiden. Die könnte ich sogar fressen, wenn ich keine Zähne hätte. Sie wirft die Stückchen aus dem Fenster ihrer Wohnung nach unten in den Garten, wo sie je nach Windrichtung in den Blumenrabatten oder auf dem Rasen landen. Hei, was für ein fröhliches Suchspiel allabendlich nach dem Fernsehen! Nele ahnt von unserem geheimen Abkommen rein gar nichts. Manchmal vergesse ich wegen der Salamiquadrate, dass ich eigentlich pinkeln gehen sollte, und mir fällt das mitten in der Nacht ein, worüber sie dann gar nicht begeistert ist.

Unsere Hauseingangstür ist immer angelehnt, sie klemmt und lässt sich nicht schließen. Ein paar Schritte weiter führt die Treppe nach oben, und geradeaus geht's in unsere Wohnung. Die Tür zu unserer Wohnung ist in Ordnung, sie lässt sich auch abschließen. Das ist gut so, sonst könnte ja jeder einfach so bei uns reinspazieren.

Wir treten ein, sie macht die Leine von meinem Halsband ab und streichelt mir geistesabwesend über den Kopf. Dann geht sie in die Küche und bereitet mit mechanischen Bewegungen das Abendessen zu. Backofen auf, Pizza rein, Dose auf, Futter in den Napf. Sie stellt den Napf auf die Fliesen und wünscht mir einen guten Appetit.

Kaum ausgesprochen, hab ich schon alles aufgefressen. Wie gewöhnlich war der Boden des Napfes nur mit einem Hauch Futter benetzt. Ein Witz war das, wer soll denn von dem Bisschen satt werden? Sie stellt die fast volle Dose in den Kühlschrank und schaut in den Backofen, wo der Käse auf der Pizza zu zerlaufen beginnt.

Die größte Ungerechtigkeit im Leben als Hund ist, keine Hände zu haben. Was könnt ich alles machen, wenn ich Hände hätte! Kühlschränke und Dosen öffnen, mit einem Topflappen Backbleche aus dem Ofen nehmen und Terrassentüren aufmachen. Terrassentür – das ist eine gute Idee! Ich tu, als ob ich total dringend muss, und kratze nachdrücklich am Holzrahmen. Dabei trete ich abwechselnd von einem Bein aufs andere und gebe jämmerliche, gepresste Geräusche von mir. Wie erwartet kommt Nele angeflitzt und lässt mich nach draußen, sie hat wohl befürchtet, dass ich meine Geschäfte auf dem Küchenläufer erledige.

Oma Tine ist meine einzige Hoffnung. Ich stürze aus der Tür direkt in die Rabatten und finde leider nur ein paar winzige Salamihäppchen. Ein Hauch von Tines Erdbeerschokoladenfingern haftet an ihnen. Meine Nase am Boden durchkämme ich systematisch den Garten, bis Nele in der Tür auftaucht und mich rein ruft. Ich versuche mich und meinen knurrenden Magen mit der Aussicht auf eine weitere Schatzsuche vorm Schlafengehen zu trösten.

Sie isst ihre Pizza vorm Fernseher und ich liege neben ihr auf dem Sofa, mit einem Auge bei der Pizza und mit dem anderen beim Fernsehprogramm. Erst kommen Nachrichten aus anderen Ländern, dann die Wettervorhersage und anschließend erzählt ein Mann mit runder Brille dem Publikum, was beim Lächeln passiert. Da wird was im Körper in Gang gesetzt, das einen in eine gute Stimmung versetzt, sagt er, und das Faszinierende dabei ist: Dein Gegenüber bringt das in eine genauso gute Stimmung. Ein paar Leute im Fernsehen probieren das sogleich aus, sie klemmen sich zwei Minuten lang einen Bleistift längs zwischen die Zähne, und lächeln. Und dann passiert das Wunder: Sie legen die Bleistifte zur Seite und schwärmen, dass sie total gut drauf sind, sie lächeln, und der Mann mit der runden Brille lächelt auch. Abwesend kauend starrt Nele auf den Bildschirm, und erst als sie ins Leere greift, bemerkt sie, dass sie die Pizza schon aufgegessen hat.

Sie schaltet den Fernseher aus, bringt den Teller in die Küche, und wandert ziellos in der Wohnung umher. „Ich könnte ihn anrufen", murmelt sie. „Dann bliebe mir die Begegnung erspart." Sie kommt zurück ins Wohnzimmer und greift zum tragbaren Telefon. „Ich ruf ihn an", verkündet sie. Entschlossen tippt sie ein paar Zahlen ein, hält den Hörer ans Ohr und auf einmal wird sie ganz blass. Sie lässt das Telefon so schnell fallen, als hätte sie sich daran verbrannt. Es landet in ihrem Schoß.

„Ich glaub, es ist doch besser, persönlich mit ihm zu sprechen", sagt sie tonlos. Sie legt das Telefon auf den

Tisch, greift stoisch zur Fernbedienung und macht einen Zombie-Film an. Ich kenne den Film, trotzdem wird mir schon bei der Anfangsmusik angst und bange. Ich krabble auf Neles Schoß und sie presst mich an sich. Eine Dating-Show wär mir bedeutend lieber, aber Nele ist heute nicht in Stimmung für Dating-Shows. Als der Film zu Ende ist, sind wir beide mit den Nerven runter. Alle außer Peter und Lucy sind zu Zombies geworden, sogar Lucys Großmutter, obwohl die steinalt und gehbehindert war. Einer der Zombies war unser Übernachbar Heinz, zumindest sah er ihm zum Verwechseln ähnlich.

Nele lässt mich raus in den dunklen Garten, der von tiefschwarzen Schatten umgeben ist. Und als wär das nicht schon gruselig genug, dringt vom Friedhof her ein grässlich knarrendes Geräusch in meine Ohren. Man sollte wirklich keine Zombie-Filme gucken, erst recht nicht, wenn man neben einem Friedhof wohnt. Ich fürchte mich dermaßen, dass ich im Lichtkegel der Terrassentür stehen bleibe, am erstbesten Strauch mein Bein hebe und im Nu wieder drinnen bin.

Wir schlafen unruhig in dieser Nacht. Nele wälzt sich auf ihrer Bettseite hin und her und ich mach dasselbe auf meiner. Ich hoffe inständig, dass das der letzte Zombie-Film meines Lebens war. Ich hoffe, Zombie-Filme werden verboten, abgeschafft und ausgerottet.

2

Am nächsten Morgen bin ich total gerädert und steig mit steifen Gliedern aus den Federn. Wir sind spät dran, deswegen lässt Nele mich nur in den Garten, anstatt mit mir die Morgenrunde zu drehen. Die Sonne scheint vom hellblauen Himmel, die Luft ist kühl und der Rasen noch feucht. Nele hantiert in der Küche rum, es gibt einen Knall, als ihre Kaffeetasse auf den Fliesen landet und in viele kleine Stücke zerschellt. Sie flucht, nimmt mich auf den Arm, steigt über die Scherben rüber, wirft die Küchentür zu und wir ziehen ohne Kaffee los. Kein guter Start in den Tag.

Draußen am Briefkasten treffen wir Oma Tine, sie hat einen geblümten Morgenmantel an, der um ihren kleinen, mageren Körper schlottert. Ihre Unterschenkel sind schneeweiß und so dünn wie Stöcker, an ihren Füßen trägt sie Hausschuhe mit Fellbesatz. Sie hat die Zeitung aus dem Briefkasten genommen, und als ich sie begrüße, krault sie mich zärtlich hinter den Ohren. Dabei zwinkert sie mir zu. Wir verstehen uns, heißt das. Ihre Finger duften sogar zu dieser frühen Stunde nach Erdbeerschokolade.

„Komm doch nachher mal nach oben, wenn du bei der Arbeit Schluss hast", lädt sie Nele ein. „Ich hab den gestreiften Pulli für die kleine Evi fertig gestrickt."

Die kleine Evi ist bestimmt eine ihrer vielen Puppen.

„Gerne, aber erst später. Ich muss nach der Arbeit noch was erledigen", erklärt Nele, und verzieht ein wenig das Gesicht dabei.

Oma Tine lacht. „Für einen Moment hab ich gedacht, du hättest ein Date. Aber das scheint nicht der Fall zu sein, so wie du ausschaust."

Nele lacht jetzt auch. „Nein." Sie schüttelt den Kopf. „Date kann man das nicht nennen. Ich erzähl dir später davon." Sie verabschiedet sich, weil wir jetzt ganz dringend los müssen.

„Fahr vorsichtig", ruft Oma Tine ihr zu und winkt uns fröhlich hinterher.

In der unteren Etage, wo der Vertrieb, die Anzeigenabteilung, das Kundencenter und das Verlegerbüro untergebracht sind, hat der Arbeitstag schon angefangen, aber oben in der Redaktion ist noch keiner da. Die Redakteure kommen erst gegen zehn, dafür müssen sie noch arbeiten, wenn wir Feierabend haben.

Auf Neles Schreibtisch türmen sich Zeitungen und Papiere, die die Kollegen da gestern Nachmittag abgeladen haben. Sie stößt schon wieder allerlei Flüche aus und verkündet inbrünstig, wie sehr sie ihren Job hasst und dass sie kündigen will. Das ist keine Neuigkeit, das hör ich öfter. Heute hab ich allerdings den Eindruck, dass sie, wenn sie ein Feuerzeug zur Hand hätte, den Papierstapel anzünden und tatenlos dabei zugucken würde, wie ihr Schreibtisch in Flammen aufgeht.

Ich streife durch die leeren Büros und untersuche die Fußböden, aber natürlich war Frau Bödecker mal wieder schneller. Frau Bödecker macht jeden Morgen in aller Früh die Redaktion sauber und ich finde wirklich, dass sie es damit übertreibt. Kein Staubkorn und kein Krümel sind vor ihr sicher. Wenn ich hier der Chef wäre, dann würde ich Frau Bödecker befehlen, nur den Staub wegzumachen und die Krümel liegenzulassen. Sie hat auch schon die Mülleimer ausgeleert, die Schreibtische abgewischt und in allen Räumen gelüftet. Irgendjemand muss diese Frau bremsen, sie verdirbt einem wirklich jeden Spaß. Ein mechanisches Jaulen erklingt, der Motor ihrer Höllenmaschine springt an, und ich höre sie durchs Erdgeschoss toben.

Ich beende meinen Rundgang und schau nach, was Nele so macht. Sie hat den Papierstapel noch nicht angerührt, sondern guckt konzentriert in den Computer. Mit einer Hand bewegt sie das Ding, das die Menschen Maus nennen, das aber in Wirklichkeit keine Maus ist. Die Sonne scheint durchs Fenster auf den Fußboden in Jürgens Büro, und so leg ich mich lang hin und lass sie mein Fell aufwärmen. Ich muss eingenickt sein, denn als ich die Augen aufmache, kommt Jürgen rein. Was ist mit dem denn los? Sein Gesicht ist blutleer, seine Augen liegen in dunklen Höhlen. Er wirft seine Tasche in die Ecke, lässt sich auf den Schreibtischstuhl fallen und stiert auf den Bildschirm, obwohl er ihn gar nicht angeschaltet hat. Er hat mich nicht mal begrüßt, und das vergisst er sonst nie.

Nele taucht hinter ihrem Papierberg auf und will ihm irgendwas mitteilen. Doch jetzt, wo sie sein Gesicht sieht, merkt auch sie, dass er nicht der normale Jürgen ist.

„Bist du krank?", fragt sie besorgt.

Dumpf schüttelt er den Kopf und sagt kein Wort. Sie springt auf, kommt rüber und beugt sich über seinen Schreibtisch.

„Jürgen! Irgendwas stimmt doch mit dir nicht! Nun sag schon!", drängt sie.

„Ist die Tür zu?", fragt er matt. Nele schaut um die Ecke, nickt und kehrt an seinen Schreibtisch zurück.

„Es ist… Katrin ist…", stammelt er, und reibt sich über die Augen.

Katrin ist Jürgens Frau, ich kenn sie, denn sie war schon ein paarmal im Büro, um Jürgen irgendwas zu bringen.

Er holt tief Luft. „Sie hat Krebs."

Nele guckt ihn erschrocken an, dann fasst sie nach seiner Hand. „Ich weiß nicht, was ich sagen soll", gesteht sie. „Was kann man in so einer Situation sagen, ohne dass es sich dumm oder oberflächlich anhört?"

„Nichts. Du musst nichts sagen." Er hebt die Schultern und lässt sie wieder fallen. „Die Situation ist so, wie sie ist."

„Nun steck doch den Kopf nicht in den Sand. Die Medizin hat heutzutage so viele Möglichkeiten!"

„Katrin will keine Behandlung", entgegnet er. „Keinen Arzt, kein Krankenhaus, keine Therapie. Nichts."

Nele gibt ein Geräusch von sich, es hört sich an wie „Umpff". Sie lässt seine Hand los und sinkt auf einen der Besucherstühle. Die beiden schweigen eine Weile.

„Plötzlich erscheint mir alles so sinnlos", sinniert er in die Stille hinein. „Dinge, von denen ich bisher dachte, sie seien wichtig, sind auf einmal bedeutungslos."

Sie beugt sich vor und sucht seinen Blick. „Du solltest nach Hause gehen", sagt sie eindringlich. „Mach 'ne Weile frei! Vielleicht fahrt ihr zusammen irgendwohin. In den Urlaub."

Jürgen reagiert nicht, er starrt weiter auf den schwarzen Bildschirm. Er war noch nie im Urlaub und muss sich an diesen Gedanken wohl erst einmal gewöhnen. Das Telefon auf seinem Schreibtisch klingelt, aber er rührt sich nicht. Irgendwann hört's auf zu klingeln, und wenig später klingelt es in Neles Büro.

Als wäre er aus einem Traum erwacht schaut Jürgen sich um und schüttelt den Kopf. Es scheint als würde er sich darüber wundern, was es rundherum zu sehen gibt.

Schwerfällig erhebt er sich. „Sag den anderen, dass ich ein paar Tage nicht komme", murmelt er.

Nele steht ebenfalls auf. „Ich wünsche euch beiden ganz viel Kraft", sagt sie mit belegter Stimme. Die beiden umarmen sich, das machen sie sonst nie. Dann ergreift er wortlos seine Tasche und geht aus der Tür.

Um sich abzulenken, sortiert Nele die Zeitungen und macht sich über den Papierstapel her. Jens kommt rein, er hat sein gewohntes Miesepeter-Gesicht mitgebracht. Er schaut um die Ecke und sein Gesicht wird gar noch miesepetriger.

„Wo ist Jürgen?", bellt er.

„Macht die nächsten Tage frei", antwortet Nele, ohne vom Papierstapel aufzusehen.

Jens stemmt die Hände in die Hüften. „Was?", schnauzt er. „Der spinnt wohl! Ich hab's echt satt!

Immer wenn's brenzlig wird, verschwindet er und wir müssen die Suppe ausbaden."

Nele lässt den Zettel, den sie in den Händen hält, sinken und schaut Jens aus zusammengekniffenen Augen an. „Reg dich ab", faucht sie und die drei Wörter zischen ihm wie Pfeile um die Ohren.

Jens bleibt der Mund offen stehen. Normalerweise hat Nele für jeden Kollegen Verständnis und aufmunternde Worte.

„Du bist Planer", schiebt sie noch hinterher, was bedeutet, dass Jens heute Jürgens Job machen muss und für die morgige Zeitung verantwortlich ist. Wutschnaubend verlässt er das Büro und knallt die Tür dicht, so dass die Glasscheibe im Rahmen zittert. Das Telefon klingelt schon wieder.

Ich robbe dem Sonnenkegel hinterher, strecke mich auf dem Teppichboden aus, schließe die Augen und denke an die kleinen Dinge. Das Leben besteht aus einer Menge von Dingen – großen Dingen und kleinen Dingen, wichtigen und unwichtigen. Die meisten Menschen konzentrieren sich auf die Dinge, die sie für groß und wichtig halten, und nehmen die kleinen Dinge kaum wahr. Dabei liegen die größten Freuden des Lebens im Kleinen. Das kann ein wärmender Sonnenstrahl sein, oder ein Salamiquadrat in der Blumenrabatte. Die großen Dinge sind nur Seifenblasen, die in der Sonne glänzen und dann zerplatzen. Ja, es sind die kleinen Dinge, die das Leben reich und wundervoll machen.

Im Konferenzraum ist die Luft so dick wie vor

einem Gewitter, Jens hat die Kollegen mit seiner schlechten Laune angesteckt. Alle machen lange Gesichter, beklagen sich über die viele Arbeit und sind sauer auf Jürgen.

„Bestimmt trifft er sich wieder mit *wichtigen* Leuten", giftet Silke. Sie greift zum Wasserglas, das vor ihr auf dem Tisch steht, trinkt einen Schluck und ihr Gesicht wird noch länger. Seit sie ihre Diät macht, trinkt sie Wasser statt Cola, und sie kann sich an den Geschmack nicht gewöhnen.

„Schleimt er sich wieder beim Bürgermeister ein? Oder beim Landrat?", fragt Dieter abfällig, guckt hämisch grinsend in die Runde und bleibt bei Nele hängen.

Sie schüttelt stumm den Kopf.

„Guckt mal nach draußen!", meint Niklas, und alle schauen automatisch zum Fenster. „Die Sonne scheint. Jede Wette, dass Jürgen in seinem Garten hockt und sich die Eier schaukelt." Er lacht auf, aber das ist kein fröhliches Lachen, sondern ein bitteres.

„Haltet endlich die Klappe, ja?" Nele springt von ihrem Stuhl und ich spring ebenfalls auf. „Jürgen hat seine Gründe, und welche das sind, ist seine Sache. Wollen wir jetzt eine Konferenz machen? Andernfalls geh ich zurück an meinen Schreibtisch, ich hab nämlich zu tun."

Silke betrachtet angelegentlich ihre dunkelroten Fingernägel.

„Schon gut", murrt Jens und rückt seine Brille zurecht. „Wer hat welche Beiträge für morgen?"

Dieter kratzt sich die Wangen, pult irgendwas aus seinem Ohr raus und schnippt es auf den Fußboden. Nele setzt sich wieder hin und ich lege mich auf den Teppich in die Sonne. Die Runde ist eröffnet, jeder Redakteur kündigt an, was er für die morgige Zeitungsausgabe schreibt und was er im Computer von den freien Mitarbeitern gefunden hat.

Heute sind keine Kekse auf dem Tisch, das erspart mir unnötige Hoffnungen. Als die Runde durch und Jens' Zettel vollgekritzelt ist, meldet sich Nele zu Wort. „Ich war gestern bei dem verletzten Pferd."

Jens stöhnt auf, doch Nele fährt unbeirrt fort. „Alle Pferdehalter müssen gewarnt werden, der Pferdeschänder wird sich bestimmt…"

„Du meinst, dass wir 'ne Meldung bringen?", fällt ihr Silke aufgeräumt ins Wort. Ihr Interview mit dem Wolfsbeauftragten kommt auf die Titelseite, und deswegen hat sie jetzt bessere Laune. „Das dürfte doch wohl kein Problem sein."

„Dann ruf du bei der Polizei an und frag, was sie haben", weist Jens sie an. „Wir brauchen den Sachstand und wir brauchen ein Zitat."

„Die unternehmen nichts", seufzt Nele. „Ich war gestern da."

„Bei der Polizei?", fragt Silke überrascht.

„Ja. Die plappern nur das nach, was der Tierarzt von sich gegeben hat. Bloß nicht festlegen, ist ihre Devise."

Jens verschränkt die Arme vorm Leib. „Wenn das so ist, bringen wir nichts. Wir stellen keine Behauptungen auf."

„Das ist keine Behauptung, Herrgott nochmal!" Nele haut mit der flachen Hand auf die Glasplatte, die anderen Kollegen zucken zusammen und glotzen sie mit unverhohlenem Befremden an. „Ich weiß das genau", setzt sie hinzu.

Jens zieht die Augenbrauen hoch. Statt einer Entgegnung wirft er ihr einen mitleidigen Blick zu.

„Wir könnten verhindern, dass ein weiteres Pferd verletzt oder getötet wird", beharrt sie. „Er kommt immer nachts und er geht auf die Weide, nie in den Stall. Das hat er schon mindestens drei Mal so gemacht."

„Ich hab von dem Pferderipper gehört, der hat vor einigen Jahren mehrere Pferde bei uns in Sachsen getötet", wirft Olga kaum hörbar ein. Ich glaube, das ist das erste Mal seit sie bei uns ist, dass sie sich an einem Gespräch beteiligt. Ihre Wangen färben sich rot.

„Du hast Recht. Der sogenannte Ripper hat mehr als hundert Pferde auf dem Gewissen", bestätigt Nele. „Der Scheißkerl, der hier bei uns sein Unwesen treibt, ist ein Nachahmer." Sie schaut die anderen an. „Ihr habt damals über die beiden Fälle berichtet, und sie wurden bis heute nicht gelöst. Warum greift ihr die Geschichte nicht einfach nochmal auf?"

„Keine Stellungnahme der Polizei, keine Meldung", erklärt Jens schmallippig, schiebt seine Papiere zusammen und steht auf. Weil er heute der Planer ist, gibt er damit das Zeichen zum Aufbruch. Alle anderen erheben sich ebenfalls.

„Was, wenn er bald das nächste Pferd umbringt?",

ruft Nele verzweifelt.

„Dann wird's ein Seite-eins-Aufmacher", erwidert Jens ungerührt und stapft aus dem Besprechungsraum.

Nele ballt die Hände zu Fäusten.

„Wie wär's, wenn du die Warnung bei Facebook postest", schlägt Silke wohlmeinend vor.

„Hab ich schon", knurrt sie und lässt Silke stehen.

Ich flitz hinter ihr her ins Büro, und sie wirft die Tür zu.

„Idiot!", schimpft sie und ich weiß, dass sie nicht mich meint, sondern Jens. Die Sonne hat sich aus Jürgens Büro verzogen und in Neles ist sie auch nicht. Ich besteige den Deckenberg und warte auf den Boten.

In der Mittagspause gesteht Nele mir, dass sie meinetwegen ein schlechtes Gewissen hat. Gestern waren wir nicht spazieren und heute Morgen auch nicht. Und nach Arbeitsschluss wollen wir irgendwohin fahren, so dass ich wiederum zu kurz komme. Deswegen will sie mir jetzt was Gutes tun, und schleppt mich zur Freilauffläche. Das ist während der Zeit der Anleinpflicht *der* Treffpunkt für Hunde und ihre Begleiter. Ich hasse die Freilauffläche. Nicht das Rasengrundstück an sich, sondern den Massenandrang da. Obwohl ich kein bisschen Lust auf die anderen Hunde habe, wird Nele nicht müde, mich zum Mitspielen zu ermuntern. Sie glaubt immer noch, dass ich irgendwann Spaß daran haben werde.

Heute ist da die Hölle los, das hör und riech ich schon von weitem. Die Menschen stehen in Gruppen beieinander und unterhalten sich angeregt. Es ist erstaunlich, wie schnell Hundemenschen miteinander ins Gespräch kommen. Während ihre Lieblinge über die Wiese toben, tauschen sie sich über deren Fress-, Spiel- und Schlafgewohnheiten aus, und dabei gebärden sie sich wie stolze Eltern von Kleinkindern in einer Krabbelgruppe. Außerdem regen sie sich über verantwortungslose Leute und deren schlecht erzogene Hunde auf – da hat jeder der Anwesenden einige denkwürdige Erlebnisse auf Lager. Wenn sie mit allen Hundethemen durch sind, klagen sie über das Wetter, die Politiker, die Firmenbosse und die Ehepartner. So werden im Laufe der Zeit aus flüchtigen Bekannten Vertraute, und das, obwohl sie sich für gewöhnlich nicht beim Namen kennen. Sie sind das Frauchen von Charly oder das Herrchen von Rocky. Die Freilauffläche ist also für die Menschen eine tolle Sache und für ihre Hunde auch. Ich bin eine Ausnahme.

Ich will da nicht hin und schalte um auf Kriechgang, aber Nele hält erbarmungslos auf die Menschentraube zu. Drei riesige Köter der Sorte Iwan rennen wie die Bekloppten über den Rasen. Der eine bringt den anderen im vollen Lauf zu Fall, und dann stürzen sie sich zu zweit auf den am Boden Liegenden. Ein paar Leute in der Gruppe lachen. Mein Magen krampft sich zusammen, mir ist ganz elend zumute. Der Unterlegene windet sich, kommt japsend auf die Füße und geht einem der beiden Angreifer an den Kragen. Der wehrt sich vehement und bekommt Verstärkung vom Dritten. Ich seh Fellbüschel und Sabbertropfen durch die Luft fliegen, und der eben Unterlegene liegt wiederum am

Boden. Und das nennen die *spielen*! Wenn ich unten läge, würd ich vor Angst sterben.

Zu allem Überfluss mischen jetzt auch noch zwei andere Artgenossen mit: Ein mittelgroßer Schwarzer mit langem Bart und eine kleine braune Presswurst. Die Wurst wirft ihren drallen Körper einfach mitten ins Geschehen hinein, wird im Gerangel der Großen mal plattgewalzt und mal in die Höhe geworfen und landet schließlich mit heiserem Quieken ein paar Meter weiter kopfüber im Gras. Ungläubig schaue ich zu, wie sie sich aufrappelt und mit Volldampf wiederum auf die Menge zu prescht, als wär nichts gewesen.

Wir sind bei der Menschengruppe angelangt und ich ahne, dass jetzt der Moment der Wahrheit kommt. Und schon passiert es: Nele bückt sich, nimmt mir Halsband und Leine ab, und ich bin nackt. Um der Horde nicht schutzlos ausgeliefert zu sein, schlüpfe ich schnell zwischen ihre Beine und hefte mich daran, als hätte ich plötzlich Klebstoff am Fell.

„Na, kleiner Schisser, wa?", meint ein Mann gönnerhaft. Seine glattrasierte Kopfhaut glänzt in der Sonne, als hätt er sie mit Speiseöl eingeschmiert.

Nele bückt sich nochmal runter zu mir und gibt mir einen aufmunternden Klaps. „Mach schon, Napoleon, geh spielen!", sagt sie lieb.

„*Napoleon*, ho-ho-ho!" Der Kahlkopf lacht scheppernd. „Gewaltiger Name für so 'ne Miniaturausgabe."

Ich steh jetzt mutterseelenallein da. Bis zu diesem Moment haben mich die anderen Hunde entweder ignoriert oder gar nicht wahrgenommen. Plötzlich aber, als hätte ihnen jemand den Befehl dazu gegeben, stürzen sie auf mich zu. Eine Horde energiegeladener, unausgelasteter Bestien, getrieben von dem Drang, ihre Muskelkraft oder ihre Potenz unter Beweis zu stellen.

Geifernde Köter, die ihre Triebe ausleben wollen, sind mir besonders zuwider. Die rammeln dich von hinten und vorne, bis du selber nicht mehr weißt, wo hinten und vorne ist. Als mir das das letzte Mal passiert ist, war das Fell an meinem Kragen und Rücken dermaßen verklebt, dass ich in die Wanne musste.

Nele spricht mit einer Dame über selbstgebackene Hundekekse mit Leberwurstfüllung. An und für sich ein gutes Gesprächsthema, doch gerade jetzt brauche ich sie an meiner Seite, damit sie mich beschützt. Doch sie tauscht eifrig Rezepte aus, und achtet nicht weiter auf mich. Verzweifelt suche ich nach einer Strategie, um die Meute abzuwehren. Ich hab in solchen Situationen schon alles ausprobiert: Weglaufen, Stillhalten, Ignorieren, Totstellen, Gegenangriff – und nichts hat funktioniert.

Auf einmal fällt mir die Sendung von gestern Abend ein. Ich hab mir genau gemerkt, was der Mann mit der runden Brille gesagt hat. Wenn du lächelst, dann bringt das dein Gegenüber in eine gute Stimmung. Versuch macht klug, denk ich mir. Ich hab keinen Bleistift, also muss es ohne gehen. Ich setz mich platt auf den Hintern und grinse der Horde entgegen. Dazu zieh ich die Lefzen so hoch wie's nur geht, entblöße meine Zähne wie die Leute im Fernsehen, und krieg tatsächlich irgendwie ein gutes Gefühl dabei.

Das Gewicht der herangaloppierenden Körper lässt den Erdboden beben, und ich sitze da und konzentrier mich auf meine Mimik. Mit einem Ruck kommt die Meute eine Hundelänge vor mir zum Stehen und starrt mich verwundert an. Es dauert nicht lange, da löst sich die hyperaktive Presswurst aus der Gruppe, um einen für ihre Verhältnisse erstaunlich zaghaften Vorstoß zu wagen. Schnuppernd umrundet sie mich, aber dass ich nur dasitze und grinse, ist ihr mehr als suspekt. Unvermittelt macht sie ihrer Verwirrung mit einem Quietschlaut Luft, stürzt sich auf einen der Riesen und schnappt nach dessen Hinterfuß. Der dreht sich um die eigene Achse, packt die Wurst im Genick und jetzt lösen sich auch die anderen aus der Erstarrung. Im Nu sind sie wieder ein Knäuel und kloppen sich, die Fetzen fliegen, die Presswurst wird in die Höhe geschleudert und der schwarze Langbart jault auf. Ich bleib sitzen und grinse so angestrengt, dass mein Kiefer schmerzt und ich befürchte, nie wieder normal gucken zu können.

Endlich kommt Nele und erlöst mich. „Du hast dich ja gar nicht vom Fleck bewegt", seufzt sie. „Ich frag mich wirklich, warum ich mit dir hierher komme." Nun, dasselbe frage ich mich schon lange.

Während des Mittagessens, das heute aus dem türkischen Imbiss stammt und an dem ich wie üblich nicht teilnehmen darf, hör ich die Kollegen über ein Ding namens Privatsphäre sprechen. Silke verkündet, dass ihr dieses Ding ganz wichtig ist und sie deshalb alleine in ihrem Haus lebt. Jens, dessen Frau Clara heißt, sagt, dass Claras Eltern furchtbar neugierig sind und er sich einen eigenen Raum mit schalldichter Tür, Sicherheitsschloss und Türknauf eingerichtet hat. Außerdem hat er das Fenster seines Zimmers mit einer Folie beklebt, durch die man nicht durchgucken kann. Dieter hatte das Thema ins Rollen gebracht, weil seine Schwiegermutter ihm gestern Abend gegenüberstand, als er aus der Dusche kam. Sie wollte mal nach dem Rechten schauen und konnte ja nicht ahnen, dass er nackt duscht.

„Warum nimmst du ihr den Wohnungsschlüssel denn nicht ab?", erkundigt sich Nele zwischen zwei Bissen.

„Das kann ich doch nicht machen", protestiert er, doch sein Tonfall besagt, dass er genau das gerne täte. Ich bin nun dahinter gekommen, was dieses Privatsphären-Ding zu bedeuten hat. Damit ist ein Raum gemeint, den man für sich allein hat, wo einen niemand stört. Die Menschen scheinen dafür mindestens ein Zimmer zu brauchen, oder wie Silke ein ganzes Haus.

Ich brauch kein eigenes Zimmer. Ich lausch einfach in mich rein, so als würde ich mein eigenes inneres Zuhause besuchen. Dann erfahr ich, was mit meinem Körper los ist, welche Gedanken mir durch den Kopf gehen und wie ich mich fühle. In meinem inneren Zuhause bin ich mit mir allein und ich kann jederzeit dorthin gehen, egal ob ich in der Redaktion, im Park oder auf dem Sofa bin. Die Menschen müssten das auch können, denk ich mir. Wenn Dieter sein Zuhause besuchen würde, dann würde er wissen, was er in Sachen Schwiegermutter zu tun hat. Er würde mehr Vertrauen in seine Fähigkeiten haben und wär nicht ständig in Katastrophenstimmung.

Die meisten Menschen tun Dinge, die sie gar nicht tun wollen, und dann beklagen sie sich darüber. Nele schleppt sich Tag für Tag zur Redaktion und schimpft über ihren Job, statt Spaß daran zu haben. Weshalb macht sie diese Arbeit, wenn sie sie gar nicht machen will? Sie könnte ihr inneres Zuhause besuchen und sich fragen, zu welcher Arbeit sie Lust hätte. Mit einem entsprechenden Job hätte sie bestimmt viel mehr Freude in ihrem Leben. Die Menschen sind viel intelligenter als Hunde, aber ich glaub, in den einfachen Dingen des Lebens haben wir ihnen was voraus.

Es ist zu warm im Deckenstapel, ich steige runter und verkriech mich unter dem Schreibtisch. Da liegt ein Kauknochen aus blauem Kunststoff, ich beiße ein paarmal hinein und bei jedem Biss gibt er ein heiseres Quaken von sich. Das ist nicht wirklich spannend, deswegen lass ich ihn wieder fallen, leg mich hin und streck meine Beine aus.

Am Nachmittag kriegen wir Besuch. Ein Mädchen mit langen dunklen Zöpfen will in der Redaktion ein Praktikum machen. Wir haben öfter mal Schüler da, die ein Praktikum bei uns machen. Sie probieren aus, ob sie bei uns Spaß haben. Man kann ja nicht wissen, ob einem was Spaß macht, wenn man's nicht ausprobiert. Das Mädchen ist aufgeregt, sie spricht sehr schnell. Sie ist mit Jürgen verabredet, aber weil er nicht da ist, schickt

Nele das Mädchen wieder nach Hause. Kaum ist sie fort, geht die Tür wieder auf und Jens kommt rein. Das Mädchen schleicht hinter ihm her.

„Wo sind die Bewerbungsunterlagen?", fragt er Nele in barschem Ton.

„Auf Jürgens Schreibtisch, nehme ich an", erwidert sie.

„Ich führe jetzt das Gespräch mit unserer potenziellen Praktikantin", erklärt er wichtig, geleitet das Mädchen in Jürgens Büro und macht die Tür zu.

„Aha?", macht Nele erstaunt.

Durch die geschlossene Tür hör ich Jens sagen, dass er der stellvertretende Ressortleiter sei. Dann erklärt er langatmig, was die Leute hier im Hause so machen. Das Mädchen spricht mit piepsiger Stimme und gar noch schneller als eben, so als wolle sie das Gespräch schnell hinter sich bringen.

Auf der Treppe poltern Schritte, das ist Hubert, der Sohn vom alten Verleger Otto Rübeling. Vor einigen Jahren hat der alte Rübeling etwas mehr als die Hälfte seines Verlags an die große Zeitung verkauft, weil sich eine eigene Zeitung für unsere kleine Stadt nicht mehr lohnte. Aber das Verlagsgebäude gehört ihm immer noch und bis vor kurzem hatte er hier auch noch das Sagen. Jetzt hat er das Sagen an Hubert abgegeben.

Manchmal hat Otto sich die steile Treppe hoch zu uns in die Redaktion geschleppt und Geschichten von früher erzählt. Sein Großvater war Fischhändler und auf seinen Verkaufstouren erfuhr er immer allerhand Neuigkeiten. Wenn er dann daheim war, erzählte er seiner Frau, was er von den Leuten gehört hatte, und sie kam eines Tages auf die Idee, die Neuigkeiten aufzuschreiben. So ist unsere Zeitung entstanden.

Otto hat jeden Tag von früh bis spät gearbeitet, obwohl er ganz schön zitterig auf den Beinen war. Sein Sohn Hubert, der Otto eigentlich helfen sollte, hat uns derweil lieber Postkarten aus anderen Ländern geschrieben. Nele hat all die bunten Karten im Flur aufgehängt, weil Otto das so wollte. Nun liegt der alte Mann in einem Pflegeheim und Hubert muss das Verlagshaus leiten.

Er stürmt ins Sekretariat, reißt Jürgens Bürotür auf, schaut rein und wirft sie wieder zu.

„Wo ist Lürssen?", bellt er Nele an. Wenn Hubert ein Hund wäre, dann wär er ein Spitz. Er bellt hektisch, laut und mit hoher Stimme.

„Herr Lürssen hat sich ein paar Tage frei genommen", erwidert sie liebenswürdig.

Er brummt irgendwas und poltert die Treppe wieder runter.

Nach einer Weile taucht Jens auf, wirft eine Mappe auf Neles Schreibtisch, das Mädchen murmelt irgendwas und schlüpft in den Flur.

„Warte ein paar Tage, und dann schreib ihr 'ne Absage", schnarrt er, als es außer Hörweite ist.

„Du bist nicht mein Vorgesetzter", erinnert sie ihn grollend. „Und im Übrigen gewöhn dir bitte einen anderen Ton an."

„Kannst dich ja über mich beschweren, wenn Jürgen wieder da ist", entgegnet er ungerührt. „Irgendjemand muss sich schließlich um seine Aufgaben kümmern." Er schiebt ab und Nele will ihn aufhalten, aber ihr Telefon klingelt.

Sie nimmt eine Beschwerde an, das hör ich an ihrem Tonfall. Jürgen hat sie darauf getrimmt, dass die Leser immer Recht haben, weil sie diejenigen sind, die unsere Zeitung bezahlen. Während des Telefonats kritzelt sie auf einem Zettel herum. Als sie auflegt, verdreht sie die Augen, knüllt den Zettel zusammen und schmeißt ihn in den Papierkorb. Sie hämmert noch eine Zeitlang auf den Tasten herum, dann schaltet sie den Computer aus, wirft ihren Rucksack über die Schulter und ich spring auf die Füße. Endlich Feierabend!

Ihre Hände beben, als sie die Leine am Halsband befestigt. Während der Fahrt will sie sich selbst Mut machen und deswegen erzählt sie mir, wo unsere Reise hingeht und warum sie so nervös ist. Nur gut, dass sie mich als Zuhörer hat.

„Wir fahren zu Udo", sagt sie, während sie wie einer dieser Sonntagsfahrer über die Landstraße tuckert. „Mit dem war ich mal zusammen." Sie schluckt. „Ich war sehr verliebt in ihn, weißt du?"

Verliebt sein ist was anderes als lieben. Verliebt sein ist, wenn die Hormone verrücktspielen. Das hat mal einer im Fernsehen erklärt. Ich war auch schon mal verliebt, und zwar in Lola. Ich hab mir die tollsten Sachen mit ihr ausgemalt.

Liebe, das ist viel mehr, Liebe ist das Größte und Wunderbarste, was es gibt. Liebe kommt aus dem Herzen, Liebe ist warm und schön, und sie ist stärker als alles andere auf der Welt. Ich liebe Nele, obwohl sie sich selbst nicht für sonderlich liebenswert hält. Ich liebe sie, auch wenn sie mir eine Diät verordnet und mich zur Freilauffläche schleppt. Ich liebe sie einfach, weil sie Nele ist.

„Wir kannten uns kaum, da bin ich schon zu ihm auf seinen Reiterhof gezogen. Das war kurz nachdem meine Bonny gestorben ist. Udo und seine Pferde haben mich getröstet. Vor allem Sunshine, das ist eine Schimmelstute in seinem Reitstall. Ich hab mich um sie gekümmert, und sie in mein Herz geschlossen." Sie holt tief Luft.

Ach, davon hat sie mir doch schon mal erzählt, damals, als ich noch klein war. Udo, das war der mit der Hexen-Mutter.

„Es hat nur ein Jahr gehalten mit Udo und mir. Seine Mutter meinte, dass ich nicht gut genug wär, und hat mir das Leben zur Hölle gemacht. Aber das war nicht der eigentliche Grund, warum ich mich von ihm getrennt habe."

Ich spitze die Ohren, ich bin gespannt, wie die Geschichte weitergeht. Der Wagen hinter uns setzt zum Überholen an, er zieht mit aufheulendem Motor an uns vorbei. Zwei oder drei andere Autos folgen, einer der Fahrer hupt langanhaltend. Nele flucht, haut ebenfalls auf die Hupe, und mit der anderen Hand zeigt sie dem Fahrer den Mittelfinger. Es dauert ein Weilchen, bis sie sich beruhigt hat und weiterspricht. In ihrem Tonfall schwingt Bitterkeit mit.

„Eines Tages kam ich vom Stall ins Haus und hab

Udo mit Theresa überrascht. Theresa war meine Freundin. Er hatte sie auf dem Küchentisch festgebunden und es ihr nach allen Regeln der Kunst besorgt." Sie denkt schweigend nach.

Ich kann mir keinen Reim auf die Sache machen. Warum hat Udo Neles Freundin festgebunden und was hat er ihr besorgt?

„Ich bin noch am selben Abend ausgezogen. Seine Mutter hat meine Klamotten zum Auto getragen, so froh war sie, dass ich verschwinde. Und seitdem hab ich Udo nicht wiedergesehen."

Ich frage mich, warum sie das jetzt ändern will.

Nele scheint meine Frage zu erraten. „Ich hoffe, dass ich ihn davon überzeugen kann, die Pferde abends reinzubringen. Er hat große Koppeln und einige davon liegen weit vom Hof entfernt. Da hätte der Pferdeschänder leichtes Spiel. Nicht auszudenken, dass Sunshine…" Sie kämpft mit einem Kloß in ihrem Hals.

Sie tut es also wegen seiner Pferde, das seh ich ein. Und ich finde das sehr mutig von ihr, denn es könnte ja sein, dass sie der Hexe begegnet.

Wiederum fängt sie meine Gedanken auf. „Ich hoffe nur, dass mir die Alte nicht übern Weg läuft", grummelt sie.

Wir parken auf einem gepflasterten Hof nicht weit entfernt vom höchsten Misthaufen der Welt. Dicke braune Hühner scharren mit den Füßen das Stroh auseinander und picken darin herum. Ein Mädchen, das etwa so alt wie Emily sein mag, kippt eine vollbeladene Schubkarre aus und schiebt zurück in den Stall.

„Da stehen die Schulpferde drin", sagt Nele und zeigt auf das lange, weiß getünchte Gebäude, in dem das Mädchen gerade verschwunden ist. „Und da drüben sind die Pensionspferde untergebracht." Sie zeigt auf ein weiteres Gebäude, dessen Türen und Stallfenster geschlossen sind. „Die Pensionspferde sind zu dieser Jahreszeit draußen auf den Weiden."

Sie schaut zur Uhr. „Kurz nach fünf. Ich hoffe, von fünf bis sechs ist Reitstunde, und die Hexe ist in der Halle." Energisch öffnet sie die Autotür, lässt mich aus der Transportbox aussteigen und leint mich an. „Sei schön brav", ermahnt sie mich unnötigerweise.

Ich tu so, als wären mir die Hühner total egal, und trabe neben ihr her in den Stalltrakt der Schulpferde. Auf dem Boden der breiten Stallgasse liegen ein paar Bürsten herum, außerdem jede Menge Strohhalme und Pferdehaare. Das Mädchen ist in einer der Boxen zugange, sie grüßt fröhlich. Nele fragt sie nach der Chefin, und das Mädchen antwortet, diese sei gerade im Unterricht und da dürfe man sie keinesfalls stören. Nele atmet erleichtert auf.

Ein paar Pferde stehen in den Boxen, sie schauen uns teils neugierig, teils schläfrig an und ich bin froh, dass sich Gitterstäbe vor ihren Köpfen befinden. Mit steifen Schritten geht Nele von einem Pferd zum nächsten, fasst durch die Stäbe hindurch, streichelt ihre Nasenrücken und flüstert ihnen was zu. Sie kennt jedes Pferd beim Namen.

Wir kommen an einem Raum vorbei, in dem Sättel, Zaumzeug und anderer Pferdekram hängen. Es riecht nach Leder und nach altem Schweiß. Dann treten wir ins Freie auf einen Innenhof. Aus der gegenüberliegenden Reithalle hör ich rhythmisch stampfende Pferdehufe, die von einer schrillen Frauenstimme übertönt werden. Bestimmt ist das die Hexe, die da so schreit.

Nele wendet sich fröstelnd ab und bleibt plötzlich wie angewurzelt stehen. „Scheiße, da ist er!", keucht sie kaum hörbar.

Ihr Blick ruht auf einem schlanken, hochaufgeschossenen Mann mit akkurat kurzgeschnittenem rotblondem Haar, der an einen Holzzaun gelehnt ist. Das muss Udo sein. Seine Arme hat er auf der obersten Latte abgelegt, eine Hand ist bandagiert, der Verband ist mit weißer Watte gepolstert. Er spricht mit einer drallen jungen Frau, die mit ihrem Pferd große Kreise auf dem eingezäunten Sandplatz dreht. Das Gesicht der Frau ist gerötet und das Fell des Pferdes glänzt vor Schweiß.

Mit seiner unverletzten Hand holt der Mann aus seiner hinteren Hosentasche ein Päckchen heraus, steckt sich eine Zigarette zwischen die Lippen und zündet sie an.

Er stößt den Rauch durch die Nasenlöcher aus. „Bieg ihn um deinen inneren Schenkel, Helena! Mit dem äußeren passt du auf, dass seine Hinterhand nicht abhaut. Innere Schulter zurück, aber nicht in der Hüfte einknicken", ruft er und zieht wiederum an der Zigarette.

Ich hab keine Ahnung, wovon er spricht, aber die

junge Frau namens Helena scheint zu wissen, was er meint. Konzentriert dreht sie Runde um Runde.

„Treib ihn an, er muss von hinten kommen!"", befiehlt er.

Ich erinnere mich, dass ich „von hinten kommen" schon mal gehört habe. Das war in einer Sendung im Spätprogramm, in der spärlich bekleidete Frauen einen Mann suchen. Ich bin ein bisschen verwirrt.

Wir brauchen eine Ewigkeit, bis wir am Holzzaun angekommen sind. Das liegt daran, dass Nele andauernd stehen bleibt und zögert, als würde sie am liebsten auf der Stelle umdrehen. Der Mann bläst wiederum den Rauch aus den Nasenlöchern, dann wirft er den Zigarettenstummel auf den Boden, tritt mit seinem schwarzen Lederstiefel drauf, schaut wieder hoch – und entdeckt uns. Für einen Moment ist er sprachlos, doch er fängt sich schnell wieder.

„Nele, Zuckerstückchen! Na, das nenn ich 'ne Überraschung!", ruft er. „Wie lange ist das her? Drei Jahre? Hey, du siehst toll aus!" Er versinkt geradezu in ihren Anblick, Helena und ihr Pferd hat er offenbar ganz vergessen, und mich registriert er überhaupt nicht. Er plappert irgendwas, lacht dröhnend, doch ich hör nicht hin, denn irgendwas stimmt hier nicht. Ich weiß noch nicht, was es ist. Nele antwortet ihm mit kühler Stimme. Es ist ein Geruch, ja, ich rieche ihn, und ich erinnere mich.

„Udo, es hat einen Grund, weshalb ich hergekommen bin", unterbricht sie sein Geplapper.

„Lass mich raten: Du hast mir verziehen und ich hab

wieder Chancen bei dir", sagt er betont scherzhaft. Er schaut Nele tief in die Augen auf eine Art, wie ich das mache, wenn ich um einen Hundedrops bettle, und er tritt noch dichter an sie heran. „Ich denke jeden Tag an dich", raunt er. „Ich hab dich nie vergessen, weißt du?"

Nele macht einen entschiedenen Schritt rückwärts. Sie räuspert sich. „Bist du nicht mehr mit der begnadeten Ann-Christin von Hohenstein zusammen?", entgegnet sie frostig.

Udo schüttelt den Kopf. „Hat nicht funktioniert", erwidert er und pfriemelt die nächste Zigarette aus der Schachtel. Er zündet sie an und saugt gierig daran.

Nele wechselt das Thema. „Udo", sagt sie eindringlich, „du musst eure Pferde abends reinholen. Der Pferdeschänder ist wieder aktiv."

Udo macht kullerrunde Augen. „Tatsächlich? Davon hab ich noch gar nichts gehört", sagt er.

Ich weiß jetzt, was mich stutzig macht, und bin verwirrt. Ich rieche denselben Geruch wie unterm Baum auf der Happy-Weide. Es ist nur ein feiner Hauch, dennoch hab ich keinen Zweifel. Was hat das zu bedeuten?

„Die Polizei hält sich zurück, weil der Tierarzt keine eindeutige Aussage gemacht hat", erklärt Nele. „Vorletzte Nacht hat er ein Pferd in Eversmühlen verletzt. Wunden am Bauch, genau wie bei den anderen beiden, aber dieses Pferd hat sich offenbar heftig gewehrt und er konnte sein Werk nicht beenden."

Udo stößt den Rauch diesmal nicht durch die Nasenlöcher aus, sondern durch den Mund. „Und du meinst, er wird sich ein anderes Pferd vornehmen, weil er keinen Erfolg hatte", schlussfolgert er, und wiegt seinen Kopf nachdenklich von einer Seite zur anderen. „Unsere Pensionspferde sind draußen auf den Weiden. Nur die Schulpferde und meine eigenen Pferde sind drinnen."

„Du hast immer noch keine Paddocks und Offenställe gebaut", stellt Nele bedauernd fest. „Du hattest doch damals so große Pläne."

„Deinetwegen hatte ich diese Pläne", gibt er zu.

„Boxenhaltung ist total wider die Natur der Pferde. Sie müssen sich bewegen können", betont sie.

„Deswegen sind sie im Sommer auf der Weide."

Sie verdreht die Augen. „Wo sie solche Unmengen Gras fressen, dass sie krank davon werden", erwidert sie. „Du könntest ihren Bedürfnissen entgegenkommen, wenn du nur einige Dinge ändern würdest." Sie seufzt auf. Ich glaube, die beiden haben diese Diskussion schon öfter geführt.

„Ich find's echt spitze, dass du hergekommen bist", sagt er versöhnlich. „Aber ich weiß nicht, ob ich mir aufgrund einer vagen Vermutung die Kosten ans Bein binden will."

Nele zieht die Brauen in die Höhe. „Kosten?", wiederholt sie.

„Es macht einen Unterschied, ob ich fünfunddreißig Boxen mit Stroh einstreuen und den Pferden Kraftfutter und Heu füttern muss, oder ob sie sich auf der Weide satt fressen. Wir haben die Sommermonate beim Preis für die Boxenmiete einkalkuliert." Er tritt seine Zigarette aus und bevor Nele einhaken kann, fährt er fort: „Vom Zeitaufwand mal ganz abgesehen. Morgens rausbringen und abends wieder reinholen, das schaff ich nicht neben der üblichen Arbeit."

Nele verdreht erneut die Augen. „Dann spannst du eben die Besitzer mit ein. Wenn du ihnen die Sachlage erklärst, sind sie bestimmt bereit zu helfen und bezahlen dir auch das zusätzliche Futter."

Udo ist nicht überzeugt, trotzdem setzt er ein gewinnendes Lächeln auf. „Ich werd das mit meiner Mutter besprechen", versichert er.

Der feine Hauch dieses bestimmten Geruchs geht von Udo aus. Er ist derjenige, der unter den Baum gepinkelt und auf der Happy-Pferd-Weide ein bisschen Blut verloren hat.

Erst jetzt fällt ihm auf, dass Nele einen Hund an der Leine hat. Er beugt sich runter zu mir und klopft mit übertriebenem Gehabe auf seinen Oberschenkel. Ich glaub, er will nicht mehr über Pferde sprechen und da kommt ihm meine Anwesenheit gerade gut gelegen.

„Was ist das denn? Eine Mischung aus Pinscher und Kanalratte?", fragt er belustigt.

Ich bin beleidigt. Ich weiß sehr wohl wie Ratten aussehen und hab mit denen absolut nichts gemein.

Nele hat offenbar nicht zugehört, sie hebt seufzend die Schultern. „Wenn du deiner Mutter sagst, von wem der Vorschlag kommt, lehnt sie garantiert ab", meint sie dumpf.

Hey, sie hätte wenigstens meine Abstammung richtigstellen können!

Udo lacht scheppernd und winkt großmütig ab. „Ach was, da kennst du meine Mutter nicht. Der geht das Wohl der Pferde über alles."

Mal abgesehen davon, dass er sich bei mir gerade unbeliebt gemacht hat, ist mir dieser Mann ein großes Rätsel. An dem ist so gut wie gar nichts echt.

„Glaub mir, ich kenn sie gut genug", erwidert Nele, wendet sich abrupt um und wir gehen ein paar Schritte. Dann bleibt sie stehen, Tränen schimmern in ihren Augen.

„Bitte Udo, hol die Pferde abends rein! Es wäre furchtbar, wenn einem von ihnen was passiert", fleht sie.

Udo entgegnet nichts. Er guckt Nele nur an und sein Blick erinnert mich an die einsamen Männer in den Dating-Shows.

Während der Heimfahrt erzählt mir Nele von der Stute Sunshine, die jetzt irgendwo auf Udos Weiden grast. Sie macht sich Sorgen, dass der Pferdeschänder es auf das Sunshine-Pferd abgesehen haben könnte. Außerdem macht sie sich Sorgen um sich selbst, weil sie merkt, dass sie noch Gefühle für Udo hat. Sie stellt das Radio an, eine Männerstimme berichtet über ein Fußballspiel.

Warum war Udo bei Emilys Pferd? Ist *er* etwa der Pferdeschänder? Aber welchen Sinn ergibt es dann, dass Nele ihn vor sich selber warnt? Weil sie nicht weiß, dass er der Pferdeschänder ist? Ich bin so in meine Überlegungen versunken, dass ich während der Fahrt gar nicht auf den Weg achte. Umso überraschter bin ich, als wir die vertraute, holprige Straße entlang tuckern. Ich spring auf, dreh mich vor Freude im Kreis und belle begeistert. Das Rätsel Udo ist vergessen. Wiesmoor, ich komme, yeah!

„Ich brauch frische Luft und 'nen klaren Kopf", begründet Nele den Abstecher, als wir aussteigen.

Ich liebe Wiesmoor, ich liebe unsere Spaziergänge durch die Felder! In einiger Entfernung, ganz am Ende der Straße, steht ein einzelnes, verlassenes Gehöft, da wohnt schon lange niemand mehr. Ansonsten gibt's hier keine Häuser, nur Natur. In Wiesmoor begegnet uns fast nie jemand, außer manchmal ein Bauer auf seinem Trecker, oder der griesgrämige Jäger mit seinem Hund. Die Bauern grüßen freundlich, wenn sie vorbeifahren, der Jäger nicht. Im letzten Frühjahr hat er uns erwischt, als ich ohne Leine gelaufen bin.

„Ich verwarne Sie nur einmal. Das nächste Mal schieß ich ihn ab", hat er zu Nele gesagt. Sie hat sich tagelang über ihn aufgeregt, hält aber seitdem stets Ausschau nach seinem dunkelgrünen Geländewagen.

Weder der Jäger noch sein Auto sind irgendwo zu sehen, also darf ich frei laufen. Herrlich ist das. Wie gewohnt biegen wir in den ersten Feldweg ab, und schon geb ich Vollgas. Der Wind rauscht in meinen Ohren, ich renne einem Schmetterling hinterher, tauche ins hohe Gras der Grabenböschung ein, komm wieder raus, schlag einen Haken und presche wie ein Irrer zurück zu Nele, umrunde sie und geb wieder Gas.

„Spinner", sagt sie lachend. Ich freu mich, dass ich sie aufmuntern kann.

Die Sonne leuchtet blutrot am wolkenlosen Himmel und taucht die Natur in ein warmes Farbenspiel. Ich erblicke ein paar Rehe auf einer Wiese, sie heben die Köpfe und laufen weg. Nele legt ein flottes Tempo vor und deswegen ist unsere Runde viel zu schnell vorbei. Vor uns taucht schon das einsame Gehöft auf. Aber, hey, was ist das? Oder besser gesagt: Wer ist das? Sicherheitshalber verlangsame ich den Schritt und lasse mich zurückfallen, bis ich auf Neles Höhe bin. Ein großer zottiger Hund steht auf der Straße vor dem verfallenen Haus.

„Nanu, wo kommst *du* denn her?", fragt sie den Hund.

Der antwortet natürlich nicht, und er bewegt sich kein bisschen vom Fleck. Er scheint schon ein paar Tage älter zu sein, die meisten Haare in seinem Gesicht sind grau. Er sieht lustig aus mit seinem langen, zottigen Fell und ich frag mich, ob er überhaupt was sehen kann, weil so viele Fransen vor seinen Augen hängen. Erstaunlicherweise hab ich bei diesem Hund keine Bedenken, obwohl er so groß ist. Er ist entspannt und er scheint in Ordnung zu sein. Ich mach nicht mal 'nen Bogen, sondern geh einfach so an ihm vorbei. Er wendet langsam seinen Kopf, um uns durch seinen Fransenvorhang hinterherzugucken.

„Oh", macht Nele ein paar Schritte weiter enttäuscht. „Da ist wohl jemand auf meinem Hof eingezogen."

Ich weiß, dass sie das Gehöft gerne gekauft hätte, aber sie hat nicht genug Geld dafür. Sie träumt schon lange davon, mindestens so lange wie ich bei ihr bin.

In der Einfahrt steht ein großer Anhänger. Sie wird langsamer und schaut neugierig, was sich auf dem Anwesen tut, aber wegen des Anhängers und der hereinbrechenden Dunkelheit sieht sie nicht viel. Ich rieche Pferde, laufe weiter die Straße entlang und entdecke auf der angrenzenden Koppel zwei große Exemplare. Ein braunes und ein schwarzes.

Als Nele die Pferde sieht, murmelt sie irgendwas, kehrt auf der Stelle um und marschiert über die Zufahrt aufs Grundstück. Ich passe mich ihrem Schritt an. Aus einem der Stallgebäude ist ein Maschinengeräusch zu hören, Licht fällt durch die kaputten Fensterscheiben in den Innenhof. Auch eines der Zimmer im Haus ist beleuchtet. Es erhellt einen Haufen alter Möbel, Fahrradteile und anderen Müll auf der unebenen Hoffläche.

Die Türen am Stallgebäude sind niedrig und einige hängen schief in den Angeln. Das Maschinengeräusch verklingt, kurz darauf tritt ein Mann gebückt aus einer der Türen, er trägt ein Werkzeug in der Hand und redet mit sich selbst. Er ist mit einer ausgebeulten Latzhose und derben Stiefeln bekleidet und über seine Schulter baumelt ein Pferdeschwanz. Er hat uns offenbar nicht kommen gehört, ist in Gedanken bei seiner Arbeit, guckt überrascht hoch und stößt sich dabei am Türsturz. Unterdrückt fluchend betastet er seinen Kopf. Der scheint heil geblieben zu sein, trotzdem fällt sein Lächeln etwas verzerrt aus.

„Hallo", sagt er gepresst. Sein Blick pendelt

zwischen Nele und mir hin und her.

„Alles in Ordnung?", fragt Nele besorgt.

Er nickt, nimmt die Hand vom Kopf und legt stattdessen den Zeigefinger an seine Lippen, während er mich intensiv betrachtet. „Lassen Sie mich raten." Er grübelt und dann sagt er: „Jack Russel Terrier und Zwergdackel. Aber von wem hat er den buschigen Kragen?"

Nele lacht auf. „Sein Vater ist ein Löwe."

Er lacht auch, dabei blitzen seine schneeweißen Zähne im Halbdunkeln auf. „Netter Hund", sagt er und guckt mich immer noch an. „Wie heißt er denn?"

„Napoleon", antwortet Nele, und ich setze mich mit aufrechtem Rücken hin.

„Ich hoffe, du machst deinem Namen alle Ehre, kleiner Napoleon", sagt er, geht in die Hocke und lässt mich an seinem Handrücken schnüffeln. Endlich mal einer, der nicht einfach drauflos grabscht. Er riecht angenehm erdig. Ich mag ihn.

Er stellt sich wieder auf die Füße. „Ich bin Robin", sagt er zu Nele und gibt jetzt auch ihr die Hand. „Aber die meisten Leute nennen mich Rob." Nele nennt ihren Namen, schlägt vor, dass sie sich duzen sollen und erklärt ihm die Sache mit dem Pferdeschänder.

Rob ist ehrlich betroffen. Er streicht über seinen Kinnbart. „Hhm", macht er nachdenklich. „Tausend Dank, dass du mir das erzählt hast. Jemand, der den Pferden was Böses will, hätte hier freie Bahn."

Er zeigt erst hinter sich und dann in die Richtung, wo die Straße verläuft. „Die Weide geht ganz rum. Die

Durchgangspforte ist zwar hier auf dem Hof, aber unterm Elektrozaun durchzukrabbeln ist keine Kunst. Dazu braucht man nicht mal besonders sportlich zu sein."

Die Hintertür des Wohnhauses geht auf, sie quietscht ohrenbetäubend. „Rob? Mit wem redest du denn da?", fragt eine Frauenstimme.

Eifrig erklärt er der Frau, warum wir hier sind. Sie bleibt in der Tür stehen.

„In dieser Einöde wird der Typ ja wohl nicht aufkreuzen", meint sie. „Zumal wir Santana und Obelix ohnehin nicht reinholen können, du hast den Stall ja noch nicht fertig." Der letzte Teil des Satzes klingt wie ein Vorwurf. Sie macht die Tür wieder zu und das quietscht sogar noch lauter.

„Nun bin ich in der Klemme", sagt Rob bedrückt. „Ich hätt Wache gehalten, aber ich muss um zehn zur Nachtschicht." Er hebt entschuldigend die Hände. „Wir sind gestern erst eingezogen und der ganze Hof ist eine einzige Baustelle." Die Baustelle scheint ihn nicht zu stören, aber er sorgt sich um die Pferde.

„Ich werde Zoe sagen, dass sie überall Licht anmachen und aufpassen soll", beschließt er.

Nele nickt und wendet sich zum Gehen.

„Danke für euren Besuch. War nett, euch kennenzulernen", sagt er lieb.

Schade, dass er schon 'ne Frau hat. Sonst wär das ein guter Mann für Nele, finde ich.

Wir gehen die Straße hinunter, jeder in seine Gedanken versunken. Als wir beim Auto angekommen sind, sagt sie seufzend: „Mehr konnten wir nicht machen." Womit sie Recht hat.

Bevor wir losfahren, kramt sie das Handy aus dem Rucksack hervor und schaut drauf.

„Ach du Schande", stöhnt sie und haut sich mit der flachen Hand vor die Stirn. „Ich hab das Abendessen bei meinen Eltern total vergessen."

Während der Fahrt sucht sie nach Entschuldigungen, die sich möglichst glaubwürdig anhören. Weil ihr nichts Überzeugendes einfällt, entscheidet sie sich schließlich für die Wahrheit. Wir haben das Haus ihrer Eltern kaum betreten, da hagelt es auch schon Vorwürfe. Neles Mutter Traute stemmt die Hände in die Hüften. Die Falten, die von ihren Mundwinkeln bis hinunter zum Kinn verlaufen, verwandeln sich in tiefe Gräben.

„Ich hab extra deinetwegen einen Gemüseauflauf gemacht", zetert sie. „Und einen Karamellpudding als Nachspeise, den magst du doch so gerne. Pünktlich um halb sieben stand das Essen auf dem Tisch und seit zwanzig vor sieben mach ich mir Sorgen! Ich hab dich wohl hundertmal angerufen, wieso gehst du neuerdings nicht mehr ans Telefon?"

Sie lässt Nele keine Chance zu antworten. „Und jetzt ist es fast zehn! Seit dreieinhalb Stunden mach ich mir Sorgen!" Abrupt dreht sie sich um und verschwindet im Stechschritt in die Küche. Nele und ich folgen ihr bedröppelt.

Traute macht sich ständig Sorgen. Um jeden Furz macht sie sich Sorgen. Sie macht sich Sorgen um die

Welt, die Nachbarn, die Blumen in ihrem Garten, um die Rente und um Eduards Bandscheiben. Sie macht sich Sorgen, dass ihr Auto kaputt gehen könnte, um das Wetter am Pfingstwochenende und um Neles Zukunft. Stattdessen sollte sie sich lieber um sich selbst sorgen, ich meine, um sich selbst kümmern. Dann wäre sie glücklicher und hätte mehr Spaß an ihrem Leben. Außerdem geht sie allen Beteiligten mit ihrer Sorgerei auf die Nerven, aber das sagt ihr keiner, sonst wär sie beleidigt, weil sie's ja gut meint.

Aus dem angrenzenden Wohnzimmer ist Filmmusik zu hören, dann eine Schießerei und Polizeisirenen. Neles Vater Eduard sitzt im Sessel, in der einen Hand hält er die Fernbedienung, mit der anderen stopft er Chips in seinen Mund.

„Hallo, da seid ihr ja", ruft er uns durch die offene Tür zu, winkt mit der Fernbedienung und guckt wieder zum Bildschirm.

„Ich hab die Küche gerade sauber", lamentiert Traute und öffnet den Kühlschrank, in dessen Regalen mit Deckeln verschlossene Plastikdosen aufgereiht sind. Seufzend nimmt sie zwei davon heraus, aber Nele legt ihr sanft die Hand auf den Arm.

„Lass gut sein, Mama. Ich hab keinen Hunger."

„Auch das noch! Da mach ich mir extra die Mühe…", beschwert sie sich.

Ich geh nach nebenan zu Eduard und schau nach, ob ich Chipskrümel auf dem Teppich finden kann. Er legt die Fernbedienung auf die Sessellehne und die Tüte auf den Wohnzimmertisch, und wischt seine Chipshand an der Hose ab. Dann streichelt er meinen Kopf, und ich rieche fettige Kartoffeln und feurige Gewürze. Edu hat sanfte Hände und genau den richtigen Streicheldruck.

Er hat tatsächlich ein paar Krümel verloren, winzige zwar, aber immerhin. Edu bemüht sich, dass er nicht krümelt, vor allem wenn Traute in der Nähe ist. Als ich den Teppich rund um seinen Sessel abgesucht habe, fängt die Werbepause an. Er steht ächzend auf und humpelt nach nebenan.

„Na, Schatz, wie geht's dir?" Er gibt Nele einen Kuss auf die Wange.

Traute kommt ihrer Antwort zuvor. „Nele glaubt, dass der Pferdeschänder wieder sein Unwesen treibt", ruft sie aufgebracht und presst ihre Hände auf die Brust, als könne sie damit ihren Herzschlag beruhigen.

„Das wär schlimm", meint Edu.

„Ich war bei Udo und hab ihn gebeten, die Pferde nachts reinzuholen", erklärt Nele.

Traute nimmt die Hände wieder runter von ihrem Busen. „Nein!", ruft sie aus, aber das klingt wie „Juhu!" Sie strahlt. „Und? Habt ihr euch wieder versöhnt?"

Nele schaut hoch zur Zimmerdecke. „Bitte, Mama!", sagt sie. „Das mit Udo, das hat sich erledigt!" Ihr Tonfall besagt, dass das nicht stimmt.

„Schade", erwidert Traute enttäuscht. „Ihr zwei habt so wunderbar zusammen gepasst und es war so schade, als…" Sie bricht ab.

„Wird er deinen Rat befolgen und die Pferde reinholen?", erkundigt sich Edu nüchtern.

Nele hebt die Schultern. „Er will das mit seiner Mutter besprechen und ich glaube nicht, dass sie zustimmen wird."

Er streichelt ihr über die Wange. „Du hast es zumindest versucht", will er sie aufmuntern.

„Das finde ich auch!", stimmt Traute zu und rührt in den Töpfen auf dem Herd. Ihr kommt ein Gedanke und sie wendet sich wieder um.

„Nele, du musst uns am Sonnabend helfen. Am Sonntag sind die Maler hier und deswegen müssen alle Möbel aus dem Wohnzimmer raus, die Gardinen und Vorhänge runter und so weiter. Dein Vater kann sich ja nicht mehr rühren."

„Die arbeiten sonntags?", fragt Nele erstaunt.

„Das sind Klaus und Norbert von meiner alten Firma, die machen das nebenbei, und haben sonst keine Zeit", erklärt Edu.

Nele nickt, sie verspricht, am Sonnabend gegen neun Uhr da zu sein. Dass sie sich vorgenommen hatte, auszuschlafen und anschließend mit mir zu Zoomaxx zu fahren, behält sie für sich. Wenn ihre Eltern sie brauchen, dann ist sie für sie da.

3

Jürgen lässt sich den Rest der Woche nicht in der Redaktion blicken. Nele hat ein paarmal mit ihm telefoniert, doch davon erzählt sie den Kollegen nichts. Am Freitag kommt Hubert, der Verlegersohn, die Treppe rauf und ich hör an seiner Schnappatmung, dass was nicht stimmt.

„Jetzt ist es amtlich", schnauzt er, als er ins Büro stürmt. „Trommeln Sie alle zusammen, ich hab Ihnen was mitzuteilen."

Nele flitzt von Büro zu Büro und ich flitz hinterher. Die Kollegen lassen alles stehen und liegen und jeder beeilt sich, um als erster da zu sein. Ich wundere mich, denn normalerweise trödeln sie auf dem Weg zum Konferenzraum wie die Leute in der Fußgängerzone, und quatschen belangloses Zeugs dabei. Heute quatscht niemand, im Konferenzraum ist es still bis auf die Motorengeräusche von der Straße. Niklas macht schnell das Fenster zu. Ich hocke mich unter den Tisch nahe bei Hubert, damit ich alles mitkriege, was er sagt. Er hat nämlich die Angewohnheit, halbe Wörter zu verschlucken, vor allem, wenn er nicht bei Sinnen ist. Und er ist meistens nicht bei Sinnen.

Ich betrachte seine Schuhe, sie sind aus glänzend feinem schwarzem Leder. Er krümmt die Zehen und streckt sie wieder aus, das macht er ein paar Mal. Dieter kratzt über seine beide Wangen, jemand räuspert sich, Silke muss niesen und entschuldigt sich dafür. Niklas wünscht ihr im Flüsterton Gesundheit. Sie schenkt ihm ein angedeutetes Lächeln ihrer dunkelroten Lippen, dann zieht sie ein Taschentuch hervor und schnäuzt sich umständlich die gepuderte Nase.

Hubert ist der einzige in der Runde, der sich nicht hingesetzt hat. „Es ist soweit", poltert er. Seine hohe Stimme überschlägt sich. „Der Aufsichtsrat hat beschlossen, dass unsere Redaktion mit der Kleinburger Redaktion zusammengelegt wird."

Ausrufe des Erschreckens sind zu hören und Dieter stöhnt auf, als hätte er einen Schlag ins Gesicht bekommen. Nele schaut stumm auf die Tischplatte und wickelt gedankenverloren eine Haarsträhne um ihren Zeigefinger.

„Der Aufsichtsrat will aus fünf Lokalredaktionen drei machen. Wir sollen mit Kleinburg zusammengehen, und Grubendorf mit Ellershausen."

„Wie soll das denn gehen?", knurrt Niklas.

„Ich hab Herrn Lürssen bereits angerufen und ihm aufgetragen, am Montag wieder in der Redaktion zu sein."

Es hängt die unausgesprochene Frage im Raum, was Jürgen wohl an der Situation ändern kann.

„Aber warum machen die das?", fragt Silke betroffen.

Hubert zuckt die Schultern. „Die Abo-Zahlen der Hauptausgabe sind seit Jahren rückläufig. Das hat mir Erwin Hammerschmid vom Vorstand verdeutlicht."

Für einen Moment sagt niemand etwas.

„Unsere Generation ist mit einer Tageszeitung aufgewachsen", stimmt Jens eine Klagerede an. „Für uns gehört sie auf den Frühstückstisch, sie ist unsere erste und wichtigste Informationsquelle des Tages. Aber die jungen Leute sparen sich das Geld fürs Zeitungsabo, die gucken ins Internet."

„Die Zeitung, wie wir sie kennen, stirbt aus", pflichtet Dieter ihm in düsterem Ton bei.

„Die Onlineredaktion wird laut Hammerschmid weiter ausgebaut, aber natürlich im Haupthaus und nicht hier an unserem Standort", schiebt Hubert nach.

Niklas atmet geräuschvoll ein. „Okay, wir werden zusammengelegt, aber was bedeutet das genau? Wird unser Haus geschlossen, oder das Kleinburger?"

Gute Frage, finde ich. Ich möchte nämlich bitte meinen Platz zwischen der Heizung und Neles Schreibtisch behalten. Wer weiß, ob die in Kleinburg Hunde mögen.

„Das wird bei der nächsten Aufsichtsratssitzung in vier Wochen entschieden. Dieses Haus ist alt, die Energiekosten hoch und dringende Sanierungen sind nötig. Mein Vater hätte längst was unternehmen müssen", proklamiert Hubert.

Angst breitet sich im Raum aus wie wabernder Nebel und legt sich schwer auf die Schultern der Kollegen.

„Das bedeutet im Klartext, dass Personal eingespart wird – so oder so", sagt Silke triumphierend, als hätte sie immer gewusst, dass es einmal so kommen wird.

„Es wird sicherlich Umverteilungen geben", stimmt ihr der Verlegersohn zu. „Und in einigen Fällen auch Entlassungen. Aber daran bin nicht ich schuld."

„Können wir die Entscheidung irgendwie beeinflussen?", fragt Nele. „Gibt es eine Mitarbeiterbefragung oder so etwas?"

Hubert zuckt die Schultern. „Nicht dass ich wüsste. Fragen Sie mal im Haupthaus nach."

Niklas räuspert sich. „Mich würde Ihre persönliche Einstellung interessieren. Was halten *Sie* von der ganzen Sache?" Er schaut Hubert unverwandt in die Augen.

Der setzt ein verbindliches Lächeln auf. „Ich führe hier die Geschäfte meines Vaters fort, solange der Laden läuft."

Silke gibt ein schnaubendes Geräusch von sich und Dieters Beine zucken.

„Wir sind von Ihrem Vater mehr Loyalität gewohnt", knurrt Niklas.

„Aber nicht doch, ich stehe voll hinter Ihnen", versichert Hubert und lächelt jovial in die Runde. Er beendet die Versammlung, durchquert den Raum und geht die Treppe runter.

Dieter springt auf und rennt zum Klo, die anderen füllen ihre Kaffeetassen und machen ihren Gedanken Luft. Sie schimpfen über Jürgen, als hätte der ihnen die ganze Suppe eingebrockt. Jens meint, dass Jürgen sowieso der falsche Mann an der Spitze sei. Ich höre Nele tief Luft holen, sie will Jürgen verteidigen, aber dann bleibt sie doch stumm. In Wahrheit weiß doch jeder hier im Raum, dass Jürgen nichts dafür kann.

Dann schimpfen sie über Hubert. „Der wartet doch nur drauf, dass er wieder zurück nach Mauritius oder Honolulu kann", wettert Niklas und die anderen stimmen ihm zu.

„Der kennt sich mit Kokosnüssen und Hängematten aus, aber vom Zeitungsgeschäft hat er keine Ahnung!"

„Seit der Senior nicht mehr da ist, geht's steil bergab mit uns."

Als Dieter vom Klo zurück ist, hören sie auf zu schimpfen und suchen nach Lösungen.

„Wir können nur eines tun", sagt Jens, und schiebt seine Brille hoch. Die anderen schauen ihn erwartungsvoll, aber auch skeptisch an. „Wir produzieren während der nächsten vier Wochen die beste Regionalausgabe, die es je gegeben hat. Die Entscheidungsträger im Haupthaus werden unsere Arbeit mehr denn je mit den Kleinburgern vergleichen. Vielleicht gibt die Qualität letztlich den Ausschlag für ihre Entscheidung."

„Wir sind sowieso besser als die, und wir können noch besser sein", meint Dieter trotzig.

„Wir könnten eine neue Serie starten", schlägt Olga kaum hörbar vor. „Und überregionale Themen auf unsere Region runterbrechen." Ihre Stimme wird mit jedem Wort leiser, bis sie zu einem heiseren Piepsen verklingt.

Niemand geht auf ihre Vorschläge ein, vielleicht sind die anderen Kollegen erstaunt, dass Olga sprechen kann, oder sie haben sie schlichtweg überhört.

„Dann mal los! Ran an die Buletten! Ab jetzt legen wir uns richtig ins Zeug!", feuert Jens sich selbst und die anderen an.

„Als würden wir das nicht sowieso schon tun",

mault Silke. „Wir haben zu wenige Leute! Justus ist nicht mehr da, Torben wurde versetzt, Frank ist krankgeschrieben und Jürgen macht Urlaub."

„Trotzdem ist das unsere einzige Chance", meint Niklas. „Ab Montag ist Jürgen wieder da, dann haben wir einen Mann mehr. Ich will auf gar keinen Fall bei den Kleinburgern unterkriechen, und ich vermute, ihr wollt das auch nicht."

Die anderen Redakteure schütteln die Köpfe.

„Und ich werd alles tun, um genau das zu verhindern", ergänzt er.

„Ich hab ein paar Wochen lang in Kleinburg gearbeitet, bevor ich hier angestellt wurde", erinnert sich Dieter. Er scharrt mit den Füßen und fummelt gleichzeitig an einem Pickel auf seiner Wange herum. „Das ist ein Scheiß-Betriebsklima bei denen, sag ich euch."

„Das ist bei uns zum Glück ganz anders", lässt sich Nele vernehmen, und schaut zwischen Dieter und Jens hin und her.

Die beiden fühlen sich nicht angesprochen.

„Also was ist? Zeigen wir's den Kleinburgern?", ruft Jens kampfbereit, und reckt die Faust in die Höhe.

Dieter und Niklas versichern, dass sie dabei sind. Olga nickt zaghaft und Silke zieht eine Grimasse.

„Was wird eigentlich aus dir, wenn hier die Lampen ausgehen?", wendet sie sich an Nele.

„Dann bin ich arbeitslos. Zwei Sekretärinnen sind eine zu viel", antwortet sie.

Ich hab keine Ahnung wie das ist, arbeitslos zu sein.

Ich denk mir nur, dass alles seinen Sinn hat, auch jede Veränderung. Wenn Nele nicht mehr als Sekretärin bei der Zeitung arbeiten soll, dann könnte sie sich eine andere Arbeit suchen, die ihr mehr Spaß macht. Auf die Idee würde sie wahrscheinlich nicht kommen, wenn alles beim Alten bliebe. Und für die anderen Kollegen, die sich dauernd über Jürgen, den Stress und die viele Arbeit beklagen, kann das auch eine Chance sein. Sie könnten beginnen ihren Job wertzuschätzen, weil sie merken, dass sie ihn nicht verlieren wollen. Oder sie überlegen sich, was sie zukünftig lieber machen wollen als Redakteur zu sein. In beiden Fällen hätten sie mehr Freude am Leben, und Freude ist gut für die Gesundheit.

Als wir wieder im Büro sind, ruft Nele bei Jürgen an. Anschließend ordnet sie das Regal, auf dem die Zeitungen ausliegen. Sie stapelt sie und trägt den Stapel in den Flur, wo ein großer Karton bereitsteht. Dann gießt sie die Blumen und daran merke ich, dass das Wochenende bevorsteht.

Nach Arbeitsschluss fahren wir direkt nach Wiesmoor. Ich darf wieder frei laufen, renne über die erstbeste Wiese, schlage Haken und lade Nele zum Toben ein. Wir veranstalten ein Wettrennen, das sie wie immer verliert. Dann wirft sie einen kleinen Ball für mich, und ich bring ihr den Ball wieder. Aber recht bald hab ich zum Ball-Wiederbringen keine Lust mehr, lass ihn liegen und sie muss ihn selbst wiederholen.

An der Weggabelung sehen wir, dass wir nicht allein unterwegs sind. Eine große menschliche Gestalt und ein großer Hund nähern sich. Im ersten Moment denk ich an Iwan, aber meine Sorge ist unbegründet, denn meine Nase nimmt den zottigen Riesen wahr, der gestern vorm Gehöft rumstand. Nele greift automatisch zur Leine, aber dann erkennt auch sie die beiden Spaziergänger und steckt die Leine wieder ein.

Der Mann, der sich Rob nennt, holt uns erstaunlich schnell ein.

„Hallo Raubtier", begrüßt er mich fröhlich. Dann lacht er Nele an und dabei leuchten seine blauen Augen. Heute hat er keinen Zopf, seine langen Haare bedecken seine Schultern und reichen bis zu den Ellenbogen. Er trägt auch keine Latzhose, sondern Jeans, T-Shirt und Turnschuhe. Unterm T-Shirt zeichnen sich seine Muskeln ab.

Sein zotteliger Hund heißt Pebbels. Der nimmt kaum Notiz von mir, sondern trottet hinter seinem Begleiter her, als hätt der Leberwurst unter den Schuhsohlen kleben. Ich klemm mich neben ihn, schnüffle in Richtung von Robs Schuhen, aber da klebt nichts dran.

Nachdem ich eine Weile neben ihm her getrabt bin, dreht Pebbels den Kopf und wirft mir einen kurzen Blick zu. Sein Vorhang schwingt zur Seite, seine Augen sind ein wenig trüb, er ist ja auch schon älter. Ich mag ihn und ich glaub, er mag mich auch. Er schenkt sich die ganze Show mit Drohgebärden und Dominanzgehabe, die ich von anderen Hunden so kenne. Ich staune, als er die Lefzen zu einem Grinsen verzieht, aber dann komm ich dahinter, dass das kein

Grinsen ist, sondern der Vorbote eines herzhaften Gähnens.

Sein Gang wirkt gemächlich und seine Pfoten sind wirklich respekteinflößend riesig. Das sind keine Pfoten, das sind Pranken. Ein paar Strohhalme haben sich in seinem langen Fell verfangen und ich stelle mir vor, dass er sich in einem der Ställe ein gemütliches Lager eingerichtet hat.

Wir traben beziehungsweise latschen also eine Weile nebeneinander her, während sich Nele angeregt mit Rob unterhält. Rob erzählt, dass er zwei provisorische Boxen für die Pferde hergerichtet hat, damit sie nachts rein können und vorm Pferdeschänder geschützt sind. Er hat den Hof vor kurzem in einer Versteigerung gekauft. Es gibt dort eine Menge zu tun, sagt er, und es macht ihm Spaß, alles zu reparieren und das Anwesen wieder schön zu machen.

„Ich beneide dich", gesteht Nele, und schießt mit der Schuhspitze einen kleinen Stein vom Weg ins Gebüsch. „Jedes Mal, wenn ich am Hof vorbeigegangen bin, hab ich mir gewünscht, dass es meiner wäre."

Rob lächelt sie an. „Was würdest du denn damit machen? Das Gehöft ist zu groß, um nur dort zu wohnen", meint er.

Nele schweigt eine kleine Weile. Dann rückt sie mit ihrem Wunschtraum heraus. „Ich hätte dort ein Heim für Pferde in Not eingerichtet", sagt sie.

„Ein Tierheim für Pferde?", erkundigt er sich erstaunt.

Nele ist jetzt voll in ihrem Element. „Du hast doch

bestimmt schon von Babyklappen in Krankenhäusern gehört?", fragt sie eifrig, und Rob nickt.

„In Schleswig-Holstein gibt es eine ganz ähnliche Einrichtung: Eine Pferdeklappe. Da kann man sein Pferd abgeben und wenn man möchte, kann man dabei anonym bleiben."

Rob staunt, und ist auch skeptisch. „Wer verschenkt denn sein Pferd? Ich kann mir nicht vorstellen, dass das irgendjemand macht."

„Es gibt viele Menschen, die ihr Pferd nicht mehr behalten können oder wollen, aus den unterschiedlichsten Gründen. In der Pferdeklappe haben sie die Gewissheit, dass mit ihrem Pferd verantwortungsvoll umgegangen wird, und sie müssen nichts bezahlen."

Er ist noch immer nicht überzeugt. „Weil die Kosten dann der Betreiber an der Backe hat! Wie finanziert sich denn sowas? Durch Spenden? Oder muss man dafür Millionär sein?"

Nele lacht. „Letzteres ist natürlich immer von Vorteil", meint sie. „Aber nicht zwingend notwendig. Die Pferde werden aufgepäppelt, gepflegt und trainiert und dann an passende Menschen verkauft. Das funktioniert gut."

Ich guck rüber zu Pebbels, der unverändert gleichmütig vor sich hin trödelt. Mir ist das zu langweilig, und deswegen mach ich Action. Ich renn so plötzlich los, als hätt mich was gestochen. Ich renn so schnell, dass meine Hinterfüße fast die Vorderen überholen, jage um einen Baum herum, rase zurück, an

Nele vorbei, Vollbremsung, Richtungsänderung, Vollgas und presche zwischen Robs Turnschuhen und Pebbels Nase hindurch. Nochmal zurück, diesmal schieße ich unter Pebbels Bauch durch, perfektes Timing!

Pebbels beobachtet mich mit einer Mischung aus Verwunderung und Belustigung und als ich nochmal auf ihn zu renne, macht er einen kleinen Hopser, der etwas ungelenk ausfällt, und dann macht er noch einen Satz, als hätt auch ihn der Übermut gepackt. Ich veranstalte jetzt so eine Art Slalom um seine Vorder- und Hinterfüße, in Höchstgeschwindigkeit versteht sich, und das scheint er wirklich lustig zu finden. Er weiß gar nicht, wo er so schnell hingucken soll, zumal ihm der Vorhang vor seinen Augen die Sicht erschwert.

Nele und Rob sind stehengeblieben und schauen unserem Spiel zu. Pebbels macht Bocksprünge, und ich bin wie ein Highspeed-Rennwagen auf Slalom-Kurs. Die beiden wollen sich ausschütten vor Lachen.

Nun hat Pebbels genug von der Hüpferei, er galoppiert los, nicht so energiegeladen wie ich, aber dank seiner langen Beine schnell genug. Ich versuche, ihm den Weg abzuschneiden, aber er kommt mir zuvor, biegt ab und springt mühelos über einen Graben. Er landet weich nebenan auf der Wiese und schaut sich nach mir um.

Was der alte Mann kann, das kann ich schon lange, also spring ich hinterher. Uff, leider verschätzt. Mit einem Platsch lande ich mitten im Graben, auf dem dieses grüne Zeugs schwimmt, das Nele Entengrütze nennt, und das immer so hartnäckig im Fell klebt, wenn's getrocknet ist. Ich hör Nele irgendwas rufen, sie klingt nicht begeistert.

Pebbels steht am Rand des Grabens und schaut mir dabei zu, wie ich mich durch das Grünzeug kämpfe und die Böschung raufkraxle. Als ich oben bin, läuft er wieder los und das ist ganz eindeutig eine Aufforderung zum Wettrennen. Was für ein herrlicher Spaß! Dieser Zottel-Pebbels ist der erste Hund in meinem Leben, der meine Sprache spricht. Mit dem könnt ich noch stundenlang weiterspielen. Hach ist das schön, einen Freund zu haben!

Er hat mehr Dampf unterm Hintern, als ich ihm zugetraut hätte. Außerdem ist er ein Fan von Maulwurfshaufen. Der buddelt die Dinger schneller auf als jede Maschine. Die Erde fliegt unter seinem Bauch durch und landet weit hinter seinen Hinterläufen. Als wir schließlich beim Gehöft ankommen, sind wir beide k.o..

„Na, da staune ich aber über dich, altes Haus", sagt Rob und krault ihm liebevoll die Stirn. „Wann hast du das letzte Mal mit einem anderen Hund gespielt?" Zu Nele gewandt erklärt er: „Pebbels ist eigentlich ein überzeugter Einzelgänger."

Nele ist nicht weniger verwundert. „Napoleon spielt sonst auch nicht mit anderen, noch nicht mal auf der Freilauffläche." Sie bückt sich zu mir runter und prüft mit dem Zeigefinger und gerümpfter Nase, ob mein Fell schon getrocknet ist.

„Und warum gehst du dann mit ihm da hin?", erkundigt sich Rob. Er spricht mir aus der Seele.

Erst im Auto fällt mir mein eigener Geruch auf. Da muss noch was anderes im Graben drin gewesen sein außer Wasser und Entengrütze. Nele schnappt nach Luft und lässt die Fensterscheibe der Fahrertür runter. „Gleich gehst du als allererstes in die Badewanne", verspricht sie mir.

Ich klemm den Schwanz unter den Bauch und lass die Ohren hängen. Bitte, lieber Gott, mach, dass kein Wasser aus dem Hahn kommt. Oder dass die Shampooflasche leer ist.

Tatsächlich hat Gott meinen Hilferuf erhört. Er greift mir aber auf andere Weise unter die Arme, nämlich in Gestalt eines Besuchers. Wir sind kaum ausgestiegen, da taucht der lange Udo auf.

„Hallo Zuckerstückchen", ruft er und verzieht seine Lippen zu einem breiten Grinsen. Ich bin mir sicher, er guckt auch die Dating-Shows, sonst hätte er nicht dieses samtweiche Gurren in der Stimme.

Nele hält in der Bewegung inne. „Udo", macht sie überrascht. „Ist etwas passiert?" Jetzt klingt sie alarmiert.

Er lacht. „Ja und nein. Wollen wir reingehen?" Er fragt das so, als wär er schon oft in unserer Wohnung gewesen, oder als sei das gar seine Wohnung.

Nele zögert. „Ich… ich wollte eigentlich…", beginnt sie.

Immer wenn du „eigentlich" sagst, verrätst du dein Herz. Diesen Satz und viele andere meiner Weisheiten hab ich aus dem tragbaren Computer. Wenn ich alleine zu Hause bleiben muss, macht Nele mir nämlich Robert

Betz an. Das ist ein Lebenslehrer, der den Menschen hilft, glücklich und erfolgreich zu werden. Nele hat ihn als meinen Hundesitter ausgesucht, weil er eine ruhige, heitere Stimme hat.

Ich hab seine Vorträge schon unzählige Male gehört, ich kann die meisten auswendig, auch wenn ich nicht immer versteh, was genau er meint. Das liegt vor allem daran, dass der Bildschirm nach kurzer Zeit schwarz wird. Deswegen guck ich lieber Fernsehen, da kann ich hören *und* sehen. Wenn einer von den Dating-Kandidaten zum Beispiel zu seiner Angebeteten sagt: „In meiner Freizeit spiel ich Dudelsack und ich fänd's toll, wenn wir uns mein Hobby teilen: Du bläst meine Flöte und ich spiel mit dem Sack", und die Betreffende lässt ihn stehen und macht ein Gesicht, als würd sie ihm am liebsten eine runterhauen, dann weiß ich, dass Dudelsackspielen bei Frauen nicht so gut ankommt.

Udo hat nicht gesagt, dass er Dudelsack spielt, aber begeistert ist Nele trotzdem nicht. Dennoch nimmt sie ihn mit rein. Seine langen, dünnen Beine stecken in knallengen Jeans und seine Füße in Cowboystiefeln. Als er vor mir durch die Tür geht, steigt mir wieder der Geruch in die Nase, den ich schon mehrmals wahrgenommen habe: Auf der Happy-Weide und am Reitplatz, als die dralle Helena ihn von hinten kommen lassen sollte.

Ein ungutes Gefühl breitet sich in meinem Bauch aus, und das hat ausnahmsweise nichts damit zu tun, dass mein Abendessen überfällig ist. Im Geiste bin ich wieder bei Emily, klau Freds Napf, fress ihn unter der

Eiche leer und nehme diesen Geruch wahr. Ich streune über die Wiese, und finde das Pferdeblut und das Menschenblut.

Nele geht voran in die Küche, wo Udo anerkennend mit der Hand über die Arbeitsfläche streicht. „Sehr rustikal. Die Möbel hat bestimmt dein Vater für dich gebaut, nicht wahr?"

Nele taut jetzt ein wenig auf. „Ja, das hat er. Da war das mit seiner Bandscheibe noch nicht so schlimm." Sie lächelt, als sie an ihren Vater denkt.

Mein Fell ist inzwischen getrocknet und wie erwartet ziemlich verklebt. Weil Udo da ist, hat Nele keine Zeit, mich in die Badewanne zu stecken.

„Ich geb mal eben Napoleon was zu fressen", sagt sie fast entschuldigend und macht die Kühlschranktür auf.

Udo bückt sich runter und klopft mit seiner gesunden und seiner verbundenen Hand betont überschwänglich auf seine Oberschenkel. „Na, was ist? Hat der kleine Poldi Hunger?", ruft er albern.

Ich strafe ihn mit Missachtung und konzentrier mich auf die Hundefutterdose in Neles Händen. Ich nehm's ihr nicht übel, dass sie mir die Mahlzeit heute nicht wie gewohnt mit einem liebevollen „Guten Appetit" serviert. Sie ist nervös und durcheinander, und das ist kein Wunder. Seitdem sie mit Udo Schluss gemacht hat, hatte sie keinen Freund. Jedenfalls keinen richtigen, so wie die Frauen in den Dating-Shows einen suchen. Nele wollte keinen, sie hatte das mit Udo noch nicht verdaut. Und nun taucht er plötzlich hier auf und erinnert sie an das, was einmal zwischen ihnen gewesen ist.

Während ich meinen Napf ausschlecke, zeigt Nele ihm das Wohnzimmer. Er findet die Regale mit den Büchern, Vasen und Kerzenständern „Süß! Typisch Mädchen!" und unser Sofa „Sehr bequem.".

„Geht's deiner Hand besser?", hör ich Nele fragen. „Was ist denn überhaupt damit passiert?"

„Nicht der Rede wert. Bin mit dem Werkzeug abgerutscht, als ich unseren Traktor reparieren wollte", erwidert er leichthin.

„Du reparierst den Traktor selbst?", staunt Nele. „Früher hast du ihn in die Werkstatt gegeben."

„Aber nicht, um den Keilriemen zu spannen. Das krieg ich auch selber hin."

Ich wälze mich ausgiebig auf dem Teppichläufer in der Küche und werde dadurch schon mal einen großen Teil der Entengrütze los. Nele kommt rein, um Gläser und Getränke zu holen. Ich springe auf, schüttle mich und hefte mich an ihre Fersen.

Udo hat sich auf unserer Couch so breit gemacht, als würde sie ihm gehören. Unter halb geschlossenen Lidern beobachtet er Nele, wie sie die Getränke auf den Tisch stellt und die Gläser vollschenkt. Als sie sich neben ihn hockt, macht er ihr nur unwesentlich Platz. Außer dem Sofa haben wir keine weiteren Sitzgelegenheiten im Wohnzimmer, aber Nele hätte einen der beiden Holzstühle aus der Küche herholen können. Ich überlege, auf ihren Schoß zu springen, entscheide mich aber wegen der Entengrütze dagegen. Nicht dass sie mich doch noch in die Wanne steckt.

Ich suche mir einen guten Platz unterm Couchtisch vor ihren Füßen und rolle mich zusammen. In meinem Augenwinkel tauchen Udos Cowboystiefel auf, ich atme seinen Geruch ein – und auf einmal fällt's mir wieder ein. Udo hat das Happy-Pferd verletzt, also ist er der Pferdeschänder! Und Nele ahnt davon nichts, weil er ein guter Schauspieler ist. Ach herrje, und was nun?

Ich muss ihr klar machen, was ich weiß, also spring ich auf und komme unterm Tisch hervor. Mit breiter Brust baue ich mich zwischen ihren und Udos Beinen auf und kläffe ihn an wie der Teufel. Meine Muskeln sind angespannt, ich knurre so bedrohlich ich nur kann und belle wieder, immer abwechselnd.

Nele schaut verwirrt, aber weil sie den Grund für meine Aufregung nicht erfasst, schimpft sie mit mir. Und als ich nicht aufhöre zu bellen und zu knurren, droht sie, mich in der Küche einzusperren.

Udo guckt mich so böse an, als würde er mir am liebsten die Gurgel umdrehen. Weil ich ein solches Theater mache, ist Nele abgelenkt, und deswegen kann er mit seinem Balzgehabe nicht bei ihr landen. Ich leg noch 'ne Schippe drauf und zeig ihm meine Zähne.

Statt zu verstehen, was ich ihr mitteilen will, macht sie Anstalten, ihre Drohung in die Tat umzusetzen. Fluchend steht sie vom Sofa auf, sie ist jetzt wirklich sauer, und ich verstumme gerade noch rechtzeitig. Schnell schlüpf ich zurück unter den Tisch, und mir wird klar, dass ich mit Bellen und Knurren und Zähnefletschen nicht weiter komme.

Als sie sich wieder hingesetzt hat, erzählt Udo ihr,

dass seine Pferde jetzt nachts drinnen sind, weil sie es ihm gesagt hat. Seine Mutter hat ein paar Reitschülerinnen eingespannt, denn ihm fehlt für den zusätzlichen Aufwand die Zeit. Seine Stimme klingt so stolz, als wär er ein kleiner Junge, der was ganz Tolles gemacht hat. Er verfehlt seine Wirkung bei Nele nicht. Sie ist sichtlich erleichtert und lehnt sich entspannt zurück. Rein zufällig liegt sein Arm auf der Lehne, und sie legt ihren Hinterkopf darauf ab. So ganz kapier ich das nicht. Wenn Udo derjenige ist, vor dem Nele ihn gewarnt hat, dann hätte er doch wegen seiner eigenen Pferde nichts zu befürchten, oder?

Nun berichtet er von seinen jüngsten Turniererfolgen und dass er ein paar Pferde teuer verkauft hat. Dann redet er über die Stute Sunshine. Mit trauriger Stimme sagt er, Sunshine sei einsam, sie bräuchte dringend jemanden, der sich, wie Nele damals, um sie kümmert. Nele wird ganz blass, als sie das hört. Ich glaube, Udo braucht jemanden, der sich um *ihn* kümmert, und hat das mit dem Sunshine-Pferd nur vorgeschoben. Das machen manche Bauern bei „Bauer sucht Frau" auch so, nur umgekehrt. Sie sagen, sie suchen eine Frau für ihr Herz, und dabei suchen sie vor allen Dingen eine, die bei der Stallarbeit mit anpackt.

Nele, die für ihr Leben gerne über Pferde spricht, aber nur wenige Menschen kennt, die ihre Leidenschaft teilen, erkundigt sich nun in allen Einzelheiten nach dem Sunshine-Pferd. Ihre Wangen färben sich rosa und ihre Augen glänzen. Udo verändert seine Sitzposition, er macht es sich gar noch bequemer und lässt sich tiefer ins Polster sinken. Dadurch sackt sein Arm ein Stück runter und legt sich um Neles Schultern. Ich knurre verhalten.

Meine Augenlider sind schwer und mein Magen verlangt nach einem Verdauungsschläfchen. Doch ich zwinge mich, Udo im Blick zu behalten. Weil mich Pferde nicht sonderlich interessieren, blende ich sein Geplapper für eine Weile aus, denke über meine Erkenntnis nach und überlege angestrengt, wie ich ihn entlarven kann.

Als ich wieder zuhöre, spricht er über seine Mutter. Sie will mit dem Reitunterricht aufhören und ihm den Hof überschreiben. Nele erkundigt sich nach dem Grund.

„Sie ist krank", antwortet Udo und schlägt betrübt die Augen nieder. Er sagt auch den Namen der Krankheit, aber den hab ich noch nie gehört und er klingt so kompliziert, dass ich ihn mir nach einmaligem Hören nicht merken kann. Etwas in seiner Stimme lässt mich sicher sein, dass das was er sagt, nicht stimmt. Ich weiß allerdings nicht, warum jemand eine Krankheit erfindet, zumal wenn's die eigene Mutter betrifft.

Nele rückt ein Stück von ihm ab, um ihm in die Augen sehen zu können. „Udo", setzt sie an, und er erwidert selbstsicher grinsend ihren ernsten Blick.

„Ich werd dir das mit Theresa niemals vergessen. Das war echt das Allerletzte! Du hast mich damit mehr getroffen, als du dir ausmalen kannst."

Plötzlich guckt er so belämmert aus der Wäsche, als hätt er gerade eine gescheuert gekriegt. Er rutscht auf dem Sofa herum, streckt seine Beine aus und zieht sie wieder ran und schaut runter auf seinen Schoß.

„Gut, dass du das ansprichst", sagt er kleinlaut. „Ich bin dir dafür sehr dankbar, denn es ist wichtig, dass wir das aus der Welt schaffen." Er legt den Kopf schief und guckt sie unterwürfig an. „Das mit Theresa, das war nichts, verstehst du, es hat rein gar nichts bedeutet."

„Nichts bedeutet?", wiederholt Nele empört und schüttelt den Arm auf ihrer Schulter ab. „Du hast sie auf dem Küchentisch gefesselt und dich von ihr befriedigen lassen."

„Weil *sie* das unbedingt wollte! Ich hab den größten Fehler meines Lebens gemacht, als ich auf ihre Verführungskünste reingefallen bin", jammert er. „Ich wünschte, ich könnte die Zeit zurückdrehen. Ich war so ein Idiot!" Er schlägt sich die Hände vors Gesicht.

„Das lief doch schon länger mit euch", mutmaßt Nele. „Ich wette, du hast dich regelmäßig mit ihr amüsiert, während ich im Stall gearbeitet habe."

Er geht auf diesen Vorwurf nicht ein, nimmt die Hände vom Gesicht und legt sie wie zum Gebet aneinander. „Ich versteh, dass du das nicht vergessen kannst, aber bitte, Nele, bitte verzeih mir!", fleht er.

Ich hab so was Ähnliches schon mal im Liebesfilm gehört und da hat der Mann sich vor die Frau hingekniet. Udo bleibt zwar sitzen, ansonsten spielt er die Rolle des Reumütigen nahezu perfekt.

Nun blickt er forschend in Neles Gesicht. Ich kenn diese Art, wie ein Mann eine Frau anguckt, und für mich ist sonnenklar, dass er mehr von Nele will als nur auf unserem Sofa zu sitzen und zu quasseln. Nele guckt genauso viel Fernsehen wie ich und ich frag mich, warum sie seine Komödie nicht durchschaut.

Udo ist nicht doof. Er nutzt diesen Moment, um aufzustehen und sich zu verabschieden. Er wolle Nele keinesfalls bedrängen, versichert er, er sei ja so froh, dass sie sich endlich richtig ausgesprochen hätten. Sie steht ebenfalls auf, und da haucht er einen sanften Kuss auf ihre Wange. Ich schalte mich ein, indem ich ein tiefes, langgezogenes Knurren von mir gebe, aber keiner der beiden beachtet mich.

An der Wohnungstür fragt er sie, was sie am Wochenende vorhabe. Sie antwortet, dass sie ihren Eltern helfen will und als wäre das das Super-Freizeitvergnügen schlechthin, bietet er begeistert seine Hilfe an. Doch Nele wehrt ab, sie will nicht, dass er mithilft, zumal er doch auf seinem Hof genug Arbeit hat.

Udo senkt ein letztes Mal in Sonnyboy-Manier die Stimme. „Ich bin so glücklich, dass wir den Abend gemeinsam verbracht haben. Du bist die tollste Frau der Welt. Das hab ich immer gewusst." Dann verzieht er sich endlich.

Nele schließt die Tür, und geht wie eine Schlafwandlerin durchs Wohnzimmer. Sie schaltet den Fernseher an, reißt eine Tüte Flips auf, hockt sich aufs Sofa und steckt sich einen Flip nach dem anderen in den Mund. Ich spring auf ihren Schoß und kuschel mich an ihren Bauch. Das ist die gemütlichste Gemütlichkeit, gemütlicher geht's nicht. Sie hat die Entengrütze total vergessen und krault mich mit der einen Hand, mit der anderen isst sie die Flips. Ich bettle nicht, das mach ich nicht, ich beobachte nur, ob was für mich abfällt.

Im Fernsehen läuft ein Krimi, ein Mann wird erschossen und die Polizisten haben keine Ahnung, wer's war. Nele guckt gar nicht richtig hin. Sie steckt sich Flips in den Mund und krault mich mechanisch. Behutsam sammle ich die Krümel von ihrem Schoß und hoffe, dass ihr nicht schlecht wird von den vielen Flips. Ein Mann wie Udo ist es nicht wert, dass man sich seinetwegen übergeben muss.

4

Am nächsten Morgen nach dem Aufstehen trinkt Nele eine Tasse Kaffee, dann drehen wir unsere Runde durch das Viertel. Natürlich spaziert die blöde Rosalinde wieder über den Gehweg wie eine Königin. Majestätisch neigt sie den Kopf, als wir an ihr vorübergehen, und grinst sich einen. Wir müssen sogar einen Bogen machen, weil sie kein bisschen zur Seite geht. Das wird ja wohl immer schöner! Nele hält die Leine kurz, und das bringt mich erst recht in Wallungen. Ich nutze das Wenige an Bewegungsfreiheit, mach einen plötzlichen Satz auf sie zu, und belle sie aus tiefster Kehle an. Weg da, du eingebildete Trulla, ich bin hier der König!

Ha! Ich hab sie ordentlich erschreckt, denn sie springt in die Hecke, flüchtet quer durch den verwilderten Garten und verschwindet hinterm Haus. Wie immer ist der rauschebärtige Heinz nirgends zu sehen. Wenn Rosalinde nicht so eingebildet wäre, dann hätte ich fast ein bisschen Mitleid mit ihr, weil sie bei einem Zombie wohnen muss. Um nichts in der Welt möcht ich mit ihr tauschen.

Bevor wir uns zu Neles Eltern aufmachen, gehen wir die Treppe hoch zu Oma Tine. Sie hat sich ein Handtuch um die nassen Haare gewickelt, denn sie will gleich zum Frisör. Wenn sie sich die Haare zuhause wäscht, dann muss sie fürs Schneiden nicht so viel bezahlen, erklärt sie. Während die beiden sich über Frisuren im Allgemeinen und Kurzhaarschnitte im Besonderen unterhalten, durchstreife ich die Wohnung.

Tine teilt ihre Räume mit unzähligen Puppen. Die Puppen sitzen, stehen und liegen überall herum, sie sind mit selbstgestrickten Klamotten bekleidet und tragen bunte Filzhüte. Das Sofa ist bevölkert von Puppen, da kann sonst niemand sitzen, deswegen liegt Tines aktuelle Strickarbeit samt Wollknäuel und Brille auf dem Sessel. Die Duftlampe auf dem Wohnzimmertisch verströmt einen zitronenartigen Geruch, der so dermaßen in meiner Nase kitzelt, dass ich niesen muss.

Tine ist leider eine sehr ordnungsliebende Frau, und ich finde keinen Krümel, nicht mal unterm Küchentisch. Auf dem Herd steht ein großer silberner Topf, aus dem der Dampf von kochenden Kartoffeln aufsteigt. Tine kocht jeden Sonnabend einen Beutel Kartoffeln und isst die ganze Woche davon. Auf dem Küchentisch steht ein Glasschälchen mit Erdbeerschokolade-Riegeln. Soweit ich weiß, ernährt Tine sich vorwiegend von Kartoffeln und Erdbeerschokolade.

Nele berichtet Tine schmunzelnd, wie ich gerade Rosalinde erschreckt habe, und so kommen sie auf unseren Übernachbarn Heinz zu sprechen.

„Ein bedauernswerter Mann", meint Tine kopfschüttelnd. „Was ihm wohl Schlimmes passiert ist, dass er sich vorm Leben drückt?"

Nele guckt sie verständnislos an. „Warum holt er sich keine Hilfe, statt allein in seiner dunklen Bude zu hocken?", entgegnet sie.

„Wahrscheinlich hat er das Vertrauen in die Menschen verloren", meint Tine. „Ich hab schon ein paarmal bei ihm geklingelt, aber er hat nicht aufgemacht, obwohl er zu Hause war. Ich hab seinen Schatten im Flur gesehen."

Nele schüttelt sich, weil sie sich so vor Heinz gruselt. „Du hast bei ihm geklingelt? Aber warum das denn?"

„Um mit ihm zu sprechen. Weil er einsam ist", erwidert Tine schlicht. Sie nimmt den Topf vom Herd und gießt das heiße Wasser ins Spülbecken. Dann stellt sie den Topf wieder auf die Platte, hebt den Deckel ab und eine heiße Nebelwolke steigt auf. Wir verabschieden uns, denn es ist Zeit, zu Neles Eltern zu fahren.

Als wir ins Haus reinkommen, legt Traute letzte Hand an den reich gedeckten Frühstückstisch.

Edu lässt die Zeitung sinken. „Haben deine Kollegen nichts Besseres zu schreiben als diesen Mist?", motzt er. „Wen interessiert denn das?" Er zeigt auf die Titelseite und liest die Überschrift laut vor: „Frischer Wind in der Fußgängerzone. Hartmut Holländer übernimmt Vorsitz des Wirtschaftsverbands. Wer zum Teufel ist Hartmut Holländer?"

Nele lacht. „Lies den Artikel durch, dann weißt du's", empfiehlt sie.

Traute schenkt Kaffee ein und reicht den Brötchenkorb rum. Ich setze mich in angemessener Entfernung auf den Hintern und behalte das Geschehen im Auge.

„Unsere Redaktion wird mit Kleinburg zusammengelegt. Das hat uns der Verlegersohn gestern mitgeteilt", berichtet Nele.

Traute lässt die Kaffeetasse sinken. Sie wird blass, gleichzeitig erscheinen rote Flecken in ihrem Gesicht. „Um Himmels willen! Und was bedeutet das? Wirst du arbeitslos?", keucht sie.

„Es ist noch nicht entschieden, welche Redaktion bestehen bleibt. Sicher ist nur, dass Einsparungen nötig sind."

Eduard gibt ein schnaubendes Geräusch von sich. „Und warum richten sie im Haupthaus die komplette Chef-Etage neu her, wenn sie sparen müssen? Neue Türen, neuer Bodenbelag, neuer Anstrich und neue Möbel. Alles nur vom Feinsten."

Nele staunt. „Woher weißt du das denn?"

Edu beißt in sein Mettbrötchen, kaut und schluckt runter, bevor er antwortet. „Ich bin zwar in Rente, aber ich weiß trotzdem, was läuft. Wir bauen die Türen ein und fertigen die Schränke."

„Du meinst, deine ehemaligen Kollegen tun das", korrigiert ihn Traute. „Du musst das ja zum Glück nicht mehr machen."

„Stimmt", sagt Edu niedergeschlagen.

„Ist doch überall dasselbe: Die Großen machen sich ein feines Leben und treten die Kleinen mit Füßen", lamentiert Traute. „Was willst du bloß machen, wenn du deine Arbeit verlierst?"

„Ausschlafen", scherzt Nele.

„So weit kommt das noch!", ruft ihre Mutter empört.

„Es ist doch noch gar nicht amtlich, dass ich arbeitslos werde", will Nele sie beruhigen. „Aber ehrlich gesagt hab ich sowieso die Nase voll von dem Job, und wenn die Kleinburger Kollegen auch noch dazu kommen, wird's noch mehr Stress. Ich mach das jetzt schon seit drei Jahren…"

„Drei Jahre?", wiederholt Traute verständnislos. „Dein Vater war dreiundvierzig Jahre in derselben Firma. Du solltest froh sein, dass du Arbeit hast in der heutigen Zeit!"

„Aber es kann nicht der Sinn des Lebens sein, sich jeden Tag zu quälen, wenn man viel lieber was anderes machen würde", meint Nele.

Womit sie vollkommen Recht hat, zumindest sagt das Robert Betz, mein Hundesitter im tragbaren Computer. Jeder Mensch soll das arbeiten, was er von Herzen gerne tut, und dann ist das keine Arbeit, sondern ein Vergnügen.

„Pffft", macht Neles Mutter. „Im Leben kriegt man nun mal nichts geschenkt. Da muss man die Zähne zusammenbeißen und durchhalten, nicht wahr, Edu?"

Ihr Mann geht darauf nicht ein. „Wo würdest du denn lieber arbeiten?", erkundigt er sich. „Ich könnte in meiner Firma fragen. Frau Huth aus dem Büro geht nächstes Jahr in Frührente."

Nele schüttelt den Kopf. „Nee, lieb gemeint, aber lass mal. Ich möchte was mit Tieren machen…"

„Dann heirate einen Landwirt", schlägt Traute ernsthaft vor.

Nele lacht und schüttelt wiederum den Kopf. „Am allerliebsten hätte ich einen Pferdehof", gesteht sie. „Da würde ich…" Sie wird vom Klingeln an der Haustür unterbrochen.

Traute steht auf und streicht ihren Rock glatt. „Wer mag das sein?", fragt sie Edu.

„Kann ich hellsehen?", murrt der, aber das hört Traute schon nicht mehr, denn sie ist bereits im Flur.

„Ach!", ruft sie freudig erregt. „Das ist aber eine schöne Überraschung!" Sie stürmt zurück in die Küche. „Nun schaut bloß mal, wer hier ist!"

Ich rieche ihn, noch bevor er die Küche betreten hat, und knurre finster.

„Einen wunderschönen guten Morgen alle zusammen! Ich hab mir gedacht, dass ihr wohl tatkräftige Hilfe gebrauchen könnt." Udo strahlt in die Runde, sein Blick bleibt an Nele haften.

Die ist nicht begeistert. „Ich hab dir doch gesagt…", beginnt sie, wird aber von Traute unterbrochen.

„Was für ein Zufall!", zwitschert sie. „Wir haben gerade eben von dir gesprochen."

Nele guckt Edu an. „Haben wir das?", erkundigt sie sich.

Traute rückt einen Stuhl für den Gast zurecht. „Nele hat uns erzählt, dass sie so gerne einen Pferdehof hätte", plappert sie.

„Na das ist ja wirklich ein Zufall", bestätigt Udo erfreut. „Kaum ausgesprochen, da kommt der Pferdehof schon um die Ecke. In Gestalt eines gut aussehenden Mannes, der…", er senkt dramatisch die Stimme, „den größten Fehler seines Lebens gemacht hat und diesen bitter bereut."

Traute schlägt ergriffen die Hände vor die Brust.

„Hast du das gehört, Edu? Ist das nicht rührend?"

Edu grunzt und brummelt irgendwas.

„Ich möchte euch als Neles Eltern hiermit offiziell um Verzeihung bitten", sagt Udo und verbeugt sich förmlich.

„Gott segne dich, mein Junge", erwidert Traute.

Nele schiebt den Teller von sich. „Also ich fang jetzt an. Wo sollen die Sachen aus dem Wohnzimmer hin?" Sie steht auf, zieht ein Haargummi aus der Hosentasche und macht sich im Gehen einen Zopf. Udo folgt ihr auf dem Fuße, Traute flitzt vorweg und erteilt den beiden Anweisungen.

Als die drei außer Sichtweite sind, nimmt Edu eine Scheibe Geflügelwurst vom Teller und rollt sie sorgfältig auf. Edu und ich verstehen uns ohne Worte. Ich nehme neben ihm Aufstellung, wackle mit dem Hintern und er überreicht mir den Leckerbissen. Die aufgerollte Wurst ist im Sekundenbruchteil in meinem Schlund verschwunden. Leider gehen die schönsten Momente des Lebens viel zu schnell vorbei.

Er widmet sich wieder der Tageszeitung und so geh ich nach nebenan in die gute Stube.

Nele ist hin- und hergerissen. „Ich hab doch gesagt, dass du nicht kommen brauchst", zischt sie Udo zu.

„Was ist so schlimm daran?", fragt er.

„Meine Mutter sieht uns schon als zukünftiges Brautpaar", beschwert sie sich.

„Und wenn schon. Nele, ich liebe dich! Ich hab nie aufgehört, dich zu lieben", erklärt er inbrünstig.

Weil ich mir nicht anders zu helfen weiß, drängle ich

mich zwischen die beiden und bell Udo an.

Dem gefällt das gar nicht. „Sei ruhig, Poldi!", befiehlt er streng.

„Er heißt Napoleon", korrigiert Nele.

Traute kehrt mit einem leeren Karton zurück. „Legt die Bücher bitte…" Irritiert schaut sie zwischen Nele und Udo hin und her. „Stimmt irgendwas nicht?"

Nele schüttelt grimmig den Kopf. Sie will mit ihrer Mutter nicht über ihr Gefühlswirrwarr reden.

Nun guckt Traute mich an. „Was ist denn mit Napoleon los?", rätselt sie. Ich leg noch was drauf, um ihr zu klarzumachen, dass Udo nicht der ist, der er vorgibt.

Udo winkt gönnerhaft ab. „Wir beide werden noch dicke Freunde, nicht wahr, Poldi?", übertönt er mein Gekläffe.

Das glaubst auch nur du! Jetzt reg ich mich erst recht auf – bis ich Neles warnenden Blick auffange. Der besagt, dass sie mich ins Auto sperrt, wenn ich mich nicht sofort anständig benehme. Ich hör auf zu bellen und verlege mich auf dumpfes Knurren.

Schweigend nimmt Nele ein paar Bücher aus dem Schrank und legt sie in den Karton. Traute lächelt Udo aufmunternd zu und geht wieder raus, um weitere Kartons zu holen.

Nele hält inne und betrachtet das alte, ramponierte Buch in ihren Händen. „Der kleine Häwelmann", sagt sie andächtig. „Die Geschichte hab ich geliebt als ich klein war."

„Mein Lieblingsbuch war ‚Die sieben Raben'. Meine Mutter hat mir daraus vorgelesen", verkündet Udo.

Als er seine Mutter erwähnt, verzieht Nele das Gesicht zu einer Grimasse.

„Komm schon, Nele! Meine Mutter ist auch nur ein Mensch. Sie hat 'ne Menge in ihrem Leben durchgemacht, und deswegen wirkt sie manchmal hart und unnahbar."

„Sie hat mich wie eine Aussätzige behandelt", erwidert sie.

„Das tut ihr unendlich leid", versichert er. „Sie bedauert das wirklich sehr, glaub mir."

Statt einer Antwort zieht Nele zweifelnd die Augenbrauen hoch, doch ich bemerke, dass ihre Gesichtszüge weicher geworden sind. Während sie weiter den Schrank leerräumen, führt Udo das große Wort.

Edu schlurft herein und startet einen halbherzigen Versuch mitzuhelfen, indem er einen der Stühle anhebt. Doch kaum hat er ihn angefasst, lässt er ihn wieder los, und hockt sich mit unterdrücktem Stöhnen darauf. Er lauscht Udos Geschichten, die von schwerreichen Leuten handeln, denen er Pferde verkauft hat und bei denen er angeblich jederzeit ein gerngesehener Gast ist.

Am späten Nachmittag ist das Wohn- und Esszimmer leer bis auf den Teppichboden. Nele und Udo haben ihn mit einer durchsichtigen Plastikfolie bedeckt.

„Tausend Dank, dass du geholfen hast", sagt Traute zu Udo. „Was hätten wir bloß ohne dich gemacht?"

„Dann hätten wir Bernie von nebenan rüber geholt. Der hat sich doch angeboten", erinnert Edu sie.

Nele überhört den Kommentar ihres Vaters. „Ja, danke schön", wendet sie sich lächelnd an Udo.

Offenbar hat sie seine Hilfe der des Nachbarn vorgezogen. Dabei ist Bernie ganz in Ordnung, und er ist viel netter als Udo. Es ist mir wirklich ein Rätsel, was sie an dem gut findet. Jedes zweite Wort, was er sagt, ist gelogen. Sie müsste nur genau hinhören, dann wüsste sie's.

Wir verabschieden uns von Neles Eltern. Udo hat seinen glänzend-schwarzen Geländewagen direkt hinter unserem Auto geparkt.

Er schaut bedauernd auf seine breite Armbanduhr. „Ich muss los, ich bin heute Abend mit Füttern dran. Karlsson hat sein freies Wochenende."

Die unausgesprochene Frage, ob Nele mitkommen und *ihm* helfen will, hängt in der Luft. Sie verstaut mich in der Transportbox und erklärt, dass sie jetzt mit mir in die Felder fahren will. Ich habe heute noch keinen richtigen Spaziergang gemacht.

Udo steht mit enttäuschter Miene und hängenden Schultern am Straßenrand. Er wirkt wie ein Schuljunge, der seinen Turnbeutel verloren hat. Nele winkt ihm zu und fährt los. Das Radio bleibt aus, sie will reden. Sie schaut in den Rückspiegel, wo die jämmerliche Gestalt immer kleiner wird.

„Ich dachte wirklich, ich wär mit ihm durch", sagt sie. „Aber irgendetwas ist an ihm, das mir zeigt, dass ich mich geirrt habe." Ein Lächeln umspielt ihre Lippen.

Weiß der Himmel, was dieses „Irgendetwas" sein soll.

„Aber ich bin mir nicht sicher, ob ich ihm jemals wieder voll und ganz vertrauen kann. Er hat mich betrogen, meine Güte, und das auch noch mit Theresa! Wir waren befreundet und sind oft zusammen ausgeritten."

Das Lächeln erfriert, Bitterkeit schwingt in ihrer Stimme mit als sie knurrt: „Offenbar habe ich mich auch in ihr gründlich getäuscht."

Wir lassen den Vorort hinter uns. Nele schweigt und starrt stur geradeaus, während die Gedanken durch ihren Kopf rasen. Ich glaube nicht, dass sie viel von der Außenwelt wahrnimmt. Meine Vermutung bestätigt sich sogleich. Sie bemerkt die rote Ampel erst im allerletzten Augenblick, macht eine Vollbremsung, und der Wagen schlittert mit blockierten Rädern über die Haltelinie. Ich schlage einen unfreiwilligen Purzelbaum und bin froh, dass die Transportbox zum größten Teil aus Decken besteht.

Nele schaut in den Rückspiegel, hinter uns ist niemand, und hämmert den Rückwärtsgang rein. Wir kommen mit Blick auf die Ampel zum Stehen.

„Er hat sie mit gespreizten Beinen auf dem Tisch gefesselt. Als ich nichtsahnend die Küchentür aufgemacht, hat er ihr gerade sein Ding in den Mund gerammt."

Puh, so genau wollt ich das gar nicht wissen. Udo fällt noch mehr in meiner Gunst, was eigentlich kaum noch möglich ist.

„Ich hab nicht gewusst, dass er auf Bondage steht. Wir haben nie über Sex geredet, weil…" Sie lässt den

Satz unbeendet. Die Ampel springt um auf gelb, dann auf grün, sie legt den ersten Gang ein und fährt an.

„Ob das mit Theresa nicht passiert wäre, wenn wir offener miteinander gewesen wären?", murmelt sie.

Sie sollte sich wirklich mal die Vorträge von Robert Betz anhören, statt sie nur anzuschalten, wenn sie mich alleine zu Hause lässt! Der hat zum Thema Sex eine ganze Menge zu sagen. Ich hingegen hab dazu keine Meinung, weil ich mich damit nicht auskenne. Ich wundere mich nur, dass die Menschen so ein Geheimnis draus machen, wo doch die Frauen nachts im Fernsehen ganz genau wissen, was ihnen Spaß macht, und das auch frei heraus sagen. Aber um auf Neles Überlegungen zurück zu kommen: Was hilft es dir, jetzt darüber nachzudenken, was gewesen wäre wenn? Gar nichts hilft das. Die Dinge sind so wie sie sind, was passiert ist, ist passiert.

Doch sie ist noch nicht fertig mit dem Thema. „Das... das mit dem Sex war eine schwierige Sache, weil... Udo hat keinen hoch gekriegt. Wir haben's ein paar Mal versucht, aber es klappte einfach nicht. Ich hab gedacht, dass er noch Zeit braucht, denn ansonsten stimmte ja alles zwischen uns. Doch nachdem das mit Theresa passiert war, wurde mir klar, dass es an mir gelegen haben musste. Bei Theresa stand er nämlich wie 'ne eins."

Heijeijei, das ist keine Sache, die man mit einem Hund besprechen sollte, der keinerlei Erfahrung auf diesem Gebiet hat.

„Ich hab Udo verloren und den Pferdehof auch.

Von Theresa hab ich nie wieder was gehört." Ihre Stimme klingt brüchig. „Mein Selbstwert war in den letzten drei Jahren gleich null. Ich hab mir die ganze Sache voll reingezogen, verstehst du? Und nun bin ich Udo wiederbegegnet und er schwört, dass er mich nie vergessen hat und mich über alles liebt."

Du solltest ihm glauben, wenn du dich unbedingt nochmal ins Unglück stürzen willst, denk ich seufzend.

Sie trommelt mit den Fingern aufs Lenkrad. „Falls es soweit kommen sollte, bin ich mir allerdings ziemlich sicher, dass ich nicht gefesselt werden möchte", sagt sie bestimmt.

Wir biegen in die holprige Straße ein, ich springe auf und dreh mich voller Vorfreude im Kreis, soweit das der Platz in meinem Kasten zulässt.

Die Sonne hat sich hinter einer grauen Wolkendecke versteckt. Der Wind bläst über das Gras auf den Weiden, die langen Halme wiegen sich auf und ab wie Wellen am Strand. Nele schlägt den Kragen ihrer Jacke hoch und marschiert die Straße hinunter, statt wie üblich in den ersten Feldweg einzubiegen. Okay, dann also heute mal andersrum.

Am Ende der Straße steht Pebbels, er hat sich wie gewohnt als Denkmal postiert. Er verharrt bewegungslos, bis wir bei ihm angekommen sind. Ich bin total aus dem Häuschen, so freu ich mich, ihn zu sehen. Ich umkreise ihn und schlüpfe unter ihm hindurch, um dann plötzlich wie ein Irrer loszurennen. Aber trotz all meiner Animationsversuche rennt er nicht mit. Er steht da wie festgeschraubt.

Von der Einfahrt aus kann man den Hof gut überblicken, weil der große Anhänger nicht mehr dort steht. Die Frau, die mit Rob im Haus wohnt und Zoe heißt, hat das schwarze Pferd angebunden und bearbeitet sein Fell mit Bürsten. Ihre langen Beine stecken in einer engen Hose mit Lederbesatz am Hintern, an den Füßen trägt sie kniehohe glänzende Stiefel. Über der obersten Latte des Zauns hängt ein Sattel. Das Pferd wendet den Kopf in unsere Richtung und schaut neugierig, und jetzt dreht sich auch die Frau um. Sie hat leuchtend rote Lippen und ihre Augenlider sind mit blauer Farbe angemalt. An ihren Händen trägt sie helle Handschuhe. Sie winkt uns flüchtig zu, dann widmet sie sich wieder dem Fellbürsten.

Nele streichelt Pebbels über den Kopf, dann gehen wir weiter und er guckt uns hinterher. Ich bin enttäuscht. Mit dem ist ja heute überhaupt nichts anzufangen. Er hätt sich wenigstens auf ein kleines Wettrennen einlassen können.

Wir sind erst ein paar Schritte gegangen, da hören wir Zoe mit schriller Stimme rufen. „Rob?" Das klingt wie ein Befehl.

„Was ist?", kommt es dumpf von irgendwo zurück.

„Bring mir mal eben Santanas Trense, ja?", flötet sie.

„Das geht gerade nicht", ruft er einen Augenblick später.

„Dankeschön!", keift sie. „Werd ich mir merken. Wenn du das nächste Mal was von mir willst, interessiert mich das auch nicht."

Ein lautes Geräusch ist zu hören, so als ob etwas

Schweres zu Boden fällt. „Verdammt nochmal, Zoe, ich müh mich hier gerade mit einem fünf Meter langen Balken ab! Da kann ich nicht gleichzeitig deinen Stallburschen spielen."

„Hui", macht Nele und tut, als müsse sie sich Luft zufächeln. „Bei denen fliegen wohl gerade die Fetzen."

Wir machen heute die ganz große Runde, die machen wir selten. Nele will sich über ihre Gefühle für Udo im Klaren werden. Sie dreht und wendet die Angelegenheit hin und her. Weil weit und breit niemand zu sehen ist und ich demzufolge ihr einziger Zuhörer bin, spricht sie ihre Gedanken aus.

Sie empfindet was für Udo, sagt sie. Nun, ich empfinde auch was für ihn, und zwar nichts Gutes. Außerdem hört sie ihn gerne sagen, dass sie die schönste und tollste Frau der Welt ist und derlei mehr. Aber richtig verliebt ist sie trotzdem nicht in ihn.

„Irgendwas fehlt", sinniert sie.

Ich halte die Nase am Boden und schnüffle an langen Grasbüscheln. Gerüche unterscheiden und wiederholen sich, und sie tragen immer eine Bedeutung mit sich. Der Hund des Jägers hat hier, an diesem hohen Grasbüschel, seine Nachricht hinterlassen. Stoisch hebe ich mein Bein und hinterlasse meine. Und den großen Feldstein ein Stückchen weiter hat der er auch markiert. Udo hat sich durch seinen Geruch verraten, genau wie der Jagdhund. Ich wünschte, Nele hätte eine genauso gute Nase wie ich.

Sie pfeift mich zu sich, weil sie das Jäger-Auto erspäht hat. Schnell hakt sie die Leine in die Öse des

Halsbands und hofft, dass er uns nicht mit seinem Fernglas beobachtet hat. Als wir an dem Auto vorbeigehen, tun wir so, als würden wir uns jederzeit ganz selbstverständlich an die Leinenpflicht halten. Doch weder der Jäger noch sein Hund sind zu sehen, wahrscheinlich kriechen sie durchs Unterholz oder hocken auf einem Hochsitz rum. Wir hätten uns das Anleinen also auch schenken können.

Am Abend schauen wir uns eine amerikanische Komödie an. Nele macht die Tupperdosen auf, die ihre Mutter ihr mitgegeben hat, und verspeist deren Inhalt vorm Fernseher. Sie lacht ein paarmal laut auf, weil der Mann in dem Film sich in eine Frau verliebt hat, und sich unglaublich ungeschickt anstellt. Zum Schluss gibt's das übliche Happy-End mit einer großen Gartenparty, einer bewegenden Ansprache per Mikrofon und jubelndem Applaus der Partygäste.

Der nächste Tag ist ein Sonntag und wir liegen im Bett, bis nebenan die Kirchenglocke läutet. Es regnet und weil ich kein Fan von Regenwetter bin, heb ich im Garten nur schnell mein Bein, such nach Salami, finde keine und flitz wieder ins Haus. Ich schüttle mich, dass die Tropfen nur so fliegen, und dann wälz ich mich auf dem Küchenläufer. Um diesem Tag zu mehr Pep zu verhelfen, werfe ich meine Schlenkerpuppe ein paarmal in die Luft und dann nehm ich sie zwischen die Pfoten, um ihr einen Arm abzureißen.

Nele bringt mich auf eine bessere Idee, sie will ein Suchspiel mit mir machen. Sie hält mir einen verlockend duftenden Kauknochen vor die Nase und dann versteckt sie ihn, während ich in der Küche brav sitzen und warten muss. Mit diesem Spiel will sie meinen Geruchsinn trainieren, sie hat darüber in einem Hundebuch gelesen. Nun, ich würde den Knochen sogar finden, wenn ich keine Nase hätte. Ich hör ihre Schritte und weiß, dass sie ihn im Flur versteckt, und zwar in Höhe des Schuhschranks. Weil ich kein Spielverderber bin, durchsuch ich erstmal das Wohnzimmer, dann das Schlafzimmer und finde den Knochen schließlich unterm Schuhschrank. Sie klatscht begeistert in die Hände, als ich ihr stolz meinen Fund präsentiere.

Mit dem Knochen bin ich eine Weile beschäftigt. Nele räumt indes halbherzig die Wohnung auf, dann schauen wir uns Zombies auf einem Rummelplatz an. Am späten Nachmittag hört es endlich auf zu regnen und wir fahren nach Wiesmoor. Heute schlägt Nele wieder den gewohnten Weg ein und als wir ungefähr halb rum sind, klingelt ihr Handy. Ich find's besser, wenn sie das blöde Ding nicht zum Spaziergang mitnimmt, dann stört uns auch niemand.

Sie sagt ein paarmal „Ja", „Ich weiß nicht" und „Okay" und als sie aufgelegt hat, erzählt sie mir, dass Udo sie heute Abend zum Essen einlädt. Sie wollen zusammen zum Italiener. „Da gibt's Pizza", erklärt sie.

Pizza hätt ich auch gern, aber auf Udos Anwesenheit kann ich getrost verzichten.

Wir treffen Rob und Pebbels kurz bevor wir die Straße erreichen. Sie haben Zoe dabei, und fangen offenbar gerade mit dem Spaziergang an. Rob trägt

Jeans, Turnschuhe und einen Pulli mit breiten Streifen, seine langen Haare hängen offen über seine Schultern. Pebbels sieht aus wie immer, inklusive ein paar Strohhalmen, die sich im langen Fell unter seinem Bauch verfangen haben. Zoe ist von einer Parfumwolke umgeben, sie hat eine weiße Hose und sportliche Schuhe an, und ein enges Shirt, das ihren runden Busen umspannt. Sie hat es offenbar eilig und will es bei einem kurzen Gruß belassen, aber Rob bleibt stehen, um ein paar Worte mit Nele zu wechseln. Also bleibt Zoe auch stehen. Sie zieht ihr Handy aus der Tasche und tippt darauf herum.

Pebbels tut mal wieder so, als wär er ein Denkmal, aber ich seh ihm an, dass er heute in Spiellaune ist. Ich flitze ein paarmal unter seinem Bauch hindurch, und um ihn herauszufordern, leite ich jede Attacke so geschickt ein, dass er mich nicht erwischen kann. Als ich wiederum angeschossen komme, bewegt er sich endlich. Er dreht sich behäbig auf der Stelle und gibt vor, nach mir zu schnappen.

Begeistert renne ich im Kreis um ihn herum, gerade so weit von seiner Nase entfernt, dass er mich nicht kriegen kann. Und dann passiert es: In meinem Übermut rempel ich aus Versehen gegen Zoes Beine, besser gesagt, ich streife ihre Hose. Unsere Körper berühren sich nur minimal, aber sie schreit gellend auf, weil ihre Hose schmutzig geworden ist. Das behauptet sie zumindest, und sie bleibt bei ihrer Behauptung, obwohl Rob und Nele sie vom Gegenteil überzeugen wollen. Nun regt sie sich erst richtig auf, und daraufhin wird Rob sauer. Nele verabschiedet sich. Sie hat Zoe angeboten, die Reinigung der Hose zu bezahlen, aber das will Rob nicht.

Zuhause steigt Nele unter die Dusche, anschließend föhnt sie sich die Haare und zieht ihre neue Jeans und eine Bluse an. Sie dreht sich ein paarmal vorm Spiegel im Schlafzimmer, dann tauscht sie die Bluse gegen ein Trägertop ein. Sie streichelt flüchtig meinen Kopf, ich leg mich auf den Rücken und hebe mein Vorderbein und sie folgt meiner Einladung, hockt sich neben mich und krault mich ausgiebig. Anschließend füllt sie Dosenfutter in meinen Napf und ich finde, der Tag könnte genauso weitergehen: Kraulen und Fressen, immer abwechselnd. Doch Nele zieht sich Schuhe an und erklärt mir, dass ich den Abend ohne sie verbringen muss. Der tragbare Computer steht auf dem Wohnzimmertisch, sie klappt ihn auf und überlegt, welchen Vortrag ich hören soll. Nun, ich kenn sie alle, und wenn Robert Betz vor kurzem keinen neuen in den Computer getan hat, dann ist mir schnurzegal, welchen sie auswählt.

„Hhmm. Wahre Liebe lässt frei", liest sie einen der Titel vor. „Du bist mir einiges voraus, Napoleon. Du weißt, was wahre Liebe ist." Sie krault mich zärtlich hinterm Ohr. „Vielleicht sollte ich mir den Vortrag auch mal anhören."

Ja, Nele, das solltest du wirklich! Die ruhige, heitere Stimme erklingt und beinah im selben Moment läutet es an der Tür. Ich kläffe, weil ich Udo rieche, und es mir überhaupt nicht gefällt, dass sie mit ihm weggeht. Sie streichelt mir noch einmal über den Kopf, und dann fällt die Tür hinter ihr zu. Ich lausche ihren verklingenden Schritten, hör das Motorengeräusch seines Wagens und dann sind sie weg. Seufzend steig ich aufs Sofa, zieh mir ein Kissen ran und leg meinen Kopf auf die Pfoten.

Ich träum von einem Kaninchen. Es ist mir tatsächlich gelungen, eines zu erwischen, und als ich es habe, weiß ich nicht, was ich mit ihm anfangen soll. Verstört wache ich auf und registriere, dass Nele noch nicht zurück ist. Sie ist schon lange weg, das merk ich daran, dass Robert Betz über das Leben nach dem Tod spricht. Das Thema wahre Liebe ist abgehakt, das über Erfolg im Beruf auch, und der nächste Vortrag ist im Gange. Die Seelen der Menschen leben weiter, nur ihr Körper stirbt, sagt er. Ich bin jedoch nicht von seiner Stimme aufgewacht, sondern weil ich ein Geräusch an der Terrassentür gehört hab. Ich leg den Kopf schief. Jemand im Publikum hustet und muss gleich darauf niesen. Ich spring vom Sofa und flitz in die dunkle Küche.

Durch die Glasscheibe erkenne ich die Umrisse einer Gestalt. Ich denk an die Zombies aus den Videos und prompt zittere ich vor Angst, weil dies kein Film ist, sondern in Wirklichkeit passiert. Eine weiße Handfläche erscheint an der Scheibe, die Hand rutscht das Glas hinunter und die Gestalt verschwindet. Sie ist aber nicht weg, denn sie liegt vor der Tür auf der Erde. Ich kann sie nicht sehen, aber jetzt nehme ich ihren Geruch wahr und bin unendlich erleichtert, dass das kein Zombie ist.

Es ist Oma Tine. Sie wimmert. Das ist nicht die Oma Tine, die ich kenne, irgendwas ist nicht in Ordnung. Sie braucht Hilfe.

Aufgeregt kläffend renn ich durch die Wohnung, Nele ist noch immer nicht da, ich renn wieder in die Küche und presse meine Nase ans Glas. Tine liegt regungslos auf den Terrassenplatten. Ich muss was unternehmen, und zwar schnell! Mit einem Satz spring ich auf die Sitzfläche eines Küchenstuhls und von dort aus auf die Arbeitsplatte. Der Teller mit den Resten von Neles Mittagessen fällt runter und zerschellt auf den Fliesen.

Ich hab unzählige Male zugeschaut, wie Nele die Terrassentür öffnet. Der Hebel zeigt nach unten, wenn die Tür zu ist, und sie dreht ihn zur Seite, um sie aufzumachen. Zugeschaut hab ich schon oft, aber ich hab sie noch nie selbst aufgemacht. Der Türgriff befindet sich ein Stück weit entfernt von der Arbeitsplatte. Ich wage mich bis an deren äußersten Rand vor und strecke meinen Hals so lang wie nur möglich. Meine Nase berührt nun so gerade eben den Türgriff, ich stupse ihn an und er bewegt sich. Aber nur ein kleines bisschen, und die Tür bleibt genauso geschlossen wie zuvor. Ich hör Oma Tine leise stöhnen.

Ich befinde mich jetzt so weit am Rand der Kante, dass meine Vorderpfoten mir nur noch so gerade eben Halt geben können. Beklommen schau ich runter, der Fußboden ist verdammt weit weg.

„Fürchtet euch nicht", hör ich Robert Betz aus dem Wohnzimmer sagen. Der Satz stammt von Jesus, erklärt er. Ich hab keine Ahnung, wer Jesus ist. Vielleicht hält der auch Vorträge, so wie Robert Betz.

Ich nehme all meinen Mut zusammen, konzentriere mich auf den Türgriff und stoße so kräftig ich kann mit der Nase dagegen. Gleich darauf stürze ich in die Tiefe und lande mit dem Hintern voraus auf der Fußmatte. Ich jaule auf vor Schreck und Schmerz, und während ich noch da sitze und wieder zur Besinnung komme, spüre ich eine harte Kante in meinem Rücken und einen kalten Luftzug.

Auf wackligen Beinen geh ich von der Tür weg, und sie schwenkt auf. Mich erwartet ein grausiger Anblick. Oma Tines Kopf liegt auf den kalten, harten, noch regenfeuchten Terrassenplatten. Ihr Mund steht offen und ihr Körper ist auf eine Weise zusammengekrümmt, wie ich das schon oft im Fernsehen gesehen habe bei Menschen, die gestorben sind.

Unwillkürlich muss ich an den Zombie-Film von heute Nachmittag denken und daran, dass Tine möglicherweise von einem gebissen wurde. Ich versuche den Gedanken zu verdrängen, dass auch ich gebissen werden könnte, und lecke behutsam ihr Gesicht ab. Aus ihrem Mund strömt Atemluft. Ich schiebe meine Nase unter ihre Hand, rieche dabei einen Hauch Erdbeerschokolade, und zerre an ihrem Ärmel, doch statt dass sie aufsteht, reißt der Stoff ihrer dünnen Bluse. Was soll ich bloß machen? Verdammt, wenn Nele doch nur da wäre!

Ich laufe in den dunklen Garten und schaue mich verzweifelt um. Ich belle wie verrückt, aber niemand reagiert. Nebenan auf dem Friedhof bei der Kirche treibt sich um diese Zeit kein Mensch herum. Und bei unseren Nachbarn zur anderen Seite sind die Rollläden unten, also sind sie im Urlaub. In meiner Not stürze ich mich in die pieksige Hecke und quetsche mich unterm Drahtzaun durch. Das hab ich noch nie gemacht, weil Nele mir das verboten hat, als ich noch ganz klein war.

Ich gelange auf die Straße, presche am Nachbarhaus vorbei und entdecke beim gruseligen Heinz einen matten Lichtschein hinter den zugezogenen Vorhängen.

Es gibt Momente im Leben, da bleibt einem keine Wahl. Ich renn den Gartenweg runter, kratze an seiner Haustür und belle, was das Zeug hält. Drinnen läuft der Fernseher, ich seh das an dem blauen Flackern, das schwach durch die schmutzige Scheibe fällt. Keine Regung, niemand scheint mich zu hören.

Kläffend lauf ich ums Haus herum. Die Hintertür wird von einer übervollen Mülltonne und etlichen Abfallsäcken eingerahmt. Im unteren Eck der Tür ist eine Klappe eingebaut – das wird das Schlupfloch der Trulla sein. Ein paar Haare ihres Fells kleben am hölzernen Rand der Klappe. Puh… Ich schlucke, atme aus und quetsch mich durch die Luke. Mir ist überhaupt nicht wohl dabei, ungefragt in ihre Gemächer einzudringen. Sie ist zwar nur eine doofe Katze, aber sie hat fiese Krallen und spitze Zähne und sie hat Heimvorteil. Die Tatsache, dass sie bei einem Zombie wohnt, macht die Sache nicht besser.

Ich befinde mich im dunklen Innern des Hauses und spüre kalte Fliesen unter meinen Pfoten. Es riecht nach

Waschmittel und nach Katze. Ich muss niesen, dann belle ich, ich belle so laut wie ich kann. Meine Stimme klingt hohl in dem gefliesten Raum. Ich flitze weiter, hier sind die Fliesen mit einem Teppichläufer belegt, ein heller Schimmer weist mir den Weg.

Endlich hört mich jemand, eine Zimmertür wird aufgestoßen, und ich stehe im Licht, das aus dem Raum auf den Flur fällt. Aus dem Hintergrund sind um Gnade flehende Menschen und Gewehrschüsse zu hören. Vor mir ragt eine riesige, dunkle Gestalt auf, sie gibt ein tiefes, grunzendes Geräusch von sich. Schreck lass nach!

Erst jetzt wird mir so richtig bewusst, in was für eine Lage ich mich gebracht habe. Wie dumm muss man sein, sich Hilfe bei einem Zombie holen zu wollen? Wieso hab ich mein Gehirn nicht vorher eingeschaltet? Ich werde meine Dummheit mit meinem Leben bezahlen müssen. Zombies vergreifen sich auch an Hunden, und sie gehen nicht gerade zimperlich mit ihnen um. Zitternd vor lauter Angst weiche ich ein Stück zurück, mein Bellen verkommt zu einem heiseren Krächzen. Nervös kratz ich mit meinem Hinterfuß meinen Bauch.

„Hast du Flöhe?", knurrt der Riese.

Die Trulla erscheint in der Wohnzimmertür, ihr buschiger Schwanz ragt wie eine Antenne in die Höhe. Sie faucht, und dabei blitzen ihre grässlich spitzen Zähne auf. Ihr Fauchen wird von einem tiefen Grollen begleitet. Sie behält mich im Blick, schlüpft zwischen den Beinen ihres Hausherrn durch und versperrt den Fluchtweg, indem sie sich genau dort aufbaut, wo der

Teppichläufer endet und die Fliesen anfangen.

Vor meinem geistigen Auge seh ich Tine auf den kalten Terrassenplatten liegen. Und wie aus weiter Ferne hör ich sie sagen, dass Heinz ein bedauernswerter, einsamer Mann ist. Sie hat bei ihm geklingelt, um ihn zu besuchen.

Wie dem auch sei, ich bin eingekesselt und hab ohnehin keine andere Wahl außer die Flucht nach vorn. Ich muss Heinz davon überzeugen, dass er mitkommt und kann nur hoffen, dass er Tine hilft. Mein Bellen ist immer noch ein Krächzen, ich renn krächzend zur Haustür und zurück, immer hin und her. Nun mach schon, zieh dir Schuhe an die Füße und komm mit! Unterhalb der Garderobenhaken steht ein Paar ausgelatschter Pantoffeln. Ich meide Rosalindes Blick, um sie nicht noch mehr gegen mich aufzubringen, schnapp mir einen Pantoffel, und lass ihn vor seinen Riesenfüßen fallen. Mit dem zweiten Pantoffel mach ich das gleiche. Dann renn ich wieder zur Haustür und stimme ein ohrenbetäubendes Jaulen an.

„Donnerlüttjen", brummt Heinz, als er in seine Pantoffeln schlüpft. „Was ist bloß in den Köter gefahren?"

Er setzt sich in Bewegung, schlurft zur Tür und will den Schlüssel im Schloss drehen, aber der klemmt. Mit aller Kraft ruckelt er am Schloss herum, vermutlich hat er es schon seit einer Ewigkeit nicht mehr aufgemacht, und endlich springt die Tür auf. Ich stürme raus ins Freie und renn sofort wieder bellend zu ihm zurück. Er schüttelt verdattert den Kopf, aber er kommt tatsächlich mit. Er vergisst sogar, seine Haustür zu schließen, und stolpert schwerfällig hinter mir her.

Das schwache Licht von unserem Wohnungsflur scheint durch die Küche nach draußen, direkt auf Oma Tine. Sie liegt noch genauso da wie eben, und als Heinz sie erspäht, beschleunigt er seinen Schritt. Ich schlüpf unter Zaun und Hecke durch und er steigt drüber. Nur wenige Augenblicke später ist er bei ihr und beugt sich zu ihr runter. Ich beobachte ihn mit einem bangen Gefühl von Angst, Beklemmung und leiser Hoffnung. Dies ist der entscheidende Moment, in dem sich rausstellt, ob er ein Zombie ist oder nicht.

Er spricht sie an, er horcht, ob sie atmet, und dann hebt er sie hoch und bringt sie in unsere Wohnung. Mannomann, der ist aber ganz schön kräftig, er trägt Tine durch die Gegend, als wär sie so leicht wie eine Puppe. Behutsam legt er sie auf unser Sofa, deckt sie zu, schnappt sich das tragbare Telefon und verlangt einen Krankenwagen. Das alles geht ruck-zuck, so als würde er das jeden Tag machen.

Während des Telefonats hat er schnell die Terrassentür zu- und die Wohnungstür aufgemacht und jetzt sitzt er neben Tine. Er hält ihre Hand und redet beruhigend auf sie ein, während Robert Betz erklärt, wie man sich von seiner Vergangenheit befreit. Sie gibt ein Stöhnen von sich und flüstert etwas, das ich nicht verstehen kann. Ich hock mich auf den Teppich neben das Kopfende des Sofas, schaue zu ihr hoch und bin heilfroh, dass sie nun nicht mehr draußen liegen muss. Und ich beobachte Heinz, der plötzlich gar nicht mehr so finster aussieht, weil seine Züge weich geworden sind, soweit man das in dem zugewachsenen Gesicht erkennen kann.

Es klingelt an der Tür und zwei Männer in weißen Hosen und orangefarbenen Jacken kommen rein. Sie wollen Oma Tine mitnehmen, legen sie auf eine tragbare Liege und laden sie in den Rettungswagen, der draußen vor unserem Haus parkt. Heinz will mit zum Krankenhaus fahren, sagt er. Die Haustür fällt hinter ihnen ins Schloss und ich bin wieder allein.

Die Wolldecke und das Kissen riechen nach Oma Tine. Ich roll mich in der Sofaecke zusammen und hör Robert Betz zu, und dann kommt endlich Nele nach Hause. Freudig erregt renn ich zur Tür und begrüße sie überschwänglich. Sie hebt mich hoch, knuddelt mich und drückt mich an sich.

„Na, warst du schön brav?", fragt sie mich wie jedes Mal, wenn ich allein bleiben musste, und ich weiß, was das bedeutet: Belohnung. Sie lässt mich runter, geht zur allerheiligsten Schublade in der Küche und stutzt, weil der kaputte Teller mit den Essenresten auf dem Fußboden liegt.

„Warst du das etwa?", fragt sie und schaut mich forschend an. Ich setze eine unschuldige Miene auf, sie zuckt seufzend die Achseln, nimmt eine Kaustange aus der Schublade und überreicht sie mir. Während ich mich mit der Leckerei amüsiere, fegt sie die Bescherung zusammen und kocht sich eine Tasse Tee. Wir ziehen um ins Wohnzimmer.

„Du hast's dir ja richtig schön gemütlich gemacht",

meint sie, als sie die Wolldecke zusammenfaltet. Sie macht den Computer aus und wir setzen uns.

„Udo hat mich zum Abschied geküsst", berichtet sie. „Er kann gut küssen."

Ich knurre unwillig.

„Du magst ihn nicht", stellt sie ganz richtig fest. „Was hast du nur gegen ihn?" Ich knurre noch unwilliger, sie lacht auf und verwuschelt meine Frisur.

„Es war ein wirklich schöner Abend", fährt sie fort und klingt dabei, als würde sie sich rechtfertigen. „Wir haben lecker gegessen und viel geredet." Sicher wollte sie sagen: „Er hat viel geredet".

Sie trinkt einen Schluck Tee, streckt ihre Beine aus und bewegt die Zehen. Ihre Füße stecken in dicken, bunten Wollsocken.

„Ich frag mich, was mit mir los ist. Eigentlich müsste ich vor lauter Glück durch die Wohnung tanzen. Udo und ich haben uns ausgesprochen, ich hab ihm verziehen und es sieht ganz danach aus, als ob wir wieder ein Paar werden."

Ach herrje! Ich kämpfe mit einem Schluckauf.

„Und warum bin ich jetzt nicht total glücklich?", fragt sie nachdenklich. Statt nach einer Antwort zu suchen, greift sie zur Fernbedienung und schaltet den Fernseher an. Sie zappt durch die Programme und bleibt bei einem Actionfilm hängen. Ein Auto verfolgt ein anderes Auto, die Fahrer schießen sich gegenseitig die Scheiben kaputt und jagen mit jaulenden Reifen durch die Kurven. Ich kuschel mich an Neles Bauch und schließe die Augen.

5

Es ist Montag, und wir müssen wieder zur Arbeit. Dass Montag ist, weiß ich, weil Nele Montage hasst. Sie hat schlechte Laune und gibt dem Montag dafür die Schuld. Bevor wir losfahren, gehen wir eine kleine Runde durch unser Viertel, und dabei treffen wir Heinz. Er steht an seinem Gartenweg und schaut uns erwartungsvoll entgegen. Sein Gesicht ist nicht mehr zugewachsen, sondern bis auf einen Kinnbart glatt rasiert.

Nele traut ihren Augen nicht. „Was ist denn mit dem Zombie passiert?", flüstert sie mir zu.

Er hat die eingebildete Trulla Rosalinde auf dem Arm und streichelt sanft über ihr aalglattes Fell. Aus luftiger Höhe und beschützt von seinen starken Händen schaut sie hochmütig auf mich runter. Nele nimmt die Leine kurz und drängt mich an den Rand des Bürgersteigs.

Heinz räuspert sich. „Ich wollte letzte Nacht nicht bei Ihnen klingeln, als ich aus dem Krankenhaus gekommen bin. Und heute Morgen wollte ich auch noch nicht stören", erklärt er.

Nele ist total perplex. Sie hat Heinz noch nie bei Tageslicht gesehen, und bislang kein Wort mit ihm gewechselt.

„Wie bitte?", macht sie, bleibt stehen und fühlt sich sichtlich unwohl dabei.

„Oh, äh", stammelt Heinz. „Wissen Sie etwa noch gar nicht…?"

„Was weiß ich nicht?", fragt sie unwirsch.

Nun erzählt er Nele, was gestern Abend passiert ist, und sie macht kullerrunde Staunaugen.

„Einen klugen Hund haben Sie. Außergewöhnlich klug", beendet er seine Schilderung.

„Wie geht es Tine?", fragt sie besorgt.

„Frau Müller hatte einen Schlaganfall, aber zum Glück sieht es so aus, als würden sich die Symptome zurückbilden, so dass sie keine bleibenden Beeinträchtigungen davonträgt." Er beugt sich runter und tätschelt meinen Rücken. Das gefällt Rosalinde gar nicht, sie springt im hohen Bogen von seinem Arm und verschwindet im Garten.

„Das hat Frau Müller Ihrem kleinen Hund zu verdanken", sagt er nachdrücklich. „Bei Schlaganfall zählt jede Minute."

Nele hockt sich hin und krault meinen Kopf. „Napoleon, du bist großartig", sagt sie mit belegter Stimme. Tränen schimmern in ihren Augen.

Heinz richtet sich wieder auf. „Ich möchte Frau Müller gern im Krankenhaus besuchen und ihr einen Strauß Blumen mitbringen. Wissen Sie zufällig, welches ihre Lieblingsblumen sind?"

Nele wischt sich über die Augen und schaut ihn ungläubig an. „Nehmen Sie's mir nicht übel, aber ich wundere mich doch sehr. Ich habe Sie in den Jahren seit ich hier wohne noch nie mit irgendeinem Nachbarn sprechen gehört. Und nun wollen Sie Tine Müller im Krankenhaus besuchen?"

Heinz schaut betreten zu Boden. „Verständlich, dass

Sie sich wundern", sagt er. „Nun, während der letzten Jahre habe ich sehr zurückgezogen gelebt. Aber das ändert sich jetzt."

Nele nickt, aber so richtig verstehen tut sie Heinz nicht. Doch sie bohrt nicht weiter nach. „Was hat Tine wohl spätabends draußen gemacht?", grübelt sie stattdessen.

„Daran kann sie sich nicht mehr erinnern. Der Deckel Ihrer Mülltonne steht offen und daneben liegt ein schwarzer Papierkorb. Deswegen nehme ich an, dass sie Müll rausgebracht hat, als es ihr dann plötzlich schlecht ging. Ein Schlaganfall kommt ja von jetzt auf gleich."

Nele braucht eine Weile, um die Informationen zu verarbeiten. Sie fühlt sich schuldig, sagt sie, weil sie nicht zu Hause war, als das mit Oma Tine passiert ist. Das müsste sie nicht. Das Gefühl der Schuld ist eine dumme Erfindung der Menschen. Die Dinge passieren, wie sie passieren, und alles was passiert, hat einen Sinn. Welcher das ist, finden sie meist erst eine Weile später raus. Oder sie finden's gar nicht raus, wenn sie weiter daran glauben, dass irgendwer an irgendetwas schuld ist. Auf alle Fälle hat Heinz gestern Abend was Sinnvolleres gemacht, als allein vorm Fernseher zu sitzen.

Der Blick zur Uhr sagt ihr, dass wir spät dran sind. „Grüßen Sie Tine schön von mir und bestellen Sie ihr, dass ich nach Feierabend vorbeikomme", trägt sie ihm auf.

Das will er gerne ausrichten, verspricht er.

Wir machen kehrt und sind schon ein paar Schritte

gegangen, als er uns hinterherruft: „Welches sind denn nun ihre Lieblingsblumen?"

„Orchideen", ruft Nele zurück, und dann eilen wir zu unserem Haus. Nele hat einen Schlüssel für Tines Wohnung. Sie sucht schnell ein paar Kleidungsstücke, Sachen aus dem Badezimmer und Tines Hausschuhe zusammen, stopft alles in eine Tasche und dann machen wir uns auf den Weg zur Arbeit.

„Irgendwie tut er mir leid", sagt Nele, als wir an Heinz' Haus vorbeifahren. „Ich hab mich wohl in ihm getäuscht. Tine hatte recht, er ist gar nicht böse, sondern nur einsam."

Während wir uns durch den morgendlichen Verkehr schlängeln, wiederholt sie noch einmal die Geschehnisse des vergangenen Abends und überschüttet mich mit Lob. Sie meint, dass ich für meinen heldenhaften Einsatz eine Auszeichnung verdient habe. Ich hoffe, dass diese Auszeichnung eine Riesen-Salami sein wird.

Als die Kollegen eintrudeln, sprudelt Nele geradezu über vor Mitteilungsdrang. Sie berichtet ihnen von meinen Heldentaten und ich sonne mich in der allgemeinen Bewunderung. Nele platzt bald vor Stolz und erklärt, dass sie immer gewusst habe, wie außergewöhnlich klug ich sei. Ohne Bescheidenheit vorzutäuschen, möchte ich dazu anmerken, dass viele Tiere Retter in der Not sind. Sogar Katzen. Ich denke nicht, dass ich was Besonderes geleistet habe, aber wenn ich dafür eine Salami bekomme, dann soll es so sein.

Jens, der ja eigentlich nicht gut auf Tiere zu sprechen ist, will die Geschichte in der Zeitung haben. Er macht dafür sogar Fotos von mir. „Die Leser lieben Geschichten über Tiere", sagt er, und Niklas pflichtet ihm bei. Nele hakt da sogleich ein und meint, dann sollen sie auch über den Pferdeschänder schreiben, aber solche Tiergeschichten meint Jens nicht.

In Jürgens Büro liegt mein Stoff-Hase, ich muss ihn dort kürzlich liegen gelassen haben. Frau Bödecker weigert sich, mein Spielzeug zusammenzusuchen, sie stößt es mit ihrer Höllenmaschine an oder fährt drum herum. Ich nehm den Hasen zwischen die Vorderpfoten und ziehe ihm am Ohr. Der Hase hat nur noch ein Ohr und ich werde dafür sorgen, dass er bald gar keins mehr hat.

Als ich das Ohr abgerissen habe, mach ich kurzen Prozess mit dem Vieh. Ich weide sein Innenleben aus, und damit bin ich so lange beschäftigt, bis Jürgen kommt. Er hat dunkle Schatten unter den Augen, sein Gesicht wirkt schmal. Wortlos stapft er durch das Meer von synthetischem Füllmaterial, das den Fußboden bedeckt. Er setzt sich auf seinen Schreibtischstuhl und schaut sich um, als sähe er sein Büro zum ersten Mal.

„Gibt's was Neues?", fragt Nele ihn mitfühlend.

Er schüttelt langsam den Kopf. „Katrin will sich nach wie vor nicht helfen lassen. Sie lehnt jede medizinische Behandlung ab", murmelt er.

Nele zögert einen Moment, dann spricht sie ihren Gedanken aus. „Und… Wie stehen ihre Chancen?"

Er hebt mutlos die Schultern. „Das weiß niemand. Vielleicht sechs Monate, vielleicht auch nur ein paar Wochen."

„Und wie geht es ihr?"

Jürgen starrt auf seinen schwarzen Bildschirm, dann wendet er sich davon ab und schaut Nele an. „Sie ist erstaunlich gefasst. Ja, sie strahlt eine Ruhe aus, die ich so noch nie bei ihr wahrgenommen habe. Sie hatte immer viel um die Ohren, die Kinder, das Haus, viele Freunde und Bekannte, Sport… Sie saß kaum mal einen Moment ruhig auf dem Stuhl. Jetzt geht sie spazieren, sie liest ein Buch, oder sie sitzt einfach nur da und schaut in den Garten."

Das Gespräch wird unterbrochen. Hubert poltert ins Büro und statt „Guten Morgen" zu sagen, schnauzt er Jürgen an, warum er letzte Woche nicht zur Arbeit gekommen ist. Er lädt einen Stapel Papiere auf seinem Schreibtisch ab.

„Meine Frau ist krank", erklärt Jürgen, doch Hubert hört ihm gar nicht zu.

„Sie müssen sich mit Hammerschmid und Konsorten vom Haupthaus auseinandersetzen. Die wollen Gott weiß was alles klären!", bellt der Verlegersohn.

„Ich?", erwidert Jürgen. „Herr Rübeling, das ist *Ihre* Aufgabe, Sie sind der Verantwortliche für dieses Haus."

„Wollen Sie den Laden hier behalten? Ja oder nein?", bellt Hubert. „Wenn ja, dann machen Sie sich auch dafür stark."

Er wendet sich zum Gehen. „Ich will vom Haupthaus nicht mehr behelligt werden. Sorgen Sie dafür!" Er rauscht raus, wirft die Tür hinter sich zu und poltert die Treppe runter.

„Der spinnt wohl!", schimpft Nele. „Was macht der eigentlich hier, wenn er für nichts zuständig ist?"

Jürgens Blick streift den Papierstapel, dann schaut er rüber zu Nele. Er atmet hörbar ein und aus. „Ich hab immer gedacht, wenn ich meinen Job so gut mache wie ich kann, dann verdien ich gutes Geld und das sichert meiner Familie ein gutes Auskommen und später eine gute Rente. Aber jetzt weiß ich, dass es Wesentlicheres im Leben gibt als ein gutes Gehalt und die Rente."

Das Klingeln des Telefons enthebt Nele einer Antwort. Jürgen schaltet seinen Computer an, schreibt etwas hinein und druckt zwei Blätter Papier aus. Dann macht er den Computer wieder aus. Er nimmt die beiden Blätter aus dem Drucker, verlässt das Büro und zieht die Tür leise hinter sich zu.

Die Konferenz findet heute früher als gewöhnlich statt. Als alle Kollegen sitzen, erklärt Jürgen, dass er gekündigt hat. Er hat Hubert eben das Kündigungsschreiben gegeben, sagt er. Nun will er sich von allen verabschieden, und dann kommt er nicht wieder. Den Kollegen bleiben die Münder offen stehen.

Jens hat sich als erster wieder gefasst. „In dieser Situation haust du ab?", motzt er. „Dir ist schon klar, was hier für uns auf dem Spiel steht? Vielleicht gibt es unsere Redaktion bald nicht mehr."

Jürgen nickt bedächtig. „Katrin ist schwer krank. Sie hat Krebs", sagt er. Die Kollegen schweigen betroffen.

„Das tut mir leid", sagt Olga mitfühlend. Sie spricht etwas lauter als sonst.

Die anderen Redakteure schließen sich ihr an. Sie

stammeln anteilnehmende Worte, keiner weiß so recht, wo er hinschauen soll.

„Aber warum kündigst du denn? Du könntest doch auch einen längeren Urlaub nehmen", sagt Nele betroffen und zwirbelt eine Haarsträhne um ihren Finger. In ihren Augen schimmern Tränen.

Jürgen schüttelt den Kopf. „Mir ist sehr viel klar geworden in den vergangenen Tagen. Seit Jahren arbeite ich sechzig, siebzig Stunden pro Woche, ich hab quasi für unsere Zeitung *gelebt*. Jetzt ordne ich mein Leben neu, ich schaue, was mir wirklich am Herzen liegt. Und das ist in erster Linie meine Frau. Ich will die Krankheit mit ihr gemeinsam durchstehen, und jeden Augenblick eines jeden Tages bewusst genießen."

Dieter kratzt sich an Wange und Kinn. „Dann müssen wir den Laden wohl ohne dich schmeißen", kommt er aufs Geschäft zurück. „Wenn wir nur nicht so wenig Leute wären." Er stöhnt, streckt die Beine aus, zieht sie wieder an und wippt nervös mit den Füßen.

„Das schaffen wir schon", meint Olga zuversichtlich. Die anderen gucken sie zweifelnd an. Statt rot zu werden wie sonst, wenn sie mal was sagt, färben sich ihre Wangen nur ein wenig rosa.

Jürgen steht auf und gibt jedem Kollegen die Hand. Nele weint, und nun weinen auch Silke und Olga. Er verabschiedet sich auch von mir, ich lecke ein letztes Mal über seinen Handrücken. Dann verschwindet er in seinem Büro, packt seine Sachen und wenige Augenblicke später geht er. Die Kollegen sitzen wie betäubt da.

„Scheiße!", knurrt Dieter in die Stille hinein. „Und was machen wir jetzt?"

„Das, was wir immer machen", antwortet Niklas dumpf. „Wir machen eine Zeitung."

Jens klatscht in die Hände wie ein Fußballtrainer nach fünf Gegentoren. „Wir machen die beste Dienstagsausgabe auf diesem Planeten!", will er die Mannschaft motivieren.

Der morgige Aufmacher handelt vom Besuch eines bekannten Politikers in unserer Stadt. Prominente sind nur selten in dieser Gegend, deswegen kommt der Politiker auf Seite eins und die Story über mich, den klugen Mischlingshund namens Napoleon, auf Seite zwei. Die Kollegen diskutieren in gewohnter Weise, aber irgendwas ist anders. Sie gehen rücksichtsvoller miteinander um, niemand wird mitten im Satz unterbrochen. Jens kocht Kaffee für alle, er hat noch nie in der Redaktion Kaffee gekocht.

Nach Feierabend fahren wir zum Krankenhaus. Da dürfen keine Hunde mit rein, deswegen muss ich im Auto warten. Damit ich frische Luft kriege, lässt Nele das Fenster der Beifahrertür einen Spalt offen. Obwohl sie verspricht, bald wiederzukommen, bleibt sie sehr lange weg. Vom Parkplatz aus kann ich das Gelände gut überblicken, ich behalte die Eingangstür zum Krankenhaus im Auge. Menschen gehen rein und raus, manche haben Blumensträuße oder Taschen dabei. Alle machen bedrückte Gesichter. Dies scheint ein trauriger Ort zu sein.

Das Krankenhaus ist ein langes, hohes Gebäude mit

vielen Fenstern und flachem Dach. Vor der Tür erstreckt sich eine gepflegte Rasenfläche mit Blumenbeeten. Ein paar Bänke stehen da. Auf einer sitzt eine alte Dame, vor ihr steht ein Gestell mit Griffen dran. Sie weint und trocknet ihre Tränen mit einem Taschentuch. Nach einer Weile steht sie auf, hält sich an dem Gestell fest und schiebt es auf wackligen Beinen Richtung Eingangstür.

Ein Stück weiter, auf einer anderen Bank, haben sich Jugendliche versammelt. Einer trägt seinen Arm in einer Schlinge um den Hals. Sie rauchen, erzählen sich was und kichern. Sie haben Getränkedosen mitgebracht, sie öffnen die Dosen und prosten sich zu. Der mit der Schlinge sagt etwas und die anderen können sich gar nicht wieder einkriegen vor lauter Lachen. Die Leute, die an den Jugendlichen vorbeigehen, werfen ihnen missmutige Blicke zu oder sie gucken stur in die entgegengesetzte Richtung.

Ich dreh mich ein paarmal um mich selbst, um mein Lager vorzubereiten, leg mich hin, bette den Kopf auf die Vorderpfoten und schaue in den Himmel. Da seh ich einen Mann auf dem Dach des Krankenhauses. Er ist nicht jung, aber auch nicht alt. Seine Körperhaltung spiegelt seine Verzweiflung wider, er ist durcheinander, er ist traurig oder er fühlt sich einsam. Das geht leider vielen Menschen so, aber warum ist dieser Mann auf dem Dach? Ich beobachte jeden seiner Schritte, er bewegt sich zögerlich voran, dennoch führen sie ihn immer weiter zum Rand. Plötzlich wird mir klar, was er vorhat. Ich weiß nicht, woher ich das weiß, ich weiß es einfach.

Ich springe auf und belle laut. Niemand hört mich, alle sind mit sich selbst beschäftigt. Die Jugendlichen johlen. In diesem Moment parkt ein großer, weißer Wagen neben unserem Auto. Ein Mann steigt aus, seine glatten dunklen Haare glänzen, er hat sie stramm aus dem Gesicht gekämmt. Um seinen Hals trägt er eine Goldkette mit dicken Gliedern, eine Parfumwolke umgibt ihn. Er wirft mir einen Blick zu und verzieht die schmalen Lippen zu einem abfälligen Grinsen. Ich kläffe mir fast die Seele aus dem Leib, damit er zum Krankenhaus guckt anstatt in unser Auto.

Der Mann auf dem Dach zögert, dann schließt er die Augen und macht einen großen Schritt vorwärts. Das Gesicht des Dunkelhaarigen erscheint am offenen Spalt der Beifahrerscheibe. „Na du kleiner Giftzwerg, hast 'ne große Klappe da in deinem dämlichen Käfig, wa?"

Plötzlich ertönen Schreie. Das Gesicht des Dunkelhaarigen an der Scheibe verschwindet, er macht einen langen Hals, greift in die Hosentasche und holt sein Handy raus. Er tippt drauf und hält das Gerät hoch, und weil Nele das auch manchmal macht, weiß ich, dass er den entstehenden Tumult mit dem Handy filmt. Die Jugendlichen lassen ihre Dosen und Zigaretten fallen und laufen los. Eine Menschentraube bildet sich. Leute in weißen Kitteln eilen herbei, zwei haben die tragbare Liege mitgebracht, mit der sie auch Oma Tine transportiert haben.

Kurze Zeit später ist Nele zurück. Ihr Gesicht ist kreidebleich. Sie schließt die Tür auf und steigt ein.

„Mein Gott, da ist gerade jemand vom Dach gesprungen. Er ist tot." Sie zieht fröstelnd die Schulten hoch. „Zum Glück hab ich das nicht mit anschauen müssen, aber ich hab die Blutlache gesehen. Ist das nicht furchtbar? Ich hörte jemanden sagen, dass das ein Patient aus der Psychiatrie war." Sie atmet ein paarmal tief durch bevor sie das Auto startet.

„Ich frag mich, warum niemand ihn auf dem Dach gesehen hat. Am helllichten Tag! Warum ist niemand auf ihn aufmerksam geworden?", ruft sie aufgebracht.

Das frag ich mich auch und mir ist ganz elend bei dem Gedanken. Ich sehe den verzweifelten Mann, sehe wie er zögert und sehe wie er ins Leere tritt und fällt. Sein Anblick geht mir nicht mehr aus dem Kopf. Er hätte noch leben können.

Wir fahren nach Wiesmoor, und ich bin heilfroh darüber. Ich muss Dampf ablassen, ich muss die Bilder in meinem Kopf loswerden. Das Jägerauto ist nirgends zu sehen und so springe ich aus dem Wagen und renne los. Ich spüre, wie die kühle Luft über mein Fell streicht, sie saust in meinen Ohren und strömt über meinen Atem in meine Lungen. Ich spüre die Kraft meiner Muskeln und lasse mich von ihnen tragen, bis ich so leicht bin, dass es mir vorkommt, als würde ich fliegen. Es ist wie ein Rausch, ich renne, ich fliege, ich spüre den Schlag meines Herzens und das Blut, das es durch meine Adern pumpt.

Hohe Gräser, Bäume, Sträucher und Weidetore ziehen an mir vorbei, ich nehme sie kaum wahr. Ich achte auch nicht auf den Weg, und renn blindlings weiter, bis ich mich plötzlich in einem Waldstück wiederfinde. Ich werde langsamer, rieche den würzigen Duft der Kiefern, spüre trockenes Laub unter meinen Pfoten und mir wird plötzlich klar, dass ich diesen Wald nicht kenne. Nele war noch nie mit mir hier. Nele!

Ach du lieber Gott, ich hab Nele total vergessen! Ich muss zurück, bestimmt hat sie mich gerufen, ich hab sie nicht gehört. Schnell, schnell zurück, und zwar auf dem kürzesten Weg! Ich dreh mich um mich selbst und halte die Nase in die Luft, um die richtige Richtung einzuschlagen. Da seh ich, gar nicht weit von mir entfernt, den dunkelgrünen Geländewagen. Und – Hilfe! – den Jäger und seinen Hund. Neben dem Auto liegt ein totes Tier, Blut klebt an den Lefzen des Jagdhundes. Der Kofferraum ist offen.

Der Jäger hat ein Gewehr dabei und er hat gesagt, dass er mich damit totschießt, wenn er mich noch einmal frei laufen sieht. Vor Schreck stolpere ich über eine Baumwurzel, falle auf die Nase, rapple mich wieder auf und trete dabei auf einen trockenen Ast. Der bricht durch, und das kracht in meinen Ohren so laut wie eine Explosion. Der Kopf des Jagdhundes fliegt zu mir herum, gleichzeitig stößt er ein heiseres Knurren aus. Und schon wird der Jäger auf mich aufmerksam.

Ich seh das schwarze Mündungsloch seines Gewehrs und weiß, dass ich nicht sterben will. Ich hab so furchtbare Angst. Es ist eine Angst, wie ich sie aus schlechten Träumen kenne, eine Angst, die mich lähmt und mich bewegungsunfähig macht. Mein Herzschlag hämmert in meiner Brust, ich kann nichts tun, außer da zu stehen und ihm zu lauschen. Bumm, bumm, bumm. Aber auf einmal, wie durch ein Wunder, löst sich die Erstarrung, meine Gliedmaßen funktionieren wieder und schneller als der Blitz stürme ich ins nächstbeste Gestrüpp, wo der Jäger mich zwar noch hören, aber zumindest nicht mehr sehen kann. Das langanhaltende Heulen des Jagdhundes klingt wie eine Kriegserklärung.

Ich renne um mein Leben und durchquere den Wald, und mir wird mehr und mehr bewusst, dass ich keine Chance habe. Die Beine des Jagdhundes sind viel länger als meine, außerdem hat er einen schlanken, drahtigen Körper. Durch seinen Job ist er trainiert bis in die letzte Faser, während ich den ganzen Tag faul auf Zoomaxx-Decken rumliege.

Halt! Ich ramme meine Pfoten in den Boden: Ein Erdloch – dem Himmel sei Dank! Oder auch nicht. Denn obwohl einer meiner Vorfahren ein Dackel gewesen sein soll, gehöre ich nicht zu den Hunden, die freiwillig in solche Löcher kriechen und dort nach Dachsen oder anderem Getier fahnden. Im Gegenteil, ich grusel mich vor diesen Löchern, denn man weiß ja nie, wer darin wohnt und wie derjenige auf Besuch reagiert. Deswegen mach ich normalerweise einen großzügigen Bogen um solche Höhlen, aber jetzt, im Angesicht des Todes, bleibt mir keine Wahl.

Ich schlüpfe hinein, quetsche mich in den Tunnel und tauche in tiefe Dunkelheit ein. Muffig-feuchter Geruch nach Moder und Verwesung empfängt mich. So schnell wie möglich robbe ich voran, damit der Jäger mich nicht am Schwanz packen und rausziehen kann, oder meinen Hintern zu Brei schießt.

Während ich noch um meinen Allerwertesten fürchte, erwarte ich jeden Augenblick eine Attacke von vorne. Ein Biss aus nadelspitzen Zähnen in meine empfindliche Nase, oder fiese Krallen, die mir die Augen ausstechen. Und dann, urplötzlich, stecke ich fest wie die Wurst in der Pelle. Ich kann weder vor noch zurück. Panik erfasst mich, ich will schreien vor Angst, aber ich krieg keinen Ton raus. Ich muss in diesem elenden Loch sterben. Mein schönes Leben geht hier und jetzt zu Ende.

Nein, ich darf nicht aufgeben! Mit aller Kraft versuche ich mich zu bewegen, aber ich schaffe es nicht mal ein winziges Stückchen. Mein Fell juckt wie verrückt und ich kann mich nicht kratzen. Bestimmt haben sich jede Menge Insekten darin verfangen – und Zecken. Nele lobt mich zwar immer, weil ich so tapfer bin, wenn sie diese elenden Blutsauger aus meiner Haut rauszieht, aber ein Spaß ist das nicht.

Nele… Wenn ich jemals aus diesem verdammten Loch rauskommen sollte, dann werde ich für den Rest meines Lebens brav sein. Ich werde so dermaßen brav sein, dass es braver nicht geht. Es wird keinen Hund auf der ganzen Welt geben, der braver ist als ich. Brav soll mein zweiter Name sein, ich werde ihn mir auf die Stirn tätowieren lassen.

Eine Ewigkeit scheint vergangen zu sein, als ich auf einmal leichte Erschütterungen spüre, mir ist, als würde der Boden ein wenig beben. Ich halte den Atem an und lausche, und tatsächlich: Das sind Schritte. Jemand bewegt sich durch den Wald, nah bei meinem Versteck. Soll ich jaulen und um Hilfe rufen? Nein. Der einzige Mensch, der durch den Wald geht, ist der Jäger, und wenn ich den auf mich aufmerksam mache, bin ich genauso weit wie vorher.

Hinter mir nehme ich Bewegungen wahr. Pfoten kratzen am Eingang des Baus und warmer Atem strömt an mein Hinterteil. Oh, lieber Gott, bitte, *nein*!

Ich klemm den Schwanz ein, soweit wie mir das in dem engen Tunnel möglich ist. Durch die Erdschicht über mir höre ich dumpfes Bellen. Das war's! Der Jagdhund ruft seinen Chef, und der macht kurzen Prozess mit mir. Mein Kadaver wird bei den anderen toten Viechern in seinem Kofferraum landen. Das Bellen ertönt jetzt rhythmisch, mit langen Pausen dazwischen. Das kommt mir seltsam vor. Bellt so ein Jagdhund, der auf seine Beute aufmerksam machen will?

Im selben Moment, als mir mit grenzenloser Erleichterung klar wird, wer da bellt, nehmen die Erschütterungen des Erdbodens zu und ich hör Neles Stimme. Sie spricht mit Rob und der hat Pebbels dabei. Der angehaltene Atem weicht aus meiner Lunge, ich gebe ein Geräusch von mir, das ganz anders klingen sollte als dieser jämmerliche Laut. Pebbels buddelt jetzt wie ein Irrer, ich lege den Rückwärtsgang ein – und dann bin ich draußen.

Es ist inzwischen fast dunkel, zumindest hier im Wald. Schemenhaft nehme ich die drei Gestalten wahr, die meine Retter sind. Ich bin ziemlich erschöpft, aber meine Kraft reicht noch, um sie zu begrüßen. Mir läuft das Herz über vor Erleichterung, Freude und Dankbarkeit. Nele weint und lacht gleichzeitig, sie hält mich im Arm, drückt mich an ihr Herz und versichert mir, wie doll sie mich lieb hat und dass sie sich solche Sorgen um mich gemacht hat. Rob legt freundschaftlich den Arm um sie und mit der anderen Hand krault er meinen Bauch. Auch er ist froh, dass ich wieder da bin, und er ist sehr stolz auf Pebbels' gute Nase. Er beugt sich runter zu dem zotteligen Riesen, lobt ihn und knuddelt ihn und wenn Pebbels lachen könnte, dann würde er jetzt genauso strahlen wie Rob.

Nele behält mich auf dem Arm und trägt mich zurück, das ist mir sehr recht. Als ich ihr zu schwer werde, trägt Rob mich. Sein angenehm erdiger Duft steigt mir in die Nase, ich fühl mich sicher und geborgen, kuschel mich in seine Armbeuge und schlaf glattweg ein.

In seinem Haus wach ich wieder auf. Er legt mich auf der ramponierten Eckbank ab, um Feuer im Küchenofen zu machen. Binnen kurzer Zeit breitet sich eine heimelige Wärme aus. Pebbels streckt sich lang auf den Fliesen vorm Ofen aus. Ich roll mich neben Nele zusammen und döse vor mich hin.

Sie hat einen dampfenden Kaffeebecher vor sich auf dem Tisch stehen. „Ist deine Freundin, äh, Zoe, gar nicht da?", erkundigt sie sich und nippt an ihrer Tasse.

„Nee", murmelt Rob.

Weil er weiter nichts sagt, füllt Nele die Stille, indem sie ihm von meiner heldenhaften, gestrigen Rettungsaktion berichtet. Sie krault mich liebevoll und sagt, dass Oma Tine versprochen hat, mir eine Riesensalami zukommen zu lassen, wenn sie aus dem Krankenhaus kommt. Ich grunze zufrieden. Dann schiebt sie hinterher, dass ich die Salami keinesfalls in einem Stück bekommen werde, Tine soll sie in kleine Portionen einteilen. Ich grunze wieder, diesmal schwingt ein wenig Enttäuschung mit.

Rob lacht auf. „Napoleon ist ein ganz schön kluges Kerlchen", meint er und Nele stimmt ihm zu. Sie nimmt zwei Schlucke Kaffee und dann erzählt sie von dem furchtbaren Erlebnis am Krankenhaus. Zwar habe sie den Toten nicht gesehen, wohl aber die Blutlache auf den Pflastersteinen. Ein Schaudern geht durch ihren Körper, und ich versuche die aufkommende Erinnerung an den verzweifelten Mann auf dem Dach zu verscheuchen.

Rob streicht nachdenklich über seinen Kinnbart. „Wo war Napoleon denn, als das passiert ist?", erkundigt er sich.

„Er saß im Wagen."

„Kann es sein, dass er den Selbstmord mit angesehen hat?"

Nele stellt den Kaffeebecher auf den Tisch. „Du meinst…? Oh, mein Gott, ja, natürlich. Der Parkplatz liegt direkt gegenüber vom Krankenhaus!" Sie stöhnt auf.

„Und dann wunderst du dich, warum er weggelaufen ist?", fragt er lieb.

Sanft streichelt sie über meinen Kopf. „Ach, mein armer Schatz!", sagt sie zärtlich.

Sie streichelt weiter, während die beiden schweigend ihren Gedanken nachhängen.

„Weißt du irgendwas Neues über den Pferdeschänder?", fragt Rob nach einer Weile, und Nele schüttelt betrübt den Kopf.

„Solche Typen gehören kastriert, und anschließend auf Nimmerwiedersehen eingesperrt", knurrt er.

Nele hört mit dem Streicheln auf. „Schön wär's", schnauft sie. Sie berichtet Rob von ihrem Besuch bei Christian Zeisig und regt sich wieder einmal auf, dass die Polizei nichts gegen den Pferdeschänder unternimmt.

„Es gibt eine überregionale Ermittlungsgruppe ,Pferd'", wendet er ein, als Nele mal Luft holen muss. „Das hab ich im Internet gelesen."

„Wenn die Gruppe aus Typen wie Zeisig besteht, ist's kein Wunder, dass die nichts auf die Reihe kriegen", murrt Nele.

Ich stups mit der Nase unter ihren Ellenbogen, damit sie mich wieder krault. Das muss ich ein paarmal machen, bevor sie's bemerkt. Ihre Finger wandern zu meiner Lieblingsstelle und ich brumme zufrieden.

„Ich hab über deinen Vorschlag nachgedacht", wechselt Rob das Thema. „So ein Tierheim für Pferde wär 'ne gute Sache."

Nele schaut auf. „In der Tat", meint sie.

„Zum Hof gehören fünfzehn Hektar Weideland, außerdem etliche Nebengebäude. Platz genug wär da."

„Wow! Fünfzehn Hektar? So viel?", ruft sie. „Das eröffnet ja Möglichkeiten ohne Ende!"

„Ich hätt Lust, selbst Heu zu machen. Mit Traktoren und Maschinen kenn ich mich gut aus." Er trinkt seinen Becher leer. „Aber von Pferden versteh ich nicht viel", gesteht er.

„Die beiden Pferde draußen gehören Zoe", vermutet Nele.

Er nickt bedächtig. „Santana ist Zoes Reitpferd und Obelix ist ein neunundzwanzigjähriger Rentner. Obelix wird nicht mehr geritten, er ist sozusagen Santanas Gesellschafter."

„Was sagt Zoe denn zu der Idee?", hakt sie nach.

Er steht auf und macht sich umständlich an der Kaffeemaschine zu schaffen. „Sie weiß nichts davon", erwidert er knapp.

„Oh", macht Nele überrascht, und ich muss sie wiederum daran erinnern, dass sie mich weiter streichelt.

Es ist spät, als wir den Heimweg antreten. Nele bedankt sich noch einmal bei Rob und Pebbels für ihre Hilfe.

„Das war selbstverständlich. Ich bin froh, dass wir Napoleon heil und gesund wiedergefunden haben", versichert Rob.

Pebbels liegt schnarchend vorm Ofen und kriegt gar nicht mit, dass wir gehen.

6

Wir treffen sie am nächsten Nachmittag wieder. Es ist herrlich sonnig, nicht zu warm, aber auch nicht kalt. Nele hat die Flexi-Leine an meinem Halsband befestigt, und obwohl der Jäger nicht in Sicht ist, lässt sie mich nicht frei laufen. Sie befürchtet, dass ich wieder abhauen könnte, doch das würde ich ganz bestimmt nicht machen.

Auf dem Rückweg kommen wir am Gehöft vorbei. Rob ist gerade damit beschäftigt, Steine aus dem Anhänger in die Schubkarre zu laden. Er winkt uns zu, und wir gehen die Einfahrt hinunter. Der große Sperrmüllhaufen auf dem Hof ist verschwunden, die kaputten Fensterscheiben wurden ausgetauscht und zwei Holztüren am Stallgebäude sind ebenfalls neu.

Pebbels liegt im Schatten hinterm Haus, ich stups ihn vorsichtig an und er hebt schlaftrunken den Kopf. Nach einer kleinen Weile der Besinnung hievt er sich auf die Füße, schüttelt und streckt sich ausgiebig und freut sich nun offensichtlich über meinen Besuch. Er geht voran und ich folge ihm in eine der Stallungen, wo Stroh zu einem großen Haufen aufgeschichtet ist. Ich spring hinein, wälze mich und mach ein paar übermütige Hopser. Hei, was für ein Vergnügen! Pebbels guckt mir seelenruhig bei meinem Treiben zu.

Gemeinsam durchstreifen wir das Gebäude, machen ein Zerrspiel mit einem herumliegenden alten Seil, kommen in ein anderes Gebäude, untersuchen die Pferdeboxen auf Gerüche und gelangen in eine große

Scheune. Dort sind allerlei Geräte untergebracht, auch ein alter Trecker steht da. Im Dachgebälk haben Vögel ihre Nester gebaut, sie fliegen durch eine offene Dachluke ein und aus. Jedes Mal, wenn sie zurückkommen, fiepen die Vogelkinder in den Nestern, weil sie sich über die mitgebrachte Nahrung freuen.

Pebbels hält die Nase am Boden, bei jedem Schritt wippen seine langen Stirnfransen vor und zurück. Er scheint gezielt auf der Suche zu sein und ich folge ihm neugierig, bis er schließlich findet, wonach er gesucht hat: Ein kleines weißes Ei, besser gesagt, die kaputte Schale davon, liegt zwischen Staub und Vogelkacke auf dem Betonboden. Gierig macht er sich darüber her. Die Schale knackt und knirscht zwischen seinen Zähnen, ein paar kleine Stückchen fallen auf den Boden. Ich probiere eines, spucke es aber gleich wieder aus. Nicht mein Geschmack.

Nele und Rob sind in einem der Nebengebäude zugange. Sie laden die Steine von der Schubkarre und stapeln sie ordentlich auf. Mit den Steinen will Rob eine Mauer reparieren. Sie brauche ihm nicht zu helfen, meint er, zumal die Steine ganz schön schwer seien, aber Nele will sich revanchieren. Außerdem macht sie solche Arbeiten gerne, versichert sie fröhlich.

Als sie alle Steine vom Anhänger abgeladen haben, holt Rob zwei zerschlissene Klappstühle aus einem offenen Schuppen hervor. Er stellt die Stühle in den Schatten, die beiden setzen sich hin und trinken Eistee. Santana und Obelix stehen am Zaun, Fliegen surren um ihre Köpfe. Pebbels und ich legen uns auf ein

Nickerchen zu Neles und Robs Füßen ins Gras.

Ich wache auf, als ein Auto auf den Hof fährt, hart abbremst und eine Tür zugeschlagen wird. Zoe ist ausgestiegen, sie macht ein Gesicht wie sieben Tage Dauerregen. Pebbels klopft zur Begrüßung leicht mit dem Schwanz auf den Boden, ansonsten bleibt er regungslos. Er macht nicht mal die Augen auf.

Zoe holt ein paar Tüten und Taschen aus dem Kofferraum und schlägt auch diesen mit Schwung zu. Sie schickt einen knappen Gruß und garstige Blicke in unsere Richtung.

„Na, hast du einen schönen Einkaufsbummel gemacht?", fragt Rob sie freundlich.

„Ja, es war *wunderbar*", zirpt sie und guckt jetzt sogar noch garstiger.

Huh, da kann man ja richtig Angst kriegen!

„Und wie habt ihr beide meine Abwesenheit genutzt?", fragt sie mit schneidender Stimme. „Ihr seht so verschwitzt aus. Habt ihr gevögelt?"

Ich hör, dass Nele scharf die Luft einzieht, und hätte vermutet, dass Rob jetzt wohl böse auf Zoe ist. Schließlich hat er nicht den Vögeln hinterher geschaut, sondern beim Steineschleppen geschwitzt. Doch er fängt lauthals an zu lachen.

„Wow, du hast ja Phantasien!", prustet er.

Nele kriegt einen knallroten Kopf und trinkt hastig ihr Glas leer. „Ich wollte sowieso gerade los", sagt sie und ruft mich zu sich. Wir verlassen schleunigst den Hof.

„Danke für deine Hilfe!", ruft Rob uns hinterher.

Nele antwortet ihm nicht. „Boah, wie peinlich war das denn?!", stöhnt sie, als wir ein Stück die Straße hinuntergegangen sind. „Die hat sie ja wohl nicht mehr alle!"

Im Wagen dreht sie das Radio so laut auf, dass ich Ohrensausen kriege.

Kaum sind wir daheim, taucht Udo auf. Auf diese Überraschung hätte ich getrost verzichten können. Er tut, als wär was Sensationelles passiert, aber ich weiß sehr wohl, dass das nur Theater ist. Ich stimme ein dumpfes Grollen an und gucke entsprechend böse.

„Ich hab heute Nachmittag einen Zaun repariert und dabei einen verdächtigen Typen beobachtet", eröffnet er uns, als er sich auf einem der Küchenstühle niedergelassen hat.

Nele steht an der Spüle, um den Wasserkocher zu befüllen, sie fliegt herum und lässt das Wasser einfach laufen.

„*Was* hast du?", fragt sie atemlos.

„Da ist so ein schmieriger Kerl in einem roten Wagen an unserer Weide vorbeigefahren. Er fuhr ganz langsam und hat sich die Pferde genau angeschaut."

„Um Himmels willen, an welcher Weide war denn das?", ruft sie aus. Mit weit aufgerissenen Augen starrt sie ihn an.

„Oben im Langen Holz an der Stutenweide." Er legt eine dramatische Sprechpause ein. „Meinst du, das könnte der Pferdeschänder gewesen sein?", fragt er mit banger Stimme.

Sehr unwahrscheinlich. Niemand kann gleichzeitig

einen Zaun reparieren und im Auto vorbei fahren.

Nele versucht, sich zur Ruhe zu zwingen, doch ich merke ihr an, wie aufgeregt sie ist. „Was genau hast du denn beobachtet?", will sie wissen.

„Der Kerl war breit wie ein Schrank, hatte fettige, schwarze Locken und 'ne Nase wie ein Preisboxer. Der sah aus wie 'n Schlachter, dem fehlte nur die blutige Schürze."

„Großer Gott!", keucht Nele und schlägt die Hände vor die Brust, so wie Traute das manchmal macht.

Das Wasser läuft in einem Strom über den Rand des Wasserkochers ins Spülbecken. Weil der Abfluss das Wasser nicht so schnell fassen kann, fängt der Wasserkocher an zu tanzen.

„Er ist in seiner zerbeulten Karre an der Weide vorbeigetuckert, hat geglotzt, dass ihm bald die Klüsen rausgefallen sind, dann hat er gewendet und kam zurück." Udo mustert Neles besorgten Gesichtsausdruck und scheint zufrieden zu sein.

Ich kläffe ihn lauthals an, diesen elenden Lügner. Irgendjemand muss ihm schließlich Einhalt gebieten. Nele wirft mir einen mahnenden Blick zu, und als ich nicht aufhöre zu kläffen, droht sie mir mit erhobenem Zeigefinger. Das heißt „Achtung", und wenn ich mich jetzt nicht benehme, dann krieg ich Ärger. Ich geh das Risiko ein, kläffe Udo noch ein paarmal an, aber dann hör ich auf damit. Niemandem ist damit gedient, wenn ich rausfliege.

„Hast du dir das Kennzeichen gemerkt?", fragt Nele hoffnungsvoll.

Udo schüttelt bedauernd den Kopf. „Nein, das konnte ich nicht erkennen. Es war total schmutzig."

„Und der Mann war niemand, den du kennst? Keiner von euren Pferdeleuten? Oder vielleicht einer, der im Langen Holz ebenfalls eine Weide hat, oder ein Waldstück?"

Wiederum verneint Udo. „Nee, die kenn ich alle, und den hab ich noch nie gesehen. Ich hab mir gleich gedacht, dass der nicht ganz koscher ist."

„Udo, du musst damit zur Polizei gehen", sagt Nele eindringlich. „Wenn du den Mann so genau beschreiben kannst, dann können die…"

„Kommt nicht in Frage", fällt er ihr ins Wort. „Dann steht das übermorgen in der Zeitung und ich verlier die Hälfte der Pensionspferde. Ich setz doch meine Existenz nicht aufs Spiel!"

„Du verlierst noch viel mehr, wenn er eines deiner Pferde tötet", hält Nele dagegen.

„Der kommt nicht noch mal ins Lange Holz", ist Udo überzeugt.

„Wie kannst du da so sicher sein?"

„Als er zurückkam, hat er mich genau gesehen. Ich bin nämlich ganz schnell über die Weide nach vorne gelaufen, um ihn abzufangen. Er hat mich gesehen, und dann hat er Vollgas gegeben."

„Das ist keine Garantie dafür, dass er nicht wiederkommt", meint Nele.

„Ich hab ihm mit der Faust gedroht", verkündet Udo, als wär er Rambo.

„Auch das ist keine Garantie", erwidert Nele

seufzend. „Und im Übrigen sind nicht nur *eure* Pferde in Gefahr, sondern auch alle anderen in der Gegend."

Udo steht auf und dreht den Wasserhahn zu. Er will Nele in den Arm nehmen, aber sie weicht ihm aus. Ich dräng mich zwischen die beiden, nehme vor Nele Aufstellung und knurre finster.

„Ich möchte nicht, dass du mit irgendjemandem darüber sprichst. Ich hab dir das im Vertrauen erzählt, damit du beruhigt bist", sagt er mit samtweicher Stimme.

„Wieso sollte mich die Nachricht, dass ein schmieriger Schlachtertyp an eurer Weide langfährt, beruhigen?", fragt sie verständnislos.

„Weil du jetzt sicher sein kannst, dass dieser Mann keinem Pferd mehr was zuleide tun wird. Der weiß genau, dass ich sein Gesicht gesehen hab", erklärt er sanft und eindringlich zugleich. Er will einen Schritt auf sie zugehen, aber da steh ich. Und ich weiche nicht das klitzekleinste Stückchen zur Seite. Er lässt die Arme sinken.

„Was war denn das für ein Auto?", erkundigt sich Nele.

Udo hebt die Schultern. „Irgend so 'ne ausländische Karre. Renault oder Citroen, oder so was."

„Kombi? Fließheck?", bohrt sie.

„Kombi", sagt er schnell.

„Und wie alt schätzt du den Mann?"

Udo rollt die Augen. „Du stellst Fragen. Was weiß ich? Fünfzig, vierzig? Das kann ich nicht schätzen."

„Ich find's unverantwortlich, dass du damit nicht zur

Polizei gehst", beharrt sie.

Er wendet sich ab und schleicht Richtung Küchentür. „Und ich dachte, du bist auf meiner Seite", murmelt er enttäuscht.

Leider geht Nele ihm hinterher. „Ich bin auf deiner Seite, Udo", stellt sie klar. „Und ich kann deine Gründe auch ein kleines bisschen verstehen. Aber selbst wenn dieses Scheusal nie wieder zuschlagen sollte, seh ich nicht ein, dass er ungestraft davonkommt."

Im Flur bleibt Udo stehen, und jetzt nutzt er die Gelegenheit, und nimmt Nele in den Arm. „Er wird seine gerechte Strafe bekommen, ganz sicher", murmelt er in ihr Haar.

Ich presche vor und belle so aufgebracht und laut, als wär ich von allen guten Geistern verlassen. Nele blickt mich durchdringend an, aber ich geb keine Ruhe.

„Klappe, Poldi!", schimpft Udo, obwohl er inzwischen wissen müsste, dass er mich damit noch wütender macht.

„Er heißt Napoleon", korrigiert Nele ihn über mein Bellen hinweg, fasst kurzerhand nach meinem Halsband und befördert mich in die Küche.

Udo verabschiedet sich. „Ich wär gern noch geblieben", erklärt er. „Aber ich muss los. Hera wird in diesen Tagen fohlen…"

Na los, mach schon, raus mit dir!

„Hera bekommt ein Fohlen?", ruft Nele. Sie klingt gleichermaßen aufgeregt und gerührt.

„Von Walzerkönig", sagt er stolz. „Sie ist schon über die Zeit, bis zur Geburt wird's nicht mehr lange dauern.

164

Meine Mutter hält ein Auge drauf, ich hab ihr aber versprochen, dass ich rechtzeitig zurück bin und die Nachtschicht übernehme."

Er verabschiedet sich mit einem schmatzenden Kuss von ihr. „Du bist herzlich eingeladen, dir das Fohlen anzuschauen, wenn es da ist", schnurrt er, und dann zieht er endlich ab.

Nachdem er hupend an unserem Haus vorbeigefahren ist, greift Nele zum tragbaren Telefon. Sie tippt darauf herum, murmelt „Unterdrückte Nummer", tippt weiter, und dann hält sie den Hörer ans Ohr. Ihre Stimme hört sich fremd an, als sie sagt: „Ich möchte einen Verdächtigen melden, er könnte der Pferdeschänder sein. Der Mann fährt einen roten, verbeulten Kombi, Renault oder Peugeot. Er ist zwischen vierzig und fünfzig Jahre alt, hat eine breite Statur, eine Boxernase und schwarze, lockige Haare." Sie legt eine kurze Pause ein. „Nein, ich sage meinen Namen nicht", erklärt sie, und dann beendet sie das Gespräch.

Aufgewühlt läuft sie in der Wohnung umher, und als sie sich endlich etwas beruhigt hat, kocht sie Tee und hockt sich aufs Sofa. Sie greift zur Fernbedienung und schaltet durch die Programme. Ich leg meinen Kopf auf ihren Oberschenkel und bin eingeschlafen, noch bevor sie sich für eine Sendung entschieden hat.

Weil Udo während der nächsten Abende bei der tragenden Stute Wache halten muss, hat er zum Glück keine Zeit, uns zu besuchen. Aber er ruft Nele jeden

Tag an, um ihr die neusten Abenteuer vom Pferdehof zu erzählen, und leider glaubt sie ihm jedes Wort.

In der Redaktion geht es drunter und drüber. Jens hat Jürgens Platz eingenommen, er wurde von Hubert kurzerhand zum neuen Ressortleiter ernannt, nachdem die beiden nach Feierabend unten im Verlegerbüro ein Bier zusammen getrunken haben. Das mit dem Bier weiß Nele von Conny Jansen aus der Anzeigenabteilung. Jens platzt beinah vor Stolz. Er kommt neuerdings im Anzug zur Arbeit und ist angeblich mit allen wichtigen Leuten im Haupthaus per du.

Im Unterschied zu Jürgen verbringt er die Tage zumeist hinter verschlossener Tür, und wenn er sich blicken lässt, dann motzt er Nele an, meckert über meine Haare, die angeblich auf dem Teppich liegen, und staucht die anderen Redakteure zusammen. Ich bin mir sicher, dass alle Kollegen außer Jens Luftsprünge vor Freude machen würden, wenn Jürgen zurückkäme. Doch der ist mit seiner Katrin nach Lindau an den Bodensee gefahren. Die beiden verbringen da ihren ersten gemeinsamen Urlaub.

Zu allem Unglück wollten die Computer nicht richtig funktionieren, einige Berichte der freien Mitarbeiter waren spurlos verschwunden und die Kollegen konnten nicht ins Internet. Niklas, der sich gut mit Computern auskennt, hat Überstunden gemacht, um den Fehler zu finden, aber er musste ergebnislos aufgeben. Nachdem Nele etliche Male mit dem Wartungsdienst telefoniert hatte, kam endlich ein

Monteur in die Redaktion und hat sich darum gekümmert.

Heute will Nele nach der Arbeit wieder mit mir im Schönewald spazieren gehen. Sie meint, da sei es schön schattig, aber das ist nicht der wahre Grund, das hör ich an ihrer Stimme. Ich glaub, sie fährt nicht mehr mit mir nach Wiesmoor, weil sie eine Begegnung mit Zoe vermeiden will. Oder vielleicht auch mit Rob, obwohl es dafür keinen Grund gibt.

Im Schönewald ist es zweifellos angenehm kühl, aber da muss ich die ganze Zeit an der Leine laufen, und ich komm mir vor wie beim Hürdenlauf. Auf den schmalen, ausgetrampelten Wegen tummeln sich Fahrradfahrer, Jogger, Spaziergänger mit und ohne Stöcker, Mütter mit Kinderwagen und natürlich etliche Hunde mit den dazugehörigen Menschen. Der Schönewald ist zwar immer noch besser als die Freilauffläche, aber Erholung vom Arbeitstag sieht anders aus, finde ich.

Wir sind gerade erst ein kurzes Stück gegangen, als sich Ärger in Gestalt eines hellbraunen, bulligen Rüden nähert. Er ist seinem Begleiter abgehauen, an seinem Halsband ist eine lange Nylonleine befestigt, die wie eine Fahne hinter ihm her flattert. Rücksichtslos streift der Hund einen älteren Herrn und bringt ihn beinah zu Fall. Dann rennt er mitten durch eine Gruppe von Kindern und wirft dabei einen kleinen Jungen vom Fahrrad. Der heult so laut wie eine Sirene, und wird von seiner Mutter getröstet.

Sein nächstes Ziel sind wir. Als er auf uns zurast,

würd ich mich am liebsten unsichtbar machen, und halte vor Schreck die Luft an. Nele stellt sich beherzt vor mich hin, und will ihn verscheuchen. Ich halt mich in ihrem Windschatten, in der Hoffnung, dass das Unheil an mir vorüberzieht. Leider ist dem nicht so. Der Rüde donnert einfach zwischen Neles Beinen durch, so dass sie um ein Haar hinfliegt. Und schon im nächsten Moment springt er auf mich drauf. Ich bleib stocksteif stehen, will ihm keinen Grund liefern, mich zu beißen. Aber wie ich nun erleben soll, will er nicht beißen, sondern rammeln. Oh nein, bitte nicht! Geifer tropft aus seiner Schnauze in meinen Kragen, mein Leib ist zwischen seinen Vorderbeinen eingeklemmt, während er sein Geschlechtsteil in schnellem Tempo an meinem Hintern rauf und runter reibt. Was für eine Pein, was für eine Demütigung!

Nele schnappt sich seine Leine und zerrt ihn mit aller Kraft von mir runter. Dankbar schaue ich dabei zu, wie sie ihn am nächstbesten Baum anbindet. Ich schüttle mich mehrmals, dann wälze ich mich ausgiebig auf dem Waldboden, um wieder annähernd ich selbst zu sein. Der Begleiter des Rüden taucht auf, er hat eine blutige Verletzung an der Handfläche von der Hundeleine. Er entschuldigt sich wortreich bei dem älteren Herrn, bei Nele, bei dem kleinen Jungen und dessen Mutter. Dann bindet er seinen Hund los, wickelt sich die Leine einige Male um seine unverletzte Hand und die beiden ziehen von dannen.

Wie jeden Tag besucht Nele auch heute Oma Tine im Krankenhaus. In einer Nebenstraße findet sie einen schattigen Platz zum Parken, lässt das Fenster ein Stückchen auf und verspricht mir, bald zurück zu sein. Das verspricht sie immer und meistens hält sie sich nicht daran, aber diesmal ist sie tatsächlich recht schnell wieder da. Ich hab noch nicht mal mein Deckenlager richtig hergerichtet.

Während wir durch die Straßen kurven, erzählt sie mir, dass es Tine schon viel besser geht und dass sie bald nach Hause entlassen wird. Sie muss jedoch zukünftig Tabletten einnehmen, damit ihr sowas nicht nochmal passiert. Ich find Tabletten eklig.

„Heinz kommt sie jeden Tag besuchen", erzählt Nele schmunzelnd. „Weißt du was? Ich glaub, die beiden haben sich ineinander verliebt!"

Ach, das freut mich aber! Für alle beide.

„Tine ist ja erst fünfundsechzig. Na ja, für die Liebe ist man sowieso nie zu alt", sinniert Nele. „Über Heinz muss ich mich wirklich wundern. Der ist ja gar nicht mehr wiederzuerkennen. Er sieht gepflegt aus und ist gut angezogen – und er ist wirklich nett. Ich schäm mich richtig, dass ich mich so vor ihm gegruselt habe."

Das geht mir genauso. Und ich bin heilfroh, dass in unserer Nachbarschaft kein Zombie wohnt.

„Tine hat mir erzählt, dass er früher Polizist war. Und verheiratet war er auch. Seine Frau ist mit einem anderen Mann durchgebrannt, weil er so viel gearbeitet hat. Tja, und eine Weile später wurde er bei der Polizei entlassen, weil er einen Drogendealer erschossen hat."

Nele schüttelt den Kopf. „Heinz sagt, das war Notwehr, aber der Dealer hatte einen Haufen Kumpels dabei, und die haben das Gegenteil behauptet. Ihm wurde der Prozess gemacht und das hat ihn so getroffen, dass er sich in seinem Haus verkrochen hat und niemanden mehr sehen wollte."

Sie blinkt, schaut in den Rückspiegel und biegt in unsere Straße ein. „Das liegt schon ein paar Jahre zurück. Jetzt ist er in Rente, genau wie Tine."

Im Gemeindehaus wird irgendwas gefeiert, bunte Fähnchen und Luftballons schmücken den Eingang. Am Straßenrand stehen viele Autos, deswegen können wir nicht vor unserem Haus parken und fahren ein Stück weiter. Als wir ausgestiegen sind, treffen wir auf Heinz. Er befreit den Vorgarten vom meterhohen Unkraut.

„Hallo ihr zwei!", begrüßt er uns fröhlich. Während die beiden ein paar Worte wechseln, schaue ich mich unauffällig nach Rosalinde um, aber die ist nirgends zu sehen. Interessiert schnuppere ich an Heinz' Hosenbein und an seinem Schuh, und rieche Erde und Katze.

Er beugt sich runter und streichelt über meinen Rücken. „Weißt du eigentlich, dass ich dir ungeheuer dankbar bin, kleiner Napoleon?", sagt er lieb. „Du hast mich ins Leben zurückgeholt, ja, das hast du!"

Ich lege den Kopf schief und wedle mit dem Hinterteil.

Sein Lächeln breitet sich über sein ganzes Gesicht aus, seine Augen unter den buschigen Brauen funkeln. „Ich bring jetzt sogar meinen Garten in Ordnung, und das, obwohl ich noch nie ein Freund von Gartenarbeit war." Er lacht dröhnend.

Nachdem Nele mir das Abendessen serviert hat, offenbart sie mir, warum sie heute nicht so lange im Krankenhaus war wie sonst und warum sie sich auch an Heinz' Gartenzaun nur kurz aufgehalten hat: Wir bekommen gleich Besuch. Sie springt unter die Dusche, föhnt sich die Haare und bringt das Wohnzimmer auf Vordermann. Kaum hat sie den Staubsauger ausgeschaltet, da klingelt es auch schon.

Sein Geruch ist noch vor ihm in der Wohnung. Ach herrje, muss das sein? Unter allen Besuchern der Welt kommt ausgerechnet Udo zur Tür herein. Und ich hatte mich auf einen gemütlichen Abend gefreut! Ich rege mich mächtig auf und mache ihm mit aufgestellten Nackenhaaren und zornigem Bellen klar, dass er nicht willkommen ist. Doch er ignoriert mich schlichtweg, während Nele erfolglos versucht, mich zur Ruhe zu bringen.

Er begrüßt sie mit zwei Küsschen, auf jede Wange eines, und überreicht ihr mit großem Brimborium ein Geschenk. Sie bedankt sich und als sie sich aufs Sofa gesetzt haben, befreit sie das Geschenk vom Papier. Ein viereckiges Sofakissen kommt zum Vorschein, auf beiden Seiten prangt das Bild eines Pferdekopfes.

Nele schießen die Tränen in die Augen. „Das ist ja Sunshine", krächzt sie.

Udo hat wieder sein Milchbubi-Gesicht aufgesetzt und guckt sie an, als würde er um einen Lolli betteln. Nele bemerkt das gar nicht, sie kann sich nicht sattsehen an dem Pferdekopf. Schließlich drückt sie das Kissen an ihren Bauch und bedankt sich nochmals bei

Udo.

„Sunshine wäre bestimmt sehr glücklich, wenn du dich wieder um sie kümmern und sie reiten würdest", gurrt er.

„Was ist denn mit Ulli, ihrer Besitzerin? Ist sie immer noch in Neuseeland?", erkundigt sich Nele.

Udo nickt. „Sie will dort bleiben, das hat sie mir gestern geschrieben."

„Und was wird dann aus Sunshine?", fragt Nele bang.

„Sie hat mich beauftragt, einen Käufer zu suchen", eröffnet er ihr.

Nele schluckt. „Und... hast du schon jemanden gefunden?"

Er grinst. „Wenn du willst, kauf ich sie und schenk sie dir."

Ich glaub, das hat er sich gerade eben erst überlegt.

„Du spinnst", sagt sie, und ich kann mich ihr nur anschließen.

Ich hör nicht auf zu bellen, heute bin ich hartnäckig und lass mich nicht beirren. Udo ist der Pferdeschänder und ganz sicher nicht der richtige Mann für Nele, und es ist allerhöchste Zeit, dass sie das endlich kapiert. Wenn ich nur irgendeine Idee hätte, wie ich ihr klarmachen kann, was ich weiß! Aber mir fällt absolut nichts ein. Also bleibt mir nichts anderes übrig, als ihr deutlich meine Abneigung gegenüber Udo zu zeigen. Sie befiehlt mir mehrmals, nun endlich still zu sein, und ich merke, dass die Luft dünner wird. Gleich wird ihr der Kragen platzen.

Nun nimmt auch Udo Notiz von mir, mein Gekläffe geht ihm nämlich gehörig auf den Senkel.

„Äff, äff, äff", macht er mich nach. „Hast du ein Problem, oder was ist mit dir los?"

Ja, ich habe sehr wohl ein Problem, und zwar mit dir.

Mit zusammengeschobenen Brauen und finsterem Blick droht Nele, mich in die Küche zu sperren. Warum versteht sie mich bloß nicht?

Sicherheitshalber hör ich auf zu bellen, die beiden entspannen sich wieder, und Udo verspricht Nele den Himmel auf Erden auf seinem Reiterhof. Und plötzlich hab ich's: Ich hab *die* Idee.

Udo hat unwissentlich einen großen Fehler gemacht. Wenn er nicht unter den Baum gepinkelt hätte, dann hätte ich ihn nicht am Geruch wiedererkannt. Seine Duftmarke hat ihn verraten. Und genau das werde ich Nele jetzt mitteilen.

Er sitzt aufrecht und hat seine langen Beine nicht ausgestreckt, sondern die Füße nebeneinander gestellt. Ich komme unterm Tisch hervor, während er mit ausholenden Gesten prahlt, was für ein toller Hecht er ist, weil er aus wilden Pferden sanftmütige Lämmer macht. Wenn das keine Lüge ist! Kein Pferd der Welt verwandelt sich in ein Lamm, das müsste doch auch Nele klar sein. Das Kissen an sich gedrückt, hört sie ihm aufmerksam zu und schaut ihn dabei an, aber ich weiß, dass sie mich aus dem Augenwinkel wahrnimmt. Diesen überaus günstigen Moment nutze ich, hebe mein Hinterbein und pinkle Udo ans Bein. Seine Hose wird nass und sein schwarzer Stiefel kriegt auch was ab. So, Nele, nun weißt du Bescheid!

Als Udo merkt, was ich da tue, schnellt er schreiend vom Sofa hoch. Er springt durch die Stube wie eine Kakerlake auf Durchreise. Ich tauche blitzschnell unterm Tisch ab und warte freudig erregt auf Neles Erkenntnis. Doch diese fällt leider ganz anders aus, als ich es mir erhofft habe. Sie entschuldigt sich wortreich bei Udo und versichert ihm, dass ich so was Ungezogenes noch nie gemacht habe und dass sie sich ganz doll für mich schämt. Stinksauer jagt sie mich in die Küche, wirft die Tür zu und lässt mich im Dunkeln schmoren. Ich versteh die Welt nicht mehr.

Mir bleibt nichts anderes übrig, als hinter der Tür zu hocken und zu lauschen. Nele nimmt Udo mit ins Badezimmer, da soll er sich die Hose ausziehen. Auf einmal sind seine Empörung und sein Ärger wie weggeblasen.

„Ich zieh mich doch gerne für dich aus", scherzt er, und sie lacht erleichtert auf.

Sie schüttet Waschmittel ins Handwaschbecken und wäscht das betroffene Hosenbein, dann spült sie den Schaum mit klarem Wasser aus und legt die Hose auf die Heizung. Sie macht auch den Stiefel sauber, und Udo kommentiert die Tatsache, dass er jetzt nur noch eine Unterhose an hat, mit lockeren Sprüchen.

Die beiden gehen zurück ins Wohnzimmer, Nele untersucht den Teppich vorm Sofa, aber der hat nichts abgekriegt. Als Udo sich hinsetzt bietet sie ihm eine Wolldecke an, damit er nicht an den Beinen friert, aber er lehnt glucksend ab. Vor meinem geistigen Auge seh ich ihn halbnackt auf unserem Sofa sitzen und spüre, wie mich der Groll übermannt. Nein, dieses Ergebnis ist alles andere als das, was ich mit meinem beherzten Eingreifen bezweckt habe.

„Du könntest wiedergutmachen, was dein kleiner Köter angerichtet hat“, säuselt er.

„Er heißt Napoleon und ist kein Köter“, stellt Nele pikiert richtig.

„Okay, dann sag ich den Satz nochmal: Du könntest wiedergutmachen, was Napoleon angerichtet hat.“

„Hab ich schon“, erwidert sie. „Ich hab deine Hose gewaschen und deinen Stiefel geputzt.“

„Ich dachte da an was anderes“, raunt er. „Du könntest mir sagen, dass du mich liebst.“

Meine Nackenhaare stellen sich auf und ein tiefes Knurren entweicht meiner Kehle. Deswegen hab ich nicht mitgekriegt, was Nele ihm geantwortet hat.

„Das ist völlig in Ordnung“, sagt Udo mit butterweicher Stimme. „Ich verstehe, dass du noch nicht so weit bist. Nimm dir alle Zeit, die du brauchst, ich werde auf dich warten. Das verspreche ich dir.“

In Filmen spielen sie in solchen Momenten immer eine herzzerreißende Melodie und dann fängt Nele manchmal an zu weinen. Ach, herrje, und jetzt weint sie auch! Ich hör, wie sie ins Taschentuch schnäuzt. Ihr Weinen macht Udo nervös. Er will sie ablenken, und berichtet ihr haargenau von der Geburt des Fohlens. Offenbar kennt sie die Geschichte schon, vermutlich hat er ihr am Telefon davon erzählt. Deswegen bricht er mittendrin ab und greift auf ein anderes Abenteuer vom Reiterhof zurück. Angeblich hat er aus einem bösartigen Wallach, von dem bisher jeder Reiter runtergeflogen ist, ein zahmes Reitpferd gemacht. Er hat das Pferd zum Schlachtpreis gekauft und will es jetzt für das Zehnfache wieder verkaufen.

„Ich hab eben ein gutes Händchen für Pferde", sagt er selbstgefällig.

Udo hat's geschafft: Bei seinem Gequatsche über Pferde hat Nele aufgehört zu weinen. Er erwähnt ein großes Reitturnier am kommenden Wochenende, wo internationale Stars gegeneinander antreten. Es findet im Schönauer Schlossgarten statt, und der ist etwa hundertfünfzig Kilometer entfernt von uns. Nele sagt, dass sie bei dem Turnier gerne zugucken würde, sie hat schon lange keines mehr besucht, und daraufhin spielt Udo den Geheimnisvollen. Er will mal sehen, was sich machen lässt, sagt er.

Sie kommen wieder auf seinen Hof zu sprechen und auf seine Mutter, die sich angeblich noch nicht sicher ist, ob sie zu ihrer Schwester in die Schweiz umziehen oder lieber auf dem Hof wohnen bleiben will. Nele entgegnet trocken, dass sie sich bestimmt für letzteres entscheiden wird.

Udo ergreift Partei für seine Mutter, angeblich hat sie sich in den vergangenen drei Jahren komplett geändert: Statt schlechter Laune und böser Worte bringt sie Liebe und Frieden in die Welt. Nele zweifelt an seinen Worten, aber er lässt sich nicht beirren.

Dann sprechen sie über das Happy-Pferd, Udo

schlägt einen behutsamen Ton an. „Könntest du dich vielleicht geirrt haben, Zuckerstückchen?", hakt er vorsichtig nach. „Der Vorfall liegt schon ein Weilchen zurück, und danach ist nichts weiter geschehen."

„Vielleicht liegt das daran, dass die meisten Pferde in der Gegend seitdem nachts im Stall stehen. Ich hab per Internet eine Riesenwelle gemacht", antwortet sie.

„Das mag sein", räumt er ein. „Aber mein Gefühl sagt mir, dass nichts passieren wird."

„Du willst die Pferde wieder nachts draußen lassen, richtig?", bringt sie seine Andeutungen auf den Punkt.

„Ihnen wird nichts geschehen, da bin ich ganz sicher. Bitte mach dir keine Sorgen", beschwört er sie. „Vertrau mir."

Nele ist nicht überzeugt, aber sie hat schon befürchtet, dass es so kommen würde. „Wahrscheinlich werden viele Pferdebesitzer genauso denken. Wenn die Gefahr nicht mehr präsent ist, dann ist sie schnell vergessen. Aber denk doch nur mal an den Kerl im roten Auto, den du beobachtet hast!"

„Da hab ich mich wohl geirrt", gesteht er. „Das war der neue Hufschmied vom Hof Meyerherm."

„Bist du dir da ganz sicher?", fragt Nele eindringlich.

„Ja", sagt er kleinlaut. „Da gibt's keinen Zweifel. Ich hab mit Fidi Meyerherm gesprochen."

„Und er sagt, dass das sein Hufschmied war?"

Udo hört sich ängstlich an, als er sagt: „Der ist ziemlich sauer auf mich, weil ich ihm ohne Grund mit der Faust gedroht hab."

Nele seufzt. „Dann war das wohl eine falsche Spur.

Schade."

Es ist spät, als Udo seine Hose wieder anzieht und sich verabschiedet. Er will morgen Abend wiederkommen, um Nele auf einen Drink ins Bistro einzuladen.

Sie lehnt ab, doch er redet so lange auf sie ein, bis sie nachgibt. „Aber nur für 'ne Stunde. Ich muss rechtzeitig ins Bett, sonst komm ich auf der Arbeit nicht klar", sagt sie.

Udo meint, ins Bett könnten sie auch zusammen gehen, da hätte er nichts dagegen. Das sollte ein Scherz sein, aber so wirklich lustig findet Nele das nicht.

„Idiot", erwidert sie, doch leider meint sie das nicht ernst.

Er lacht glucksend und dann verschwindet er endlich.

Nele gähnt herzhaft, als sie in die Küche kommt. Weil sie so müde ist, hält sie mir nur eine kurze Moralpredigt. Dann macht sie die Terrassentür auf, und während ich die Rabatten untersuche und meinen Geschäften nachgehe, putzt sie sich die Zähne und zieht sich ihr Nacht-T-Shirt an. Sie holt das Pferde-Kissen aus dem Wohnzimmer, macht die Lichter aus und wir gehen ins Bett. Ich kuschel mich an sie ran, sie krault meinen Bauch und es dauert nicht lange, da bin ich eingeschlafen.

7

Wir kommen zu spät zur Arbeit, weil Nele den Wecker nicht gestellt hat. Hubert lungert in unserem Büro rum, und Jens sitzt bei offener Tür nebenan im Ressortleiter-Drehstuhl. Was wollen die denn schon frühmorgens bei uns?

Hubert schaut auf seine überdimensionale Armbanduhr. „Ihre Arbeitszeit beginnt um acht", motzt er.

Nele murmelt eine Entschuldigung und schaltet ihren Computer ein, aber Hubert ist noch nicht fertig. Er ist ganz eindeutig auf Krawall aus. „Sie glauben wohl, dass Sie kommen und gehen können, wann Sie wollen?!" Seine Stimme klingt gar noch höher als gewöhnlich.

Nele verneint, ihr ist unbehaglich zumute und sie schaut rüber zu Jens. Der tut so, als würd er nichts mitkriegen, und klappert auf der Tastatur herum.

Ich steige auf meinen Deckenberg und leg mich hin.

Hubert beobachtet mich mit grimmiger Miene. „Zukünftig suchen Sie sich tagsüber für Ihren Hund bitte einen geeigneteren Platz", sagt er förmlich.

Nele guckt verwirrt, entweder ist sie noch nicht richtig wach oder sie hat nicht verstanden, was er gesagt hat. Hubert will, dass sie mein Körbchen woanders hinstellt. Nun, ein Stückchen weiter wäre für mich auch okay. Aber da stehen jetzt der Mülleimer und die Grünpflanze.

„Wie meinen Sie das?", rätselt sie.

„So wie ich's gesagt habe. Dies ist ein Verlagshaus und kein Hundehotel. Bis Montag haben Sie eine andere Lösung gefunden. Es gibt schließlich genug Tierpensionen und", er setzt ein wissendes Lächeln auf, „da Sie ohnehin ständig während Ihrer Arbeitszeit im Internet surfen, dürfte es Ihnen nicht schwerfallen, eine entsprechende Adresse zu finden."

Nele fällt die Kinnlade runter. „Das können Sie nicht machen!", ruft sie. Ihre Stimme überschlägt sich. „Seit drei Jahren bring ich Napoleon mit, und Ihr Vater war von Anfang an einverstanden."

„Mein Vater und Herr Lürssen haben das anders gesehen, ich weiß. Aber die Zeiten ändern sich, nicht wahr?"

Hä, wie bitte? Hab ich richtig gehört? Ich darf nicht mehr mit zur Arbeit? Aber wo soll ich denn dann hin? In eine Hundepension? Oh bitte nicht, da ist es bestimmt genauso schlimm wie auf der Freilauffläche! Ich will da nicht hin und außerdem will ich nicht den ganzen Tag von Nele getrennt sein. Ich stimme ein protestierendes Knurren an, woraufhin Hubert noch grimmiger aus der Wäsche guckt. Nele zischt mir zu, dass ich still sein soll.

„Halten Sie mich nicht für dämlich", warnt er sie. „Mein Vater ist ein alter Tropf und er hat die Zügel schleifen lassen. Aber ich krieg *alles* mit, was Sie hier treiben. Zum Beispiel, dass Sie gestern während der Arbeitszeit bei Amazon bestellt haben." Er grinst triumphierend.

„Ganz recht", kontert Nele. „Ich hab einen neuen

Wasserkocher für die Redaktion bestellt, weil der alte nicht mehr funktioniert." Sie sieht aus, als wollte sie noch mehr loswerden, aber sie beißt sich auf die Unterlippe.

„Ich sag ja *nur*, dass Sie pünktlich und zuverlässig Ihre Arbeit machen sollen, mehr nicht", zwitschert er betont fröhlich. Er hat jetzt wieder bessere Laune, macht in Jens' Richtung das Daumen-hoch-Zeichen und trollt sich.

Kaum ist er raus, springt Nele vom Stuhl und rennt wie ein aufgescheuchtes Huhn durchs Büro. „Das gibt's doch nicht!", ruft sie fassungslos. „Was soll ich denn jetzt machen?"

Wenn doch nur Jürgen da wäre! Der könnte vielleicht ein gutes Wort für mich bei Hubert einlegen. Aber Jürgen kommt nicht mehr wieder.

„Hey, nun mach mal halblang", nörgelt Jens. „Bei dem Krach kann ich mich nicht konzentrieren."

„Wieso bist du überhaupt schon da?", schnauzt Nele, und macht seine Tür zu.

Sie bleibt vor meinem Deckenberg stehen. Wir schauen uns in die Augen. „Weißt du was? Am liebsten würde ich Hubert die Kündigung vor die Füße werfen! Ich hab keine Lust mehr auf diesen Scheiß-Laden!", schimpft sie.

Sie nimmt ihren Marsch durchs Büro wieder auf. „Aber wovon wollen wir dann leben? Ich muss arbeiten, um Geld zu verdienen."

Das erinnert mich an einen der Vorträge von Robert Betz. Er sagt, dass die Menschen niemals eine Arbeit nur des Geldes wegen machen sollen. Sonst sind sie auf Dauer unglücklich. Sie sollten herausfinden, welche Talente und Träume in ihnen schlummern und ihrem Herzen folgen, statt es zu verraten. Klingt einleuchtend, find ich.

Während der Konferenz rutscht Nele unruhig herum, und als alle Zeitungsthemen für morgen geklärt sind, platzt es aus ihr raus: „Ab Montag darf ich Napoleon nicht mehr mitbringen."

Alle Kollegen außer Jens reagieren mit Unverständnis und Anteilnahme, und schimpfen auf Hubert.

„Du musstest damit rechnen, dass es irgendwann so kommen könnte", meint Jens gleichmütig. „Du hast nichts schriftlich."

„Trotzdem ist das ungerecht!", begehrt Silke auf. Sie hat ihre Augenlider und ihre Lippen heute mit violetter Farbe angemalt. „Was glaubt Hubert eigentlich, wer er ist?"

„Hubert Rübeling ist der Herr im Haus", erwidert Jens trocken.

Silke überhört seinen Kommentar. „Er hat mich gestern zusammengestaucht, weil ich BMW-Friese nicht in meinem Artikel über die Stadtfestplanungen erwähnt habe. Meine Güte, da sind unzählige Betriebe und Sponsoren beteiligt, die kann man doch nicht alle aufzählen." Sie richtet sich kerzengerade auf.

„BMW-Friese ist *Anzeigenkunde*", äfft sie Huberts hohe Stimme nach.

„Was nützt es?", schaltet sich Dieter ein. Er kratzt

sich, und seine Fingernägel hinterlassen rote Striemen an seinem Hals. „Wir müssen uns arrangieren, ob wir wollen oder nicht. Und, ehrlich gesagt, arbeite ich immer noch lieber unter Hubert als in Kleinburg."

Für einen Moment herrscht betretenes Schweigen, die anstehende Zusammenlegung der Redaktionen rückt wieder ins Bewusstsein.

„*Ich* mach das Spiel jedenfalls nicht mehr lange mit", verkündet Silke. Sie schaut triumphierend in die Runde und alle inklusive mir gucken sie fragend an. „Ich schmeiß den Job, der steht mir bis obenhin. Zum ersten Juli mach ich mich selbständig."

„Tatsächlich?", ruft Niklas. „Womit denn?"

„Ich arbeite gerade an einem Konzept für mein Online-Lifestyle-Magazin ‚Alive'", verkündet sie stolz. Sie sonnt sich in Niklas' Aufmerksamkeit.

„*Alive*", echot er beeindruckt und schaut Silke an, als sähe er sie heute zum ersten Mal. „Boah, das ist echt taff!"

Sie strahlt ihn an und er lächelt ein wenig scheu zurück.

„Und was machst du ab Montag mit Napoleon? Bringst du ihn zu deinen Eltern?", erkundigt sich Dieter bei Nele.

Die zuckt mutlos die Schultern. „Da muss ich sie erst fragen. Eine Dauerlösung wäre das ohnehin nicht."

Womit sie Recht hat. Zwar mag ich Neles Eltern, aber meistens ist es doch ziemlich langweilig da. Traute ist den ganzen Tag mit Saubermachen und Kochen beschäftigt, und Eduard baut im Keller Modellflugzeuge zusammen oder sitzt vorm Fernseher.

Als die Konferenz zu Ende ist und alle wieder in ihre Büros streben, hält Nele Silke auf. „Ich find das echt mutig von dir", meint sie. „Und ich beneide dich."

Silke lacht befreit auf. „Wieso das denn? Weil ich ab Juli kein festes Gehalt mehr habe und mich selbst krankenversichern muss?"

„Weil du aus diesem Hamsterrad aussteigst und das machst, wozu du richtig Lust hast. Ich wünschte, ich könnte das auch", sagt Nele sehnsüchtig.

Silke guckt sie erstaunt an. „Wieso solltest du das *nicht* können?", rätselt sie. „Natürlich kannst du das! Überleg dir, woran du Spaß hast und dann tust du's einfach."

„Woran ich Spaß hab, das weiß ich, da brauch ich nicht lange drüber nachzudenken", erwidert Nele, und geht langsam zurück an ihren Schreibtisch.

Der Bote hat heute Cracker mit Wildschweingeschmack im Gepäck. Bislang wusste ich nicht, wie Wildschwein schmeckt, finde aber, dass es sich nicht wesentlich von Kaninchencrackern und Geflügelcrackern unterscheidet. Weil Nele ihn nicht beachtet und die Cracker wirklich winzig sind, gibt er mir heimlich noch einen zweiten. Er krault mich, dann nimmt er seine Posttasche und verabschiedet sich bis morgen.

Am Nachmittag spricht Nele mit Jens die Termine für die nächsten Tage ab. Sie hat alle Veranstaltungen, Einladungen zu Pressegesprächen und andere Themen, die für die Berichterstattung interessant sein könnten, gesammelt und ihr Computer hat davon eine Liste gemacht. Nach der Besprechung ist sie für längere Zeit mit der Terminbesetzung beschäftigt. Sie ruft die freien Mitarbeiter an und fragt sie, ob sie zu dieser oder jener Veranstaltung hingehen, und sagt ihnen, wie viele Zeilen sie darüber schreiben sollen.

Irgendjemand hat vergessen, die Tür zum Flur zu schließen, und ich nutze die Gelegenheit, um in der Küche nach Resten vom Mittagessen zu fahnden. Unter Olgas Stuhl finde ich Brötchenkrümel und neben dem Tretmülleimer ein kleines Stück Fleisch, das herrlich zäh und würzig ist. Eine ungewöhnlich reiche Ausbeute.

Ich schlendere durch die Gänge und schau ins Büro der Sportredaktion, aber da ist niemand. Die beiden Kollegen vom Sport sind nur selten da, sie arbeiten meistens von zu Hause aus. Frau Bödecker hat mal wieder ganze Arbeit geleistet und den Teppichboden akribisch sauber gesaugt. Die Schreibtische sind aufgeräumt und abgewischt und die Mülleimer sind leer.

Aus dem unteren Stockwerk hör ich Hubert krakeelen. Er behauptet, jemand sei an seinem Computer gewesen und habe ihn durcheinandergebracht. Ich geh zurück, vorbei an Jens' Büro, das jetzt unbewohnt ist, und mach bei Dieter halt. Der raschelt mit einem Päckchen, und als ich näher komme, erkenn ich, dass da Tabletten drin sind. Während er auf den Monitor starrt, steckt er sich eine in den Mund, spült sie mit Cola runter, und legt seine Finger zurück auf die Tastatur.

Olga hockt in einem halbdunklen, muffigen Büro, das so klein ist, dass nicht viel mehr als der Schreibtisch und ein Stuhl hineinpassen. Ihre Tür steht weit offen. Sie freut sich, dass ich sie besuchen komme, und streichelt mich ausgiebig. Als sie sich wieder ihrem Computer zuwendet, zieh ich weiter.

Niklas ist ausnahmsweise nicht alleine in seinem Büro. Silke ist bei ihm, sie hocken dicht nebeneinander und gucken auf seinen Bildschirm. Sie planen eine Squeeze-Page, was auch immer das sein soll. Ich glaub, sie sprechen über Silkes neuen Beruf. Die beiden sind so vertieft in ihr Gespräch, dass sie mich gar nicht wahrnehmen, obwohl ich sie ein paarmal mit der Nase anstupse.

Nach der Arbeit macht Nele beim Krankenhaus Halt. Als sie wieder zurückkehrt, darf ich aussteigen und sie geht mit mir eine Runde durch den kleinen Park. Wir überholen einen älteren Herrn, der sich schlurfend mit einem Krückstock voran bewegt und begegnen zwei Frauen in Sportanzügen und Hausschuhen. Ich schnüffle mal hier und da, und schon ist der Spaziergang zu Ende. He, das war ja wohl ein Witz! Soll das etwa alles gewesen sein?

Während der Fahrt verspricht sie mir, dass sie morgen wieder mehr mit mir unternimmt. Heute hat sie keine Zeit dazu. Ich muss das hinnehmen, was bleibt mir anderes übrig? Wir steuern das Haus ihrer Eltern an, denn Nele will sie fragen, ob sie nächste Woche auf mich aufpassen können. Ich hoffe, ihre Antwort lautet Nein. Vielleicht könnte ich ja bei Oma Tine bleiben, wenn sie wieder aus dem Krankenhaus raus ist, überlege ich. Aber wirklich spannend ist es bei Tine auch nicht.

Ganz schön blöde Situation.

Beim Eintreten empfängt uns ein säuerlicher Geruch. Traute kocht Rhabarber in einem überdimensionalen Kochtopf. Wer, bitte schön, isst denn so ein Zeugs? Ihr Gesicht ist gerötet und feucht vom heißen Wasserdampf, um die Hüfte trägt sie eine Schürze. Eduard ist nirgends zu sehen, er hockt vermutlich im Keller bei seinen Flugzeugen.

Nele setzt sich und schon tischt Traute einen Berg Lebensmittel auf. Sie kann nicht glauben, dass Nele gar keinen Hunger hat.

„Ab Montag darf ich Napoleon nicht mehr mit zur Arbeit nehmen", berichtet Nele bedrückt.

Traute lässt den Kochlöffel sinken. „Ach du lieber Gott! Und was willst du nun mit ihm machen? Ich hab dir damals gleich gesagt: Überleg dir das gut, ob du dir einen Hund anschaffst, das bedeutet viele Jahre Verpflichtung."

„Ich hab mir Napoleon nicht angeschafft, ich habe ihn gefunden", erwidert Nele.

„Das macht keinen Unterschied. Du hättest ihn ins Tierheim geben können."

Harte Worte, und eine grausige Vorstellung. Ich war zwar noch nie im Tierheim, aber ich hab's im Fernsehen gesehen.

„Würdet ihr ihn übergangsweise nehmen? Tagsüber, bis ich eine Lösung gefunden habe."

Ihre Mutter wendet sich wieder dem Topf zu und rührt darin herum. „Selbstverständlich nehmen wir ihn, wenn wir dir damit helfen können", versichert sie.

„Aber wir gehen nicht mit ihm spazieren. Dein Vater kann nicht laufen, und ich käm' mir komisch vor, mit einem Hündchen an der Leine durch die Straßen zu gehen."

Nele nickt. „Okay, danke", murmelt sie und gibt ihrer Mutter einen Kuss auf die Wange.

Wir machen einen Abstecher zu Eduard in den Keller. Rundherum stehen Regale und darauf sind seine selbstgebastelten Flugzeuge aufgereiht. Traute will die Flugzeuge oben im Haus nicht haben, weil sie sonst noch mehr Staub wischen muss. Edu hat uns nicht kommen gehört und lässt schnell eine kleine Flasche in einer der Schubladen seiner Werkbank verschwinden. Nicht schnell genug.

„Was trinkst du denn da?", erkundigt sich Nele.

Vor Schreck fuchtelt er mit den Armen herum und fegt dabei um ein Haar seine Flugzeug-Bastelei vom Tisch. „Sag bloß deiner Mutter nichts!", beschwört er sie.

„Keine Bange, das tu ich nicht", verspricht sie. „Mir will allerdings nicht einleuchten, wieso ihr nach siebenunddreißig Ehejahren noch Geheimnisse voreinander habt."

„Eben drum. Wenn du frisch verliebt bist und heiratest, ist noch alles in Butter. Aber was glaubst du, was ich mir anhören muss, wenn ich nachmittags mal einen Kleinen trinken will! Da kann einem wirklich die Lust vergehen", jammert er.

Nele tätschelt ihm sanft die Schulter. „Du kannst einem echt leidtun", sagt sie halb im Scherz, und er stößt einen tiefen Seufzer aus.

Sie berichtet auch ihrem Vater vom zukünftigen Hundeverbot in der Redaktion. Er schlägt ihr vor, sich an den Betriebsrat zu wenden, aber Nele hält das für aussichtslos. Ich hab dazu keine Meinung, ich weiß nicht, was so ein Rat macht.

Wieder daheim flitzt Nele zwischen Kleiderschrank und Badezimmer hin und her. Sie ist erstaunlich schnell fertig, das bin ich anders gewohnt. Ich hab währenddessen mein Abendessen verspeist, bin wie üblich nicht satt geworden, aber mein Napf ist leer und auf dem Fußboden ist auch nichts zu finden. Weil Ruhe das Allerbeste nach dem Essen ist, steig ich aufs Sofa und richte mich auf der flauschigen Wolldecke ein. Ich kuschel mich zwischen ein Kissen und Neles Oberschenkel, und hab's herrlich bequem.

Sie hat den Laptop aufgeklappt und guckt darin herum. „Was möchtest du heute hören? ‚Mich selbst lieben lernen‘?", fragt sie und muss lachen. Ich hebe verwundert den Kopf. Ach stimmt ja, sie ist mit Udo verabredet. Och nö…

Enttäuscht lasse ich den Kopf wieder sinken.

„Ich mach einfach da weiter, wo ich letztes Mal angehalten hab", entscheidet sie und drückt auf eine Taste.

Robert Betz spricht über liebevolle Beziehungen. Nele schaut nervös zur Uhr. „Er wird jeden Moment hier sein", meint sie und streichelt mir mit fahrigen Bewegungen über den Kopf.

„Sie haben keine Fehler gemacht. Sie haben

Erfahrungen gemacht, und die waren wichtig. Und jede Erfahrung gehört zu Ihrer Biografie, zu Ihrer Geschichte, ist ein Juwel in Ihrer Geschichte. Alles, was Sie in Ihrem Leben bisher getan haben, das haben Sie sehr gut gemacht. Alles. Das zu segnen und zu würdigen erfordert Mut."

Sie streichelt mich jetzt in sanften Kreisbewegungen, so wie sie es immer macht, wenn sie mit den Gedanken woanders ist, und lauscht dem Vortrag, bis die Türklingel sie aufschreckt. Sie knuddelt mich zum Abschied, dann flitzt sie los und macht schnell die Wohnzimmertür hinter sich zu, damit Udo und ich uns nicht in die Quere kommen.

Der begrüßt sie mit großem Hallo. Er entschuldigt sich für die Verspätung und will nicht reinkommen, denn er hat im Bistro einen Tisch bestellt. Ich hör, wie er Nele mit Komplimenten überschüttet, dass sie toll aussieht, und wie stolz er ist, dass so eine „Hammer-Mega-Braut" mit ihm ausgeht. Die Tür fällt hinter den beiden ins Schloss und ich lasse seufzend den Kopf auf meine Vorderpfoten sinken.

Am Nachmittag des folgenden Tages löst Nele ihr Versprechen ein. Sie will einen ausgiebigen Spaziergang machen – und fährt mit mir nach Wiesmoor! Wir waren eine Ewigkeit nicht da. Voller Vorfreude springe ich in meiner Transportkiste umher, doch obwohl das Jägerauto nirgends zu sehen ist, darf ich nicht frei laufen. Nele befestigt die Flexi-Leine an meinem Halsband.

Es ist kühler geworden. Der Wind hat aufgefrischt, Wolken treiben am Himmel, doch die Sonne scheint. Wir biegen in den ersten Feldweg ein, Nele legt ein flottes Tempo vor. Ein Trecker fährt auf einer der Weiden hin und her, und auf einer anderen Weide grasen Kühe. Wir sind ein ganzes Stück gegangen, da springt ein Kaninchen aus dem Gebüsch, erschreckt sich, macht kehrt und hoppelt über die Wiese davon. Ich kläffe begeistert und feure es an, damit es noch schneller läuft.

Nach der nächsten Wegbiegung sehen wir ein schwarzes Pferd, es kommt im Schritt auf uns zu. Die Frau, die auf dem Pferd drauf sitzt, ist Zoe. Sie trägt eine leuchtend rote Bluse, eine helle Reithose und hohe glänzend schwarze Stiefel. Eine Parfumwolke umgibt sie und dieser Duft ist so intensiv, dass ich den Geruch des Pferdes kaum wahrnehmen kann. Zoe ist mit ihrem Handy beschäftigt und sieht nur flüchtig auf, als wir aneinander vorbeigehen. Obwohl Nele ihr einen kurzen Gruß zuruft, tut sie so, als würden wir uns nicht kennen.

„Ihr ist bestimmt peinlich, wie sie sich letztes Mal benommen hat", vermutet Nele, als wir außer Hörweite sind. „Aber grüßen könnte sie trotzdem", findet sie.

Pebbels steht wie üblich mitten auf der Straße. Als er uns entdeckt, wackelt sein ganzer Hintern, so doll freut er sich. Er kommt uns sogar ein kleines Stück entgegen, das hat er noch nie gemacht. Nele hat ein Einsehen und macht die Leine los, damit wir uns anständig begrüßen können. Ich fordere ihn zu einem kleinen Spiel heraus und er macht begeistert mit. Wir flitzen die Einfahrt runter auf seinen Hof, umrunden einen knorrigen Apfelbaum und flitzen wieder zurück zur Straße. Dasselbe Spiel nochmal, nur diesmal schert Pebbels aus und taucht zwischen den beiden geparkten Autos ab. Ich komm ihm hinterher, aber er ist weg. Ich halt die Nase in die Luft, ich rieche ihn, er ist hinterm Anhänger. Der spielt doch tatsächlich Verstecken mit mir! Ich bin begeistert.

Nele ruft mich von der Straße aus, sie will weitergehen. Schweren Herzens trotte ich in Richtung Einfahrt, als Rob, eine Schubkarre mit Werkzeug vor sich herschiebend, aus einem der Nebengebäude auftaucht.

„Hey Napoleon!", ruft er überrascht.

Schon hat er die Karre abgestellt und kommt auf mich zu. Pebbels geht zur Hintertür des Hauses, da steht ein Eimer Wasser auf der Erde. Er trinkt bedächtig, so als müsse er sich jeden einzelnen Schluck genau überlegen.

„Hallo Kumpel, wie geht's dir?" Rob hockt sich hin und klopft übermütig auf seine Oberschenkel.

Ich freu mich auch, ihn zu sehen, und muss ihn einfach begrüßen, auch wenn Nele mich schon wieder ruft. Rob hat eine besondere Art, mir seine Zuneigung zu zeigen. Der streichelt nicht, sondern strubbelt mir das Fell durcheinander und das nicht gerade sanft – aber ich mag das. Er weiß, wo meine Lieblingsstelle ist und nun kratzt er mich da, heijeijei, wie angenehm! Dann richtet er sich wieder auf.

„Deine Chefin ruft", sagt er und geht mit mir zur

Einfahrt.

Irgendwas ist anders als sonst, die beiden begrüßen sich zurückhaltend. Nele sagt nur knapp „Hallo", und will weitergehen, aber Rob hält sie auf.

„Tut mir leid, wie Zoe sich aufgeführt hat. Das war echt total daneben", sagt er entschuldigend.

„Stimmt", entgegnet Nele und entspannt sich kaum merklich.

„Wir stecken gerade in einer schwierigen Phase, und sie hat überreagiert." Er macht ein zerknirschtes Gesicht. „Und seitdem werf ich mir vor, dass ich dich einfach so gehen lassen habe. Ohne mich zu entschuldigen."

„Tja…", macht sie.

Er sieht ihr forschend ins Gesicht. „Du bist nicht nur auf Zoe sauer, sondern auch auf mich, oder?"

„Dein Gelächter war nicht gerade schmeichelhaft", murmelt sie.

Rob kriegt kullerrunde Augen. „Hast du das etwa auf dich bezogen?"

Statt einer Antwort nickt sie nur. Sie schaut zu Boden.

„Ach du Scheiße, Nele! Das hatte doch mit dir gar nichts zu tun. Ich hab gelacht, weil alles andere bei Zoe nicht funktioniert. Man kann mit ihr nicht diskutieren, und Erklärungen hört sie sich auch nicht an."

„Ist schon okay", erwidert sie und entspannt sich ein wenig mehr.

„Ich hätt dich angerufen, um die Sache aus der Welt zu schaffen, aber ich weiß weder deinen Nachnamen, noch deine Telefonnummer", beteuert er.

Nele schaut ihn an. Sie ist erleichtert, dass sie über den Vorfall gesprochen und ihn geklärt haben.

Die beiden geben sich die Hand. „Alles wieder gut", erklären sie und lachen befreit auf.

„Wie weit bist du mit der Mauer im ehemaligen Kälberstall? Hast du sie wieder aufgestellt?", erkundigt sie sich interessiert.

Er nickt. „Die hab ich fertig. Momentan bin ich damit beschäftigt, das Dach der Scheune zu flicken. Da regnet's rein, und das ist ja nicht der eigentliche Zweck eines Daches." Er grinst.

Ihr Blick schweift über die angrenzende Weide. Da steht ein Pferd, es rupft einen Büschel Gras ab, trabt los und wiehert schrill.

„Obelix mag es nicht, wenn seine Freundin unterwegs ist", sagt Rob, der ihrem Blick gefolgt ist.

„Pferde sind Herdentiere, und nicht gern allein. Das ist ganz normal", meint sie.

„Eigentlich müsste er daran gewöhnt sein", erwidert er. „Zoe ist oft mit Santana weg. Sie fährt fast jedes Wochenende mit ihr zum Turnier. Sie reitet L-Dressuren."

„Aha", macht Nele.

„Ich hab keine Ahnung, was L-Dressuren sind", gesteht er.

Nele kennt sich da besser aus, sie hat mit ihrem Bonny-Pferd auch bei Turnieren mitgemacht, und sie klärt ihn auf. Rob erzählt, dass Zoe früher auf Obelix geritten ist, aber der ist zu alt, und deswegen reitet sie jetzt die schwarze Stute.

„Zoe will, dass die beiden wieder Tag und Nacht draußen sind", sagt er.

„Tja, das ist ihre Entscheidung", entgegnet Nele. Ich merke ihr an, dass ihr nicht gefällt, was sie gehört hat.

„Es sind ihre Pferde", bestätigt Rob und hebt in einer hilflosen Geste die Hände.

Pebbels taucht wieder auf und nimmt seinen gewohnten Posten mitten auf der Straße ein.

„Hast du eigentlich keine Angst, dass er überfahren werden könnte?", erkundigt sich Nele, während sie zärtlich über seine langen Stirnhaare streicht.

„Nein. Die Straße geht da vorn in einen Feldweg über. Hier fahren nur Bauern mit ihren Treckern lang, und für die geht Pebbels tatsächlich zur Seite." Rob lacht.

Als in der Ferne ein schwarzes Pferd mit Reiter auftaucht, verabschiedet sich Nele hastig. „Wir machen uns lieber vom Acker. Ich möchte Zoe nicht nochmal gegen mich aufbringen."

Rob nickt, und dabei schaut er traurig drein.

Mit langen Schritten marschiert Nele zu unserem Auto, und ich trabe neben ihr her. Weil wir uns so beeilt haben, bleibt uns eine weitere Begegnung mit Zoe erspart.

8

Der nächste Arbeitstag ist mein letzter Tag in der Redaktion. Ich kann mir das irgendwie noch gar nicht vorstellen. Seit ich mich erinnern kann, begleite ich Nele ins Büro. Und nun soll ich nicht mehr dabei sein? Niklas hat eine Abschiedstorte mitgebracht, das finde ich sehr großzügig von ihm, vor allem, weil ich auch ein kleines Stück abkriegen soll. Er hat sie selbst gebacken und mit Zuckerguss „Goodbye Napoleon" draufgeschrieben. Als Nele die Torte sieht, fängt sie an zu weinen.

Der Bote kommt wie gewohnt kurz vorm Mittag, aber Nele sagt ihm nichts, so dass er uns nur ein schönes Wochenende wünscht. Wenn er wüsste, dass wir uns heute zum letzten Mal sehen, hätte er mir bestimmt alle seine Futtervorräte gegeben. Und er wäre bestimmt sehr traurig gewesen.

Wir verspeisen die Torte am Nachmittag, kurz bevor Nele und ich Feierabend haben. Obwohl Jens mir nie besonders wohlgesonnen war, nimmt er an der kleinen Abschiedsfeier teil, und isst ein Stück von meiner Torte. Silke schenkt mir einen Büffelhautknochen, sie hat ihn in buntes Geschenkpapier verpackt. Nele bedankt sich bei ihr, und ihr schießen schon wieder Tränen in die Augen. Sie steckt den Knochen in ihre Tasche, ich soll ihn daheim bekommen.

Ich schlendere ein letztes Mal durch die Flure der Redaktion. Olga ist auf dem Sprung, sie muss gleich zum Pressegespräch ins Rathaus, und packt hektisch ihre Tasche. Dieter kriegt irgendwas auf seinem Computer nicht hin und gerät mal wieder in Katastrophenstimmung, und Jens verschanzt sich hinter der geschlossenen Bürotür.

Silke und Niklas helfen Nele dabei, mein ganzes Zubehör abzutransportieren. Als sie fertig sind, ist unser Kofferraum vollgestopft mit Decken, Spielzeug, Näpfen und Körbchen.

Am Abend kündigt Nele an, dass wir's uns gemütlich machen wollen, und ich finde, das ist ein sehr guter Plan. Sie isst ihre Pizza vorm Fernseher und als ihr aus Versehen ein Stückchen aufs Sofapolster fällt, bin ich sofort zur Stelle und beseitige das Malheur. Nachdem wir den Vorabendkrimi hinter uns haben, schaltet sie den Fernseher aus und den tragbaren Computer ein. Sie zieht das Gerät bis zur Tischkante heran, beugt sich vor und tippt auf den Tasten rum.

„Weißt du was, Napoleon? Ich such mir einen neuen Job", eröffnet sie mir. Sie klingt erleichtert, jetzt, da sie's ausgesprochen hat, und mit jedem weiteren Wort klingt sie überzeugter. „Ein Job, der mir Spaß macht, und wo ich dich mitnehmen kann. Das hab ich heute beschlossen."

Ich krabble auf ihren Schoß, damit ich hautnah dabei bin, und spüre ihren Herzschlag an meinem Rücken. Gedankenverloren streichelt sie über meinen Kopf. „Nun schau'n wir mal, was es so für mich gibt."

Während sie mich mit einer Hand streichelt, bewegt sie mit der anderen Hand das Maus-Ding. Nach einer Weile findet sie Angebote in unserer Gegend. Ein

Gartenbaubetrieb braucht eine Aushilfe, und ein Bauernhof eine Melkerin. „Noch nicht ganz das Richtige", murmelt sie, und sucht weiter. Ihr Handy klingelt, sie fahndet danach und findet es unterm Sofakissen.

„Hallo Udo", sagt sie, und guckt wieder auf den Bildschirm. Während sie telefoniert, kann sie mich nicht streicheln, denn sie braucht die andere Hand, um weiter im Computer zu suchen.

Ich hör ihn reden, er redet ohne Pause, bis Nele ihm irgendwann antwortet: „Nein, heute kann ich nicht." Wiederum Pause, dann sagt sie: „Ist mir egal, ob Freitag ist. Ich bleib heute zu Hause."

Und nach einer Weile: „Nein, ich will alleine sein. Ich such im Internet nach Stellenangeboten."

Damit tritt sie einen nicht enden wollenden Redeschwall los. Als sie schließlich aufgelegt hat, sagt sie erstaunt zu sich selbst und zu mir:

„Udo bietet mir einen Job an. Als Pferdepflegerin. Was sagt man *dazu*?"

Sie macht keine Luftsprünge vor Begeisterung, aber abgeneigt ist sie nicht. „Ich müsste natürlich schauen, was aus der Hexe wird. Ob sie wirklich zu ihrer Schwester umzieht, so wie Udo sagt. Wenn sie weiterhin auf dem Hof die Regie führt, kannst du den Job vergessen."

Nachdenklich schaut sie wieder in den Computer, aber sie ist nicht mehr richtig bei der Sache und sie vergisst auch, mich zu streicheln. Schließlich schaltet sie den Apparat aus, lehnt sich zurück und starrt an die gegenüberliegende Wand. „Das wär schon ein Traumjob", murmelt sie.

Nele kann Stille leider nicht lange ertragen. Wenn sie sich nicht so oft mit irgendwas ablenken würde, dann könnte sie spüren, was ihr fehlt und wonach sich ihr Herz sehnt. Jedenfalls sagt Robert Betz das. Sie zieht die Fernbedienung unterm Tisch hervor und wir platzen mitten in eine Dating-Show hinein. Ein Mann mit weißer Haut, hervorstehenden Beckenknochen und knallroter Badehose preist seine Verführungskünste an. Er spricht von Candlelight-Dinner, erotischer Fußmassage und Spaziergang im Mondschein. Das findet die Frau gut und möchte mehr hören, doch als er ihr „Sahne auf die Titten schmieren" will, darf er sich wieder anziehen. Nun ist der nächste Kandidat dran, er trägt eine blaue Badehose. Ich mach die Augen zu und verschlafe den Rest der Show.

Am nächsten Morgen bemalt Nele ein großes Blatt Papier mit bunten Buchstaben und klebt es an Tines Wohnungstür. Danach gehen wir zum Einkaufsladen, um Kuchen und Blumen zu kaufen. Ich muss wie üblich draußen warten, und weil es bei dem Laden keine andere Anbindemöglichkeit gibt, knotet Nele meine Leine am Fahrradständer fest. Der befindet sich gleich neben dem Parkplatz für Einkaufswagen. Alle naselang schiebt jemand einen Einkaufswagen in die lange Reihe hinein – quietsch, bumm, rattatatta – oder zieht einen Wagen heraus. Ich starre in Richtung automatischer Schiebetür, in die Nele verschwunden ist.

Ein kleiner Junge kommt daher, er hält ein Eis in der

Hand. Er hockt sich hin, leckt an seinem Eis und mit der anderen Hand streichelt er meinen Rücken. Seine Hand ist feucht und klebrig. Er streichelt mich mechanisch, immer den gleichen Strich entlang von vorne nach hinten, während er verträumt an seinem Eis lutscht. Als er sein Eis aufgegessen hat, wischt er seine andere Hand in meinem Kragen ab. Dann geht er weiter und lässt mich mit verklebtem Fell zurück.

Die meisten Leute finden mich „süß" und gehen selbstverständlich davon aus, dass ich nicht beiße. Und genauso selbstverständlich glauben sie, dass ich von ihnen gestreichelt werden will. Ich hab vor Einkaufsläden schon so einiges erlebt. Ich wurde von manikürten Damenhänden und von rissigen Pranken gestreichelt, von arthritischen Fingern und grobmotorisch veranlagten Kindern. Manche von ihnen scheinen mich mit einem gefühllosen Stofftier zu verwechseln, und in solchen Momenten wünsche ich mir, ich wär Iwan. Dann würden sie einen großen Bogen um mich machen und kämen gar nicht auf die Idee, mich anzufassen. Aussehen wie Iwan möcht ich aber wirklich nur in solchen Momenten.

Als wir wieder daheim sind, pustet Nele bunte Luftballons auf. Ich halte respektvollen Abstand von den Dingern. Dieses ekelhafte Quietschen zerrt an meinen Nerven, und wenn so ein Luftballon platzt, dann krieg ich schlimme Ohrenschmerzen. Sie hängt die Ballons in Tines Wohnung auf, und stellt Kuchen und Blumen auf ihrem Küchentisch bereit.

Wir sind fertig mit den Vorbereitungen, gehen

nichtsahnend die Treppe runter – und treffen vor unserer Tür auf Udo. Mir schwillt der Kamm und ich krieg 'nen Anfall, was sich im Treppenhaus wirklich beeindruckend anhört. Nele wird böse auf mich und droht mir mit Einzelhaft, also hör ich lieber auf zu bellen. Aber meinen geschwollenen Kamm lass ich mir nicht verbieten.

Udo setzt sein Milchbubi-Gesicht auf und wünscht „seinem Zuckerstückchen" mit alberner Singsang-Stimme einen „wunderschönen guten Morgen".

„Das ist ja eine Überraschung", sagt Nele, aber sie klingt nicht begeistert.

Er wirft sich in die Brust. „Ja, so bin ich: Überraschend, spontan und jederzeit zu allen Schandtaten bereit." Er stimmt ein glucksendes Lachen an.

„Möchtest du reinkommen?", fragt Nele und öffnet die Wohnungstür. Ich presche hindurch und baue mich mitten im Flur auf.

„Nur so lange, bis du eine Jacke angezogen und deine Handtasche gepackt hast", säuselt er geheimnisvoll.

„Ich besitze keine Handtasche", entgegnet Nele.

„Dann nimm deine Jacke und los geht's!"

Sie guckt ihn fragend an und wartet auf Erklärungen.

„Wir beide fahren gleich zum Spring- und Dressurcup nach Schönau", frohlockt er. „Ich hab Karten für uns besorgt."

„Oh", macht Nele. „Das ist nett von dir, aber leider…"

„Kein Aber, Zuckerstückchen", fällt er ihr ins Wort. „Genieß einfach einen unvergesslich schönen Tag mit mir."

Sie tritt aus unserem engen Flur in die Küche und Udo hopst an mir vorbei hinter ihr her. Er ist so aufgeregt wie ein kleiner Junge an Weihnachten. Sie bietet ihm einen Stuhl an, aber er will sich nicht hinsetzen.

Mit bedauernder Miene sagt sie: „Tut mir leid, Udo, ich hab keine Zeit. Oma Tine wird heute Nachmittag aus dem Krankenhaus entlassen und ich hab versprochen, sie abzuholen. Du hättest mich besser gefragt, bevor du die Karten kaufst."

Er macht ein Gesicht, als hätte sie ihm eine geknallt. „Das kann nicht dein Ernst sein", stammelt er. „Du wirst doch nicht wegen deiner schrulligen Nachbarin auf den Schönau-Cup verzichten."

Neles Züge verhärten sich. „Oma Tine ist nicht schrullig", erwidert sie patzig. „Und was ich versprochen hab, das halte ich auch."

„Kann sie sich nicht von jemand anderem nach Hause bringen lassen? Oder ein Taxi nehmen?", startet er einen neuerlichen Versuch.

„Nein", schnappt sie.

Er hebt die Hände und macht einen ergebenen Atemzug. „Okay, okay. Dann lass uns morgen zum Cup fahren. Ich hol dich um neun ab, dann haben wir viel Zeit. Sonntags stehen sowieso die besten Wettbewerbe auf dem Programm."

Sie überlegt kurz, dann stimmt sie zu, und nun guckt

Udo wieder fröhlich aus der Wäsche.

Er klatscht in die Hände. „Und? Wie schaut's aus mit deinem Job als Pferdepflegerin? Wann willst du anfangen?", fragt er aufgeräumt.

„Ich hab mich noch nicht entschieden", erwidert sie. „Das wird sowieso nur was, wenn deine Mutter aus dem Spiel ist."

Mit großen Gesten bemüht er sich, ihr diesen Gedanken auszureden und ihr alle Vorbehalte zu nehmen. Und dann erzählt er ihr sein neuestes Abenteuer aus dem Reitstall: Angeblich hat er einem gewissen Walter gezeigt, wo die Harke hängt. Großartiges Abenteuer, ich muss schon sagen.

Nachdem Udo endlich weg ist, kippt Nele Nudeleintopf aus der Dose in einen Kochtopf, wärmt ihn auf und trägt einen randvollen Teller ins Wohnzimmer. Sie schaltet den Fernseher an und während sie die Suppe löffelt, prügeln sich zwei Männer. Als der eine blutend am Boden liegt, schaltet sie um und guckt eine Kochsendung. Danach kommt ein Bericht über Geisterbeschwörer auf Friedhöfen. Ich hab keine Ahnung, was Geisterbeschwörer so machen und schau ihnen genau zu, damit ich vorbereitet bin, falls die auch bei uns nebenan aufkreuzen. Nele legt sich hin und guckt im Liegen weiter, ich kuschle mich an ihren Bauch und wir haben's mal wieder so richtig schön gemütlich.

Es ist Nacht und die Geisterbeschwörer versammeln sich rund um ein frisches Grab. Nele findet das offenbar nicht so spannend, sie atmet gleichmäßig und daran merk ich, dass sie eingeschlafen ist. Ich guck die

Sendung zu Ende, danach wird ein Film über seltene Schlangen in Südostasien gezeigt. Für Schlangen hab ich nicht viel übrig, ich mach die Augen zu, blende die Stimme des Sprechers aus und hänge meinen Gedanken nach.

Als ich aufwache, weiß ich nicht mehr, worüber ich nachdenken wollte. Gähnend strecke ich meine Glieder und davon wird Nele wach. Sie guckt zur Uhr, dann gähnt und streckt auch sie sich und schlurft in die Küche, um Kaffee zu kochen. Sie lässt mich raus in den Garten und ich strebe gewohnheitsmäßig zu den Blumenrabatten, finde aber nur eine dicke, schleimige Schnecke.

Nebenan auf dem Friedhof ist eine Beerdigung im Gange. Schwarz gekleidete Leute stehen im Kreis, einige weinen, und der Pastor, den ich am weißen Kragen erkenne, erzählt ihnen, dass Jesus wieder auferstanden ist. Ich frage mich, ob Jesus auch in einem Sarg unter der Erde begraben wurde. Das wär ein unnötiger Aufwand für jemanden, der sowieso wieder aufsteht.

Robert Betz hält nicht viel von der Kirche, aber eine ganze Menge von Gott. Er sagt, dass Gott in jedem Menschen drin ist, auch in jedem Tier und in jeder Pflanze, in jedem Sandkorn und in jedem Stein. Gott ist alles, und deswegen ist alles und jeder miteinander verbunden. Er sagt auch, dass die Seele nicht sterben kann, und dass sie verschiedene Leben verbringt, um viele Erfahrungen zu machen.

Als Nele ihren Kaffee ausgetrunken hat, fahren wir zum Krankenhaus, um Oma Tine abzuholen. Ich brauche nicht lange im Auto zu warten, denn schon bald kehrt sie mit Taschen in den Händen und Oma Tine im Schlepptau zurück.

Tine begrüßt mich überschwänglich, sie ist heilfroh, aus dem Krankenhaus raus zu sein. Sie hat sich ihr Zimmer mit zwei Frauen geteilt und die eine hat geschnarcht und die andere gefurzt, berichtet sie. Außerdem wurde sie jeden Morgen in aller Früh von der Putzfrau geweckt. Das überrascht mich nicht. Menschen wie Frau Bödecker sind gnadenlos.

Während wir durch die Straßen unserer Stadt fahren, beschwert sie sich, dass sie bald zur Reha nach Bad Wildungen muss. „Ich seh gar nicht ein, warum ich da hin soll. Ich bin völlig in Ordnung, mir fehlt nichts." Sie schiebt die Unterlippe vor.

„Freu dich doch! Das ist bestimmt wie Urlaub mit Vollpension", will Nele sie aufmuntern. „Und obendrein kriegst du Fango-Packungen und Entspannungsmassagen."

„Schön wär's. Ich muss turnen und über meine Kindheit reden. Und zu essen gibt's nur gesundes Zeugs. Das hat mir meine Bettnachbarin erzählt, die war schon mal in Bad Wildungen, und es hat ihr gar nicht gefallen."

„Die Schnarcherin oder die Furzerin?", erkundigt sich Nele grinsend.

„Die Schnarcherin. Aber wenn ich so recht drüber nachdenke, dann gefällt der sowieso nichts. Die hatte an allem was auszusetzen, sogar am Vanillepudding, und der war nun wirklich lecker."

„Na also. Dann bildest du dir besser deine eigene Meinung." Nele macht den Blinker an und fährt auf die andere Fahrbahn.

„Halt!", ruft Tine so laut, dass Nele zusammenschreckt und automatisch auf die Bremse tritt. Hinter uns ertönt mehrstimmiges Hupen.

„Verdammt, was ist denn los?", keucht sie.

„Bevor wir nach Hause fahren, müssen wir zu Meiers Frischemarkt. Ich hab Napoleon die Salami versprochen, und die soll er auch haben", erklärt Tine ungerührt.

Nele stöhnt auf. „Ich hätt beinah einen Unfall gebaut!" Sie entschuldigt sich per Handzeichen beim Fahrer hinter uns und fädelt sich wieder in den Verkehr ein. „Wegen einer Salami."

„Was meinst du? Ob er lieber Geflügelsalami möchte oder Eselsalami? Oder vom Schwein oder vom Rind?", erkundigt sich Tine ernsthaft.

„Ich glaube, das ist ihm egal", erwidert Nele.

Sie hat Recht. Ich nehm, was ich kriegen kann, und ich nehme gerne.

„Aber du gibst ihm nur ein ganz kleines Stück", ermahnt Nele sie streng.

He! So haben wir nicht gewettet! Die Rede war von einer Riesenwurst!

Tine trägt eine volle Plastiktüte, als sie aus dem Laden kommt, und ich kann nur ahnen, wie groß die Wurst ist, die sie gekauft hat. Wenig später sitzen wir in ihrer Küche am Kaffeetisch, besser gesagt, Nele, Tine und Heinz sitzen am Tisch und ich hocke auf dem

Fußboden. Tine hat drauf bestanden, dass Heinz mit dabei ist, und der hat sich mit einer weißen Orchidee und einem Wangenkuss für die Einladung bedankt.

Als sie ihren Kuchen aufgegessen haben, krieg ich endlich meine Belohnung. Tine holt die Wurst aus der Tüte, und wow!, die ist mächtig. Aber leider guckt Nele ihr auf die Finger, und deswegen schneidet sie nur eine Scheibe ab. Damit ich mehr davon habe, macht sie kleine Vierecke daraus, arrangiert diese liebevoll auf einem Teller und stellt den Teller vor mich hin. Im Nu hab ich die Köstlichkeit verputzt. Ich hoffe, das war nur der Anfang einer langen Reihe von Belohnungen.

Tine und Heinz haben sich viel zu erzählen. Ich bemerke, dass er unterm Tisch ganz kurz nach ihrer Hand fasst. Sie sieht glücklich aus, als er das macht. Ich beobachte Heinz ganz genau und kann kaum glauben, dass das der zugewachsene Zombie sein soll, der nur im Dunkeln aus dem Haus gegangen ist. Er lächelt, wenn er spricht, und was er sagt, das meint er ehrlich. Wenn er Tine anguckt, dann strahlen seine Augen.

Er hat sofort meine Lieblingsstelle entdeckt und wird nicht müde, sie zu kraulen. Während ich auf der Seite liegend, das Vorderbein in die Höhe gestreckt, den sanften Druck seiner Finger genieße, stelle ich mir die Frage, ob er überhaupt jemals ein Zombie war. Ich hab noch nie gesehen, dass aus Zombies Menschen werden, das ist immer umgekehrt.

Nele hat keine Lust, nochmal mit dem Auto loszufahren, deswegen gehen wir heute durch die Straßen unseres Wohnviertels. Das ist nicht der Super-

Spaziergang schlechthin, zumal ich die ganze Zeit an der Leine laufen muss, aber zur Abwechslung auch mal ganz interessant. In unserer Gegend gibt es viele Hunde, und sie alle hinterlassen ihre Nachrichten. Ich halte an jedem Pfahl, an jedem Straßenschild und an jedem Busch, lösche ihre Nachrichten und hinterlasse meine. Ein paar Hunde kläffen mich wütend an, aber Gartenzäune und Mauern verhindern, dass sie mir an den Kragen gehen. Auf dem Bürgersteig begegnet uns zum Glück nur ein einziger Hund, und das ist ein winziger, dürrer Pimpf, der noch mehr Schiss hat als ich.

An diesem Abend kommt Neles Freundin Regina zu Besuch. Regina ist vor einer Weile in eine andere Stadt gezogen, und deswegen sehen sie sich nur noch selten. Regina verkauft Herrenbekleidung und in ihrem Job erlebt sie lustige Dinge. Während die beiden Spaghetti kochen und eine Hackfleischsoße zubereiten, erzählt sie von einem Mann, der seine Unterhose in der Umkleidekabine vergessen hat. Sie beschreibt, wie die Unterhose aussah, und die beiden müssen so sehr lachen, dass sie japsend nach Luft schnappen.

Dann berichtet sie von einer Frau, die mit ihrem Mann ein schickes Hemd kaufen wollte. Er wollte das erstbeste nehmen, aber sie nicht. Und obwohl er viele verschiedene anprobiert hat, war sie nicht zufrieden. Am Ende hatten die beiden Krach und sind ohne Hemd aus dem Laden gegangen.

„Ich frag mich wirklich, warum die meisten Männer ihre Frauen zum Klamottenkaufen mitnehmen", meint

Regina kichernd. „Können die das alleine nicht? Im Beruf sind sie die Macher, aber wenn sie was zum Anziehen brauchen, sind sie überfordert."

Nele stellt Teller auf den Küchentisch und legt Besteck dazu. „Sie könnten schon", erwidert sie. „Aber sie lassen sich von ihren Frauen die Frisur, die Farbe ihres Schlipses und wer weiß was alles vorschreiben."

„Wie kleine Jungs, die auf ihre Mama hören", stimmt Regina zu.

„Nun, die meisten Frauen haben an ihren Männern ständig was auszusetzen, ist es nicht so? Ich denk dabei an meine Mutter, die erzieht meinen Vater seit siebenunddreißig Jahren."

Regina lacht. „Das macht nicht nur deine Mutter so. Männer-verändern ist so 'ne Art Frauensport."

„Vielleicht schlüpfen viele Ehefrauen tatsächlich in die Mutterrolle", überlegt Nele. Sie nimmt den Topf von der Platte und schaltet den Herd aus.

„Das muss im Bett ja voll abtörnend sein", meint Regina.

Nele gießt das Wasser aus den Nudeln, füllt sie in eine Schüssel und stellt diese zu der Soßenkanne auf den Tisch. Die beiden setzen sich hin und prosten sich zu.

„Tja, Beziehung ist 'ne schwierige Kiste." Regina lädt sich gut gelaunt den Teller voll. „Ich hab's bisher noch nicht länger als zwei Jahre geschafft."

„Dann war der Richtige wohl noch nicht dabei, würde meine Mutter sagen", entgegnet Nele grinsend.

„Der *Richtige*! Ich glaub nicht dran, dass es den gibt",

erwidert Regina mit vollem Mund. „Das ist romantische Verklärung der Realität und kann nur für eines sorgen: für Enttäuschung."

„Ich würd schon gern dran glauben", gesteht Nele. Sorgfältig wickelt sie einige Spaghetti um ihre Gabel.

Regina hält mitten im Kauen inne. „Hey, gibt's da jemanden, von dem ich wissen sollte?"

Ihr ist ein Stückchen Nudel runtergefallen und ich kümmere mich sofort um die Beseitigung.

Nele konzentriert sich auf ihren Teller. „Ich treff mich wieder mit Udo."

„Nicht dein Ernst!", stöhnt Regina. „Auch auf die Gefahr hin, dass du mir die Freundschaft kündigst: Der Typ ist ein Vollpfosten – um es positiv auszudrücken."

Wo sie recht hat, hat sie recht.

Nele hebt den Kopf. „Wieso sagst du das?"

„Weil es stimmt, und das weißt du genauso gut wie ich. Mal ehrlich, was reizt dich an ihm? Sein Reiterhof?" Regina futtert weiter.

„Apropos Reiterhof: Er hat mir einen Job als Pferdepflegerin angeboten."

Regina lässt die Gabel sinken und starrt Nele an. „Du denkst doch hoffentlich nicht wirklich darüber nach? Das geht nach hinten los. Denk nur mal an seine bekloppte Mutter!"

„Die zieht angeblich zu ihrer Schwester in die Schweiz", entgegnet Nele.

„Und wovon träumst du nachts?" Regina nimmt sich noch einen Nachschlag.

„Warum musst du alles, was mit Udo zu tun hat, so

schlecht machen?", beschwert sich Nele.

„Weil er ein elender Lügner ist. Der denkt, weil er 'nen Haufen Pferde hat, kriegt er jede Frau ins Bett."

Nele schiebt ihren Teller von sich. „Du tust ihm unrecht. Und du übertreibst!", behauptet sie.

„Und du bist zu gut für diese Welt", erwidert Regina sanft. „Udo probiert's bei jeder, nicht nur bei den Reiterinnen auf seinem Hof." Und als Nele nicht reagiert, holt sie tief Luft und sagt: „Er hat sogar mich angebaggert, und ich hab mit Pferden nichts am Hut."

Nele fällt die Kinnlade runter. „Er hat dich... Wann und wo das denn?"

„Während der Zeit, als ihr zusammen wart. Ich hab dich besucht, und du warst im Stall noch nicht fertig, erinnerst du dich? Der liebe Udo hat gesagt, dass ich doch schon mal ins Haus gehen könnte, weil es draußen so kalt war." Sie isst einen Happen, aber sie scheint keinen rechten Appetit mehr zu haben. „Als ich reingegangen bin, kam er hinterher und wollte mir an die Wäsche gehen."

„Das... das kann doch nicht sein!", stammelt Nele, und plötzlich schlägt ihre Betroffenheit in Ärger um. „Und warum sagst du mir das erst jetzt?", faucht sie. „Was bist du eigentlich für eine Freundin?"

Regina lässt das Besteck auf den Teller fallen. „Was glaubst du, wie ich mir damals den Kopf zerbrochen habe, ob und wie ich es dir sagen soll. Du warst so glücklich! Sollte ich diejenige sein, die dein Glück zerstört? Genau so wäre ich mir nämlich vorgekommen." Sie schluckt hart.

Nele schweigt und schaut an ihr vorbei an die Wand. Dort hängt ein Bild, auf dem zwei Pferde zu sehen sind. Sie hat es vor einer Weile selbst gemalt und dafür übel riechende Ölfarben verwendet.

„Und als du dich von Udo getrennt hattest, wollte ich deinen Schmerz nicht noch vergrößern", fährt Regina fort. „Was für einen Sinn hätte das auch gemacht? Du hattest schon genug Kummer."

„Aber jetzt auf einmal rückst du mit der Sprache raus", wirft Nele ihr vor.

„Um dich davor zu bewahren, den Fehler ein zweites Mal zu machen." Regina sucht Neles Blick und fasst nach ihrer Hand.

Nele entzieht sich und schiebt das Kinn vor. „Er holt mich morgen früh ab, wir fahren zu einem großen Turnier nach Schönau, viele international bekannte Reiter starten da. Er hat Karten für uns beide gekauft."

„Dann wünsche ich dir einen wunderschönen Tag", erwidert Regina mit sanfter Stimme. „Ich wünsch dir immer das Allerbeste, ich hoffe, das weißt du."

Nele steht wortlos auf und räumt das Geschirr ab. Regina hilft ihr dabei, dann geht sie raus auf die Terrasse, um eine Zigarette zu rauchen. Während sie raucht, schau ich bei den Rabatten vorbei. Anschließend folgen wir Nele ins Wohnzimmer. Obwohl keine von beiden mehr über Udo spricht, verläuft der Rest des Abends nicht so entspannt und lustig wie sonst, wenn Regina uns besuchen kommt.

Am nächsten Morgen ist Nele schon früh auf den

Beinen, damit sie rechtzeitig fertig ist, wenn Udo eintrifft. Er kündigt sich mit mehrmaligem Hupen an, was Nele gar nicht gut findet, weil die meisten Leute sonntags länger schlafen. Sie stürzt nach draußen, damit er aufhört zu hupen, dann kommt sie wieder rein, schnappt sich ihre Jacke, die vorbereitete Tasche, macht die Leine an mir fest und wir gehen nach draußen.

Unsere Straße liegt ausgestorben da. Auch nebenan bei der Kirche ist kein Mensch zu sehen. Udo steht breitbeinig neben seinem blank gewienerten, mit chromglänzendem Schnickschnack bestückten Geländewagen. Sein Grinsen erfriert, als er mich sieht.

„Du willst Poldi doch wohl nicht mitnehmen?", fragt er entsetzt.

Ich beiße grimmig die Zähne zusammen. Wenn ich Fäuste hätte, dann würde eine davon genau jetzt in seinem Gesicht landen.

„Selbstverständlich kommt Napoleon mit! Ich kann ihn doch nicht den ganzen Tag allein lassen. Außerdem hab ich ihn gern dabei", erwidert Nele frostig.

„Gib ihn doch irgendwo ab", schlägt er vor.

„Nein", schnappt sie. „Napoleon ist kein Paket, das man einfach irgendwo abgibt. Er ist mein Hund und er gehört zu mir." Sie stemmt die Hände in die Hüften. „Was ist denn überhaupt das Problem?"

„Ich nehm keine Hunde in meinem Wagen mit, grundsätzlich tu ich das nicht. Ich hab wirklich nichts gegen deinen Poldi, aber ich hasse Hundehaare auf dem Sitz."

Er lügt schon wieder. Natürlich hat er was gegen

mich. Ich kann es ihm noch nicht mal verübeln, schließlich hab ich ihm ans Bein gestrullt.

„Ich hab eine Transportbox in meinem Wagen. Die können wir ganz einfach auf deiner Rückbank befestigen", schlägt sie vor.

„Nein. Kein Hund in meinem Auto, ob mit oder ohne Box! Ich mach da keine Kompromisse."

Nele starrt ihn verständnislos an. Er kratzt sich an der Stirn, dann hebt er hilfesuchend die Hände. „Und was machen wir jetzt? Ich hab mich so auf diesen Tag mit dir gefreut", jammert er.

„Wenn Napoleon nicht mit kann, dann bleib ich auch hier. Obwohl ich Ludger Beerbaum und René Tebbels wirklich gern gesehen hätte", bedauert sie.

Sie überlegt einen Moment, während er mit hängenden Armen da steht wie ein Verlierer. „Wir könnten mein Auto nehmen", meint sie zögerlich.

Unser Auto parkt direkt vor dem Geländewagen. Udo lässt seinen Blick abschätzend darüber schweifen, zündet sich umständlich eine Zigarette an und räuspert sich vernehmlich. „Hhmmm, ich hatte eigentlich geplant, dass ich heute der Gastgeber bin. Dazu gehört selbstverständlich auch, dass ich dich in meinem schönen Wagen spazieren fahre. Ich will dir einen rundum gelungenen und entspannten Tag bescheren", plappert er. Er räuspert sich nochmal, während seine Augen zwischen mir und unserem Auto hin und her wandern. „Aber wenn's nicht anders geht, gut, okay, dann fahr du", gibt er schließlich klein bei.

Gesagt, getan. Nele öffnet die Autotür und verstaut

mich in der Transportbox, hockt sich hinters Steuer und startet den Motor. Die Beifahrertür geht auf, Udo wirft seine Zigarette weg, steigt ein und stößt sich prompt den Kopf. Seine langen Beine haben nicht genug Platz, deswegen schiebt er den Sitz bis zum Anschlag zurück. Er wirft die Tür zu und sein Geruch erfüllt den Innenraum. Ich kann nicht behaupten, dass ich mich sonderlich auf unseren gemeinsamen Tag freue.

Während der Fahrt mimt er den Alleinunterhalter. Er hält das Programmheft auf dem Schoß und erzählt Nele die Lebensgeschichte eines jeden Turnierteilnehmers. Angeblich ist er mit allen Reitern von Rang und Namen persönlich bekannt, und angeblich hätte er bei dem Turnier selber auch mitmachen können, wenn er denn Lust dazu gehabt hätte. Er will aber lieber zuschauen, weil er dann mit Nele zusammen sein kann, erklärt er.

Wir fahren auf der Autobahn. Bäume fliegen an uns vorbei, einige Wagen überholen uns und manchmal überholen auch wir. Ich blende sein Gequatsche aus und lasse mich vom gleichmäßigen Brummen des Motors in den Schlaf wiegen. Doch kaum bin ich eingenickt, da schreck ich schon wieder auf, denn Udo will Nele beweisen, dass er nicht nur quasseln, sondern auch singen kann. Uuuhh, klingt das schauderhaft! Doch außer seinen schiefen Tönen fällt mir noch was anderes auf, und das ist sogar noch besorgniserregender als sein Gesang: Der Motor läuft unruhig, er ruckelt und stottert. Nele merkt das erst, nachdem Udo mit einem imitierten Trommelwirbel aufhört zu singen.

„Irgendwas stimmt mit dem Auto nicht", meint sie und horcht angestrengt auf die Geräusche des Wagens. Hinter ihrem Lenkrad leuchtet ein rotes Lämpchen auf, wir werden langsamer.

„Er nimmt kein Gas mehr an!", schimpft sie.

„Ist das etwa die Ölkontroll-Leuchte?", kräht Udo mit Blick auf die rote Lampe. „Wann hast du denn das letzte Mal den Ölstand kontrolliert?"

Nele gibt ihm keine Antwort. Der Wagen rollt und nun geht der Motor aus. Fluchend lenkt sie an den Seitenstreifen und wir kommen zum Stehen. Neben uns rasen die Autos in einem nicht enden wollenden Strom vorbei. Aus den Ritzen der Motorhaube steigen graue Rauchwölkchen in die Luft.

„Fuck, verdammter! So 'ne Scheiße!", schreit Udo. „Wären wir bloß mit *meinem* Wagen gefahren! Was machen wir jetzt? Motorschaden mitten auf der Autobahn!" Er kriegt sich gar nicht wieder ein.

Nele haut mit der Faust aufs Lenkrad. „Warum muss das ausgerechnet heute passieren? Warum muss das *überhaupt* passieren? Und warum passiert sowas immer mir?", stöhnt sie.

„Weißt du, wie gefährlich es ist, auf dem Seitenstreifen zu stehen?", quäkt er. „Da sind schon unzählige Leute zu Tode gekommen. Wir müssen ein Warndreieck aufstellen!" Er öffnet seine Tür und klettert hinaus.

Nele schaut kurz in den Außenspiegel, und entscheidet sich, lieber auf Udos Seite auszusteigen. Sie zieht an einem Hebel unterm Lenkrad und die Haube springt ein Stückchen auf. Die Rauchwölkchen vereinigen sich zu einer großen schwarzen Wolke. „Schau du nach dem Motor, ich stell das Warndreieck auf", ruft sie, während sie über den Beifahrersitz krabbelt.

„Ich kenn mich mit vernünftigen Motoren aus, aber nicht mit Japanern", quäkt er.

„Na gut, dann stell du das Warndreieck auf", seufzt sie.

Udo geht am Wagen vorbei und durchforstet den Kofferraum. „Kacke, ich setz hier mein Leben aufs Spiel", hör ich ihn jammern.

„Hab keine Angst, Napoleon, ich bin gleich wieder da", will Nele mich beruhigen, bevor sie die Autotür zumacht und in der Wolke hinter der Motorhaube verschwindet.

Die beiden treffen sich an der Beifahrertür wieder.

„Scheint ein größeres Problem zu sein", meint sie.

„Ach nee!", macht er.

Sie tippt auf ihrem Handy herum und versucht, unseren Automechaniker zu erreichen, aber heute ist Sonntag und da geht er nicht ans Telefon. Sie beratschlagt sich kurz mit Udo, der jetzt auf der anderen Seite der Leitplanke im hohen Gras steht, und dann ruft sie einen Abschleppdienst an.

„Dauert etwa zwanzig Minuten", informiert sie ihn, und er guckt, als hätte sie „zwanzig Tage" gesagt. Um die Zeit nicht nutzlos verstreichen zu lassen, kramt er eine Zigarette hervor und zündet sie an.

Sie öffnet die Tür, befestigt die Leine an meinem

Halsband und holt mich aus der Box, nimmt mich auf den Arm, steigt über die Leitplanke und lässt mich runter. Udo schaut mich grimmig an und ich schaue grimmig zurück. Wir gehen ein Stück von der Autobahn weg, ich halte die Nase am Boden und als wir an einem Busch ankommen, hebe ich mein Bein. Udo beobachtet mich aus schmalen Augen. Ich kann mir denken, was ihm jetzt gerade durch den Kopf geht.

„Puh, ich weiß noch gar nicht, wovon ich das bezahlen soll!", sagt Nele gegen den Verkehrslärm an. „Allein das Abschleppen kostet bestimmt ein Vermögen, und dann noch die Reparatur!"

„Wenn der überhaupt noch zu reparieren ist", unkt Udo. „So 'ne alte Kiste, das lohnt sich doch gar nicht mehr." Er tritt mit der Stiefelspitze gegen ein dickes Grasbüschel, und plötzlich platzt es aus ihm heraus: „Ich hatte gleich ein ungutes Gefühl, mit deiner Schrottkiste zu fahren. Hätte ich bloß auf mein Gefühl gehört! Verdammt, das ist alles nur passiert, weil dein Hund unbedingt mit sollte."

Zumindest hat er sich soweit im Zaum, dass er nicht „dämlicher Hund", „Scheißköter" oder, noch schlimmer, „Poldi" gesagt hat.

Nele starrt ihn böse an. „Mein Wagen sieht vielleicht nicht mehr so supertoll aus, aber bis zum heutigen Tag war er absolut zuverlässig. Und weißt du was: Er ist mir tausendmal lieber als deine keimfreie Protzkarre!"

„Ich mag nun mal keine Hundehaare und Flecken auf dem Sitz. Es ist ja wohl keine Schande, wenn man auf Ordnung und Sauberkeit bedacht ist", erwidert er.

„Ach ja, ich vergaß, du bist ja Herr Saubermann in Person", giftet Nele. „Nach außen alles schick, aber wehe, man guckt hinter die Fassade!"

Udo bleibt stehen. „Was meinst du denn damit?"

„Zum Beispiel, dass du deine Finger nicht von Regina lassen konntest, obwohl du mit mir zusammenwarst!", faucht sie. „Damit weiß ich inzwischen von zweien: Regina und Theresa. Und wie viele waren's tatsächlich? Zehn, zwanzig?" Sie hat vor Erregung einen roten Kopf bekommen, ihre Augen sprühen Funken.

Er guckt verdattert drein. „Wie kommst du denn *darauf?*", fragt er erschüttert. „Über meinen Ausrutscher mit Theresa haben wir gesprochen und du hast mir verziehen. Aber Regina? Hat sie mich bei dir schlecht gemacht? Und du glaubst ihr?"

„Welchen Grund sollte ich haben, ihr *nicht* zu glauben?", speit Nele.

„Indem du die Wahrheit von einer Lüge unterscheidest", erwidert er. „Regina war scharf auf mich und sie ist offenbar immer noch sauer, weil ich sie abblitzen lassen habe. Die hat mich angegraben, wo sie nur konnte. Kaum bist du zur Toilette gegangen, sprang sie auf meinen Schoß. Die Frau ist 'ne regelrechte Plage."

„Und warum hast du mir das damals nicht erzählt?", erkundigt sie sich.

„Weil ich nicht der Grund sein wollte, weshalb du dich mit deiner Freundin streitest. Ich dachte, wenn ich ihr unmissverständlich klar mache, dass sie bei mir nicht landen kann…"

„Ach ja? Regina behauptet fast genau dasselbe", fällt sie ihm ins Wort.

Udo tritt näher und legt in einer versöhnenden Geste den Arm um ihre Schultern. „Du solltest eigentlich wissen, dass sie überhaupt nicht mein Typ ist. Ich steh nicht auf dicken Arsch und Monstertitten", gurrt er.

Unwillig schüttelt sie seinen Arm ab und nickt rüber zu unserem Auto. „Der Abschleppwagen kommt", sagt sie, lässt Udo stehen und eilt zurück zur Autobahn. Ich hüpfe durchs hohe Gras hinter ihr her und Udo folgt uns gemessenen Schrittes.

Unser Auto qualmt nicht mehr, seine Motorhaube ist geschlossen und wir schauen zu, wie es mit einem Drahtseil auf die Ladefläche eines Lastwagens hinaufgezogen wird. Die Laderampen klappen hoch, der Fahrer zurrt irgendwas fest und wir steigen ein. Wir dürfen im Führerhaus des Lastwagens mitfahren und bis auf die Tatsache, dass ich dicht neben Udo sitzen muss, ist das ein spannendes Abenteuer. Von hier oben hat man einen weiten Blick über die Straße und außerdem kann man die Leute in den vorbeifahrenden Autos beobachten.

Während sich Nele und der Fahrer angeregt unterhalten, starrt Udo aus dem Seitenfenster und sagt kein Wort. Der Fahrer ist ein Hundefreund, er wohnt mit einer jungen Cockerspanieldame namens Pauline zusammen und berichtet lachend von zerkauten Schuhen, zerfransten Schnürsenkeln sowie von Paulines

Angewohnheit, bei bestimmten Liedern im Radio in ohrenbetäubendes Jaulen auszubrechen. Ich muss an Udos heutige Gesangsdarbietung denken und beschließe, es Pauline gleichzutun, wenn ich ihn das nächste Mal singen höre.

Wir kommen auf dem Hof der Werkstatt zum Stehen und der Fahrer lädt unseren Wagen noch schneller ab, als er ihn aufgeladen hat. Anschließend hält er Nele einen Zettel zum Unterschreiben hin, dann verabschiedet er sich, steigt ein, drückt kurz auf die Hupe und brummt davon. Nele nimmt ihre Jacke und ihre Tasche vom Rücksitz und schließt es ab.

Sie fummelt ihren Autoschlüssel vom Schlüsselbund und wirft ihn in den Briefkasten. „Dann kann Hans-Friedrich gleich morgen früh loslegen", sagt sie.

Kaum hat sie's ausgesprochen, haut sie sich mit der flachen Hand an die Stirn. „Oh, verdammter Mist! Wie soll ich denn Napoleon morgen früh zu meinen Eltern bringen, wenn ich kein Auto habe? Das ist mit dem Fahrrad viel zu weit weg."

Udo macht eine krause Stirn und tut, als würde er angestrengt über eine Lösung nachdenken. Schweigend setzt Nele sich in Bewegung. Ich laufe neben ihr an der Leine und Udo geht an ihrer anderen Seite. Weil der Bürgersteig recht schmal ist, muss er Straßenlaternen, Mülltonnen und entgegenkommenden Leuten ausweichen.

Er will Nele wohl auf andere Gedanken bringen. „Hast du dir inzwischen überlegt, ob du mein Jobangebot annehmen willst?", erkundigt er sich gutgelaunt. „Wie wär's, wenn du nächstes Wochenende einfach mal probearbeitest?"

„Nein, danke. Du suchst dir besser eine andere Angestellte, für mich ist das nicht das Richtige."

„Und ob! Das wär genau das Richtige für dich, das weiß ich genau. Du hast Glück, dass ich mich nicht so leicht abwimmeln lasse. Ich geb dir gerne ein bisschen Bedenkzeit, und frag dich demnächst nochmal", plappert er unbeeindruckt.

Die Werkstatt ist nur ein paar Straßen und somit einen kurzen Spaziergang von unserem Haus entfernt. Als wir daheim ankommen, setzt er sein Milchbubi-Grinse-Gesicht auf. „Und was machen wir beiden Hübschen jetzt mit dem angebrochenen Tag?", zwitschert er. „Wir lassen uns doch von einer kleinen Panne nicht die Laune verderben!"

Nele zieht das Handy aus der Tasche und schaut drauf. Ich glaub, sie macht das, um Zeit für eine Antwort zu gewinnen. Ich hoffe inständig, dass sie ihn wegschickt und wir den Nachmittag in trauter Zweisamkeit verbringen, und zu meiner großen Freude scheint sie meinen Gedankengang aufzufangen.

„Fahr nach Hause", sagt sie knapp.

Udo zieht enttäuscht die Mundwinkel runter. „Wieso das denn? Komm, ich lad dich auf ein Eis ins Bootshaus ein! Und anschließend schauen wir den Springcup im Fernsehen an, der wird bestimmt auf einem Sportsender übertragen."

Doch Nele lässt sich nicht umstimmen. Sie sagt, sie müsse sich um meine morgige Unterbringung kümmern, und außerdem bräuchte sie Zeit zum Nachdenken.

Der letzte Teil des Satzes versetzt Udo einen Schrecken. „Du denkst doch wohl nicht über uns nach? Nele, du weißt, dass ich dich liebe…", stammelt er. „Ich kann nichts dafür, dass dieser Tag nicht wie geplant verlaufen ist."

Er will sie in den Arm nehmen, doch sie schüttelt ihn ab. Meine Nackenhaare stellen sich auf und ich belle ihn zornig an, damit er Nele nicht nochmal anfasst. Diesmal schimpft sie nicht mit mir. Sie lächelt ihn unverbindlich an und wünscht ihm einen angenehmen Rest-Sonntag, dann geht sie schnurstracks mit mir den Gartenweg entlang. Die Eingangstür ist wie immer angelehnt, sie stößt sie auf und stapft ins Haus. Ich dreh mich noch einmal um, und seh Udo mit versteinerter Miene an seinem schwarzen Geländewagen stehen. Irgendwas an seiner Haltung macht mir Angst.

Im Treppenhaus treffen wir auf Oma Tine. Sie trägt eine bunt geblümte Bluse und einen dunklen Rock, ihre dünnen Beine stecken in einer Perlonstrumpfhose und an den Füßen hat sie damenhafte Schuhe mit schrägem Absatz. Sie ist auf dem Weg nach nebenan zu Heinz, um mit ihm Kaffee zu trinken. Ihre Hände riechen nach einer parfümierten Creme statt nach Erdbeerschokolade.

„Ihr seid schon wieder da?", ruft sie erstaunt, und lauscht mit großen Augen Neles Bericht.

„Das ist ja ärgerlich!", sagt sie, als Nele endet, und dann fügt sie tiefgründig hinzu: „Aber wer weiß, wozu das gut ist?"

„Was soll an einer Rechnung über mehrere hundert Euro gut sein? Wenn's bei mehreren hundert bleibt. Wer weiß, wie umfangreich die Reparatur wird", entgegnet Nele mutlos.

„Alles im Leben hat seinen Sinn", erwidert Tine überzeugt. „Du hattest die Autopanne, weil du nicht weiterfahren *solltest*. Sieh's mal so!"

Nele zieht zweifelnd die Brauen in die Höhe. „Sorry, aber ich kann dir grad nicht folgen. Mein Auto ist kaputt und kostet mich 'ne Menge Geld. Welchen tieferen Sinn sollte das bitteschön haben? Außerdem weiß ich nicht, wie ich Napoleon morgen zu meinen Eltern bringen soll. Er darf doch nicht mehr mit ins Büro."

„Lass ihn bei mir. Ich pass gerne auf ihn auf", sagt Tine herzlich. „Das ist jawohl das Mindeste, was ich für meinen Lebensretter tun kann!" Sie tätschelt mich liebevoll.

Nele ist nicht gerade begeistert. „Du mästest ihn. Ich weiß, dass du ihn mästen wirst, auch wenn du mir hoch und heilig das Gegenteil versprichst", prophezeit sie düster.

Tine winkt lachend ab. „Ach, papperlapapp! Da mach dir mal keine Sorgen." Sie zwinkert mir zu, ich denke an die Riesensalami in ihrem Kühlschrank und wackle freudig erregt mit dem Hintern. Schweren Herzens ringt sich Nele, die mich wegen ihrer albernen Befürchtungen normalerweise nie bei Tine unterbringt, genau dazu durch. Yeah!

Sie verbringt den ganzen Nachmittag mit Telefonieren. Ein paarmal erzählt sie die Geschichte von unserer Panne auf der Autobahn, und bei einem Telefonat redet sie auch über Udo. Dieses Gespräch dauert sehr lange, und ich nehme an, dass sie Regina im Hörer hat. Sie meint, dass ihr heute einiges klargeworden ist.

Nach dem Telefonmarathon sitzen wir nebeneinander auf dem Sofa. Nele guckt mit hoffnungsloser Miene im tragbaren Computer nach Stellenangeboten. Ihre Schultern sind vornübergebeugt, sie stützt die Unterarme auf der Tischkante ab. Plötzlich richtet sie sich auf.

„Hey, was hältst du davon?", ruft sie aus. „Liebevolle Pferdepflegerin gesucht. Für unsere private, moderne und an die natürlichen Bedürfnisse der Pferde orientierte Reit-Therapieanlage suchen wir eine tatkräftige und kompetente Pferdepflegerin oder pferdebegeisterte Frau mit Führerschein. Zu den Aufgaben gehören Füttern, Misten, Pferdepflege, Führanlagen- und Koppeldienst sowie sonstige Arbeiten rund ums Pferd. Geregelte Arbeitszeiten, gute Bezahlung und nettes Team werden geboten. Kleine Wohnung direkt am Hof vorhanden."

Ihr Herz klopft lauter und schneller, ihre Wangen glühen. Sie ist ganz aufgeregt, und ich springe auf ihren Schoß und bin genauso aufgeregt, weil Aufgeregtsein ansteckend ist.

Allmählich beruhigt sie sich wieder. Sie rollt und klickt das Maus-Ding.

„Wir müssten umziehen", sagt sie nachdenklich, und tippt auf die Tastatur. „Der Hof liegt zweihundert Kilometer entfernt."

Sie lässt die Hände sinken, offenbar ist sie sich ihrer Sache nicht mehr so sicher. „Meinst du, wir sollten das wagen? Irgendwo ganz neu anfangen?", fragt sie zweifelnd.

Ich dreh mich ein paarmal im Kreis, dann setz ich mich mit geradem Rücken hin und guck sie erwartungsvoll an.

Nach einer Weile beugt sie sich wieder vor und legt die Hände auf die Tasten. „Ich kann ja unverbindlich hinschreiben", meint sie schließlich und es klingt, als bräuchte sie dafür eine Menge Mut. Sie braucht lange für das Schreiben, fängt ein paarmal wieder von vorne an und lehnt sich erschöpft zurück, als sie endlich fertig ist.

„Puh!", ächzt sie. „Ich bin gespannt, ob die mir antworten."

Um vorm Schlafengehen auf andere Gedanken zu kommen, macht sie die Zombies an. Und die kennen heute keine Gnade. Fünf Untote fallen in ein Wohnviertel ein und machen aus unschuldigen Kindern und braven Leuten blutrünstige Monster. Zum Schluss ist der komplette Ort verwüstet und aus der fünfköpfigen Horde ist eine ganze Armee kleiner und großer Gestalten geworden, die mit leerem Blick und schwerfälligem Gang die nächstgelegene Großstadt ansteuern. Nele hält mich während des gesamten Films an sich gedrückt und quetscht mir dabei fast die Luft ab.

So bleibt mir gar keine andere Wahl, als mir das Elend von Anfang bis Ende anzugucken. Als der Abspann läuft, sind wir beide kurzatmig und haben dermaßen Schiss, dass wir uns kaum vom Sofa trauen.

Es nützt nichts, ich muss dringend vor die Tür, und ich überzeuge Nele, dass sie mich raus lässt. Vorsichtig setze ich einen Fuß nach draußen. Der Nachthimmel ist ungewöhnlich hell, ich guck nach oben – Vollmond, auch das noch! Obwohl ich mir ziemlich sicher bin, dass Salamiquadrate in den Blumenrabatten auf mich warten, trau ich mich nicht, den Lichtkegel der Terrassentür zu verlassen.

Während ich am ersten Busch mein Bein hebe, schau ich nervös rüber zum Friedhof, wo sich tiefschwarze Umrisse abzeichnen. Ich pinkle nur das Allernötigste, mach schnell kehrt und flitz wieder rein. Kaum bin ich drin, wirft Nele die Tür zu und legt schnell den Hebel um.

Sicherheitshalber nimmt sie das Handy mit ans Bett. Wir richten uns kuschelig ein, aber an Schlaf ist nicht zu denken. Nele nimmt ein dickes Buch vom Nachttisch und liest Seite um Seite, und als sie die Lampe endlich ausknipst, werfen wir uns unruhig hin und her. Der Mond schickt fahles Licht durch die Vorhänge, und macht aus den zerwühlten Bettdecken und Kissen bizarre Figuren. Vom Flur aus ist ein seltsames Knarren zu hören, aber wir haben beide viel zu viel Angst um nachzuschauen, was der Grund dafür ist. Und zu allem Überfluss klingelt mitten in der Nacht auch noch das Handy. Udo ist dran und sagt Nele, dass er sie liebt wie noch nie eine Frau zuvor, weil sie so unglaublich schön, klug und toll ist. Er spricht so laut und schrill, dass ich jedes Wort verstehen kann.

Nele ist gar nicht begeistert von seinem Anruf. „Und das fällt dir nachts um zwei ein?", schimpft sie und legt auf.

Kurz darauf klingelt es nochmal. Udo ist wieder dran, um sich vielmals für die Ruhestörung zu entschuldigen, er will das nie wieder machen, verspricht er. Nele kriegt einen Wutanfall und schaltet das Handy aus, so dass er nicht mehr anrufen kann.

9

Am nächsten Morgen müssen wir früher als gewöhnlich aufstehen. Nele will mit dem Fahrrad zur Arbeit fahren, und das dauert länger als mit dem Auto, sagt sie. Nach der kleinen Morgen-Spazierrunde durch unser Viertel schleppt sie einen Stapel Decken, ein Körbchen, den Wassernapf und eine Auswahl an Spielzeug nach oben zu Tine. Die hat den Frühstückstisch für zwei Personen gedeckt, in ihrem Radio singt eine Frau ein Lied über die geliebte Heimat.

Nele zieht eine Grimasse. „Oh wie scheußlich", stöhnt sie. „Wer ist das denn? Margot Hellwig?"

Kichernd dreht Tine die Musik leiser. „Das ist Angela Wiedl. Ich kann dir CDs von ihr ausleihen, wenn du möchtest."

Nele stellt das Körbchen im Flur auf und legt die Decken hinein. „Nee danke, lass man."

Sie nickt zum gedeckten Tisch hin. „Lass mich raten: Heinz kommt zum Frühstück", sagt sie grinsend, füllt Wasser in den Napf und platziert ihn in der Ecke neben dem Nähmaschinentischchen.

„Ganz recht. Er bringt Brötchen mit, wir frühstücken gemütlich und anschließend messe ich seine Füße", frohlockt Tine.

„Du misst seine Füße?", fragt Nele.

„Ich will Socken für ihn stricken. Mit Norwegermuster, aus reiner Schafwolle", erklärt sie.

„Scheint 'ne dicke Sache zu sein mit euch beiden", stellt Nele schmunzelnd fest. „Wenn er schon seine

Füße für dich entblößt."

Tine droht ihr verschmitzt lächelnd mit dem Zeigefinger. „Mach dich nur lustig, wenn du deine Einladung zu unserer Hochzeit aufs Spiel setzen willst."

Nele macht kullerrunde Staunaugen. „Donnerwetter! Das geht aber fix mit euch."

Statt einer Antwort gackert Tine wie ein kleines Mädchen, nimmt mich auf den Arm und drückt mich an ihren weichen Busen. Das erinnert Nele daran, warum sie überhaupt so früh am Morgen bei Tine aufgekreuzt ist. Sie schaut zur Uhr, erschreckt sich und verabschiedet sich schnell.

„Denk dran, nicht füttern!", mahnt sie Tine streng, und zieht die Tür hinter sich zu.

Tine trägt mich noch eine Weile herum wie ein Baby. Ich liege auf dem Rücken, strecke die Füße in die Höhe, und genieße die sanften Schaukelbewegungen. Im Wohnzimmer riecht es wie üblich nach Zitrone. Das Schälchen der Duftlampe ist mit einer Flüssigkeit gefüllt, darunter brennt eine Kerze. Ich muss ein paarmal niesen.

Tine hat ein himmlisch weiches Lager aus selbstgenähten kleinen Kissen und Bettdecken in einem hölzernen Bettchen für mich vorbereitet. In dem Bett liegt normalerweise eine Puppe, die einen hellblauen Schlafanzug und eine Nachtmütze trägt. Die Puppe sitzt jetzt bei den anderen auf dem Sofa.

„Fühl dich ganz wie zu Hause", sagt sie, nachdem sie mich behutsam auf die Puppenmatratze gelegt und zugedeckt hat. „Und wenn du Hunger hast, dann komm in die Küche." Sie zwinkert mir zu. „Ich glaub, da ist noch Salami im Kühlschrank."

Das lass ich mir natürlich nicht zweimal sagen, ich spring aus dem Bett, trabe in die Küche und baue mich erwartungsvoll neben dem Kühlschrank auf.

„Schlaues Kerlchen", lobt Tine und befördert eine Schüssel mit Salamiquadraten zutage. „Ich hab schon vorgearbeitet", erklärt sie lächelnd, zwinkert mir wiederum zu und stellt die Schüssel vor mich hin. Ich lasse mir die Quadrate schmecken und anschließend lecke ich das Porzellan blitzblank.

Es klingelt an der Tür, Heinz ist da, er hat eine Papiertüte mit duftendem Inhalt dabei. Er erwidert meine überschwängliche Begrüßung, dann wünscht er Tine mit dunkler Stimme einen guten Morgen. Ihre Wangen werden von einer feinen Röte überzogen, als er sie küsst. Und als er dann noch aus seiner Jacke einen kleinen Blumenstrauß hervorzaubert, bekommt sie feuchte Augen.

Die beiden setzen sich an den Tisch und es stellt sich heraus, dass Heinz mich beim Frühstück eingeplant hat. Er hat ein Extra-Brötchen für mich gekauft, bestreicht es großzügig mit Butter und Leberwurst und schneidet es in mundgerechte Häppchen. Ich schling die Delikatesse runter und komm mir vor wie im Schlaraffenland.

Auch wenn man noch so viel isst, so richtig satt ist man ja nie. Deswegen bleib ich in der Küche, setz mich auf den Hintern und beobachte die beiden speisenden Menschen. Sie haben sich viel zu erzählen, sie scherzen und sie lachen. Damit ich nicht die ganze Zeit nur zugucken muss, werfen sie mir kleine Bröckchen und Wurststückchen vor die Nase. Zum Nachtisch gibt es Schokoladenpudding mit ganz viel Schlagsahne für jeden.

Nach dem Frühstück gehen wir zum gemütlichen Teil über, und der soll im Wohnzimmer stattfinden. Ich walze nach nebenan, mein Bauch ist so prall, als hätt ich einen Fußball verschluckt. Umständlich hieve ich mich ins Puppenbett, dreh mich ein paarmal schwerfällig im Kreis, und dann lass ich mich ächzend nieder.

Tine und Heinz widmen sich derweil der Sockenplanung. Heinz hat seinen nackten, schneeweißen Fuß auf der Sessellehne abgelegt und Tine misst ihn längs und quer, von oben und unten, dann schreibt sie die Zahlen auf einen Zettel und legt das Maßband zurück in ihren Nähkorb. Sie schleppt eine Zeitschrift an und nun stecken sie die Köpfe zusammen und beraten über die verschiedenen Sockenmodelle. Meine Augenlider sind so schwer, als würden Gewichte dran hängen. Das muss an der unruhigen Nacht liegen.

Und so schlafe ich den Schlaf des Gerechten und als ich aufwache, steht Nele in der Tür. Ist etwa schon Nachmittag?

„Er wollte nicht mal Gassi gehen", erklärt Tine. „Er hat nur geschlafen."

Gähnend räkle ich mich in dem himmlischen Bettchen, strecke meine Glieder und schubs dabei aus Versehen eins der Puppenkissen über die Reling. Nele guckt mir argwöhnisch dabei zu, bevor sie sich an Tine wendet.

„Du hast dich doch wohl hoffentlich an unsere Abmachung gehalten, und Napoleon nichts zu fressen gegeben?!" Ich höre an ihrem Tonfall, dass sie die Antwort schon ahnt.

„Selbstverständlich hab ich mich daran gehalten!", beteuert Tine. „Er hat nur ein ganz kleines bisschen bekommen. Wir konnten ihn doch beim Frühstück nicht zugucken lassen."

Nele seufzt geschlagen. „Hab ich's doch gewusst." Sie klopft an ihren Oberschenkel. „Napoleon, komm her!"

Ich rapple mich auf, klettere aus dem Bett und während ich auf Nele zuhalte, merke ich, dass ich ein dringendes Geschäft erledigen muss, und dass das keinen Aufschub duldet. Ich begrüße sie flüchtig, dabei entweicht mir ein halblauter Furz, und schon steuere ich die Wohnungstür an.

„Bis morgen!", ruft Tine uns fröhlich durchs Treppenhaus hinterher.

Ich bin kaum aus der Haustür, da geht's auch schon los. Nele verfolgt mich mit der Kehrschaufel und kommt aus dem Staunen nicht mehr raus.

„Was hast du gefressen? Ein halbes Schwein auf Toast?" Sie ist eine Weile damit beschäftigt, all meine Hinterlassenschaften aufzusammeln und schimpft dabei vor sich hin: „*Er hat nur ein ganz kleines bisschen bekommen.* Wer's glaubt, wird selig!"

Ihre Laune bessert sich schlagartig, als sie im

tragbaren Computer eine Nachricht von einer gewissen Familie Klockgeter findet. Das sind die, bei denen sie sich um einen Job als Pferdepflegerin beworben hat.

Sie klatscht in die Hände. „Ich bin für kommenden Sonnabend um elf Uhr eingeladen!", ruft sie aufgeregt. „Dann wollen sie mich durch den Betrieb führen und mir den Ablauf erklären. Und ich soll sagen, welche Wünsche ich habe. Ich könnte zum Beispiel ein Pflegepferd bekommen oder ein eigenes Pferd mitbringen. Und du bist natürlich auch herzlich willkommen!" Sie lässt sich ins Rückenpolster des Sofas fallen und atmet hörbar aus. „Das hört sich echt gut an."

Mit fliegenden Fingern tippt sie auf die Tasten und als sie damit fertig ist, liest sie mir das Geschriebene laut vor. Sie bedankt sich für die Einladung, der Temin am Sonnabend passe ihr gut, und sie freue sich schon jetzt darauf, die Familie Klockgeter und die Pferde kennenzulernen.

„Heijeijei, das wird aber spannend!", prophezeit sie. „Wenn ich den Job tatsächlich annehme, dann fängt für uns ein ganz neues Leben an."

Ich bin mit meinem alten Leben zufrieden, ich brauch kein neues. Aber um mich geht's bei dieser Entscheidung nicht. Ich rolle mich auf den Rücken und sie krault geistesabwesend meine Brust und meinen Bauch.

„Wir würden höchstens mal am Wochenende oder an Feiertagen zu Besuch hierher kommen", überlegt sie laut. „Die Arbeit auf einem Pferdehof ist körperlich

234

natürlich viel anstrengender als mein Bürojob, aber sie macht einfach viel mehr Spaß. Stell dir nur mal vor: Wir wären den ganzen Tag mit Pferden zusammen! Von morgens bis abends!"

Nun, ich persönlich muss Pferde nicht unbedingt um mich haben. Aber an ihrer sich vor Begeisterung überschlagenden Stimme merk ich, wie sehr sich ihr Herz danach sehnt. Und deswegen freu ich mich mit ihr und nehme mir ganz fest vor, mich bei der Hofbesichtigung von meiner allerbesten Seite zu zeigen.

„Weißt du was? Mir ist ganz egal, was aus der Redaktion wird", stellt sie fest. „Mir ist egal, ob sie nach Kleinburg umzieht oder nicht, und wer künftig das Sekretariat führt. Ich werd kündigen, so oder so. Die Arbeit macht mir schon viel zu lange keinen Spaß mehr."

Ich lecke ihr sanft über den Handrücken um ihr zu zeigen, dass ich an ihrer Seite bin, ganz gleich, welchen Weg sie geht. Ich find's großartig, dass sie endlich auf ihr Herz hören will.

Das Handy bimmelt, Nele schaut drauf und sieht, dass es Udo ist, der anruft. Sie stößt einen leisen Fluch aus und geht nicht dran, aber er lässt nicht locker. In kurzen Abständen klingelt es wieder und wieder, und schließlich nimmt sie ab.

„Nein, ich hab keine Zeit", sagt sie abweisend, nachdem er seinen ersten Redeschwall losgelassen hat. Dann ist er wieder am Zug, bis Nele antwortet: „Nein, morgen auch nicht." Schließlich sagt sie: „Ja, wir müssen reden. Demnächst. Ich ruf dich an, wann wir uns treffen können." Sie legt auf und macht einen tiefen Seufzer.

„Das ist meine nächste Baustelle", murmelt sie und ich glaub, sie meint Udo damit. Sie schüttelt bedauernd den Kopf. „Ich hätte ihn nicht wieder in mein Leben lassen sollen, das war ein großer Fehler."

Sie greift wiederum zum Telefon und ruft Regina an. Die beiden telefonieren eine Ewigkeit, ihr Gespräch dreht sich hauptsächlich um Udo. Ich meine rauszuhören, dass Regina Nele zur Vorsicht mahnt, weil Udo ihrer Ansicht nach unberechenbar ist.

„Ich glaub, da übertreibst du ein bisschen", erwidert Nele. „Er ist zwar ein Angeber, aber ansonsten ist er harmlos. Da mach dir mal keine Sorgen."

Regina scheint ein besseres Gespür für Gefahr zu haben als Nele. Ich muss wieder daran denken, wie er ausgeschaut hat, als er allein am Geländewagen stand. An seinen Gesichtsausdruck, seine Körperhaltung und an die Angst, die ich dabei verspürt habe.

Nachdem Nele fertig ist mit Telefonieren, will sie sich zum ungezählten Male den Pferdehof der Familie Klockgeter im tragbaren Computer anschauen. Aus einem unerfindlichen Grund erklingt Robert Betz' Stimme, er spricht über Liebe und Partnerschaft. Das Publikum applaudiert.

Sie ist bereits in die Fotos vom Hof vertieft und lässt den Vortrag einfach im Hintergrund weiterlaufen. Ich hab nicht den Eindruck, als würde sie Robert Betz zuhören, aber als er über gescheiterte Beziehungen spricht, wird sie aufmerksam. Sie schaut jetzt nicht mehr die Pferde an, sondern lehnt sich zurück und lauscht seiner ruhigen, fröhlichen Stimme. Wir hören den Vortrag bis zum Ende an.

„Wenn man am Ärger über den anderen festhält, dann belastet das jede neue Partnerschaft", wiederholt sie. „Man hat keine Chance auf eine dauerhaft glückliche Beziehung, solange man mit dem Ex-Partner im Unfrieden ist." Sie grübelt eine Weile vor sich hin. „Das klingt, als ob da was Wahres dran ist."

Sie klappt den Computer zu und steht vom Sofa auf. „Das Beste ist, man geht friedlich auseinander anstatt im Streit. Das muss doch möglich sein, Udo und ich sind schließlich erwachsene Menschen", sinniert sie auf dem Weg zum Bad.

Bevor sie schlafen geht, nimmt sie das Sunshine-Kissen vom Bett, betrachtet es unschlüssig und dann stopft sie es unter den Kleiderschrank zu den Schuhen, die sie nie anzieht.

Den nächsten und auch den darauffolgenden Tag verbringe ich mit einem Haufen Leckereien und in zeitweiliger Gesellschaft von Heinz bei Oma Tine. Sie strickt wie eine Besessene an den Socken, während ich mich auf den Puppenkissen von der Völlerei erhole.

Am Mittwochabend holen wir unser Auto aus der Werkstatt ab. Die Reparatur ist nicht so teuer, wie Nele befürchtet hat, und Hans-Friedrich sagt, sie kann das Geld in Raten bezahlen. Wir sind nun wieder mobil und zur Feier des Tages fährt Nele mit mir nach Wiesmoor.

Der Himmel hängt voller grauer Wolken und es nieselt. Doch die Luft ist angenehm warm und so stört das bisschen Regen überhaupt nicht. Vogelgezwitscher begleitet unseren Weg, wir beobachten mehrere Rehe am Waldrand, bis sie von einem herannahenden Trecker aufgescheucht werden. Der Trecker zieht ein Fass auf Rädern hinter sich her und stellt es in einer Kuhweide ab.

Nach der zweiten Kurve entdecken wir in der Ferne Rob und Pebbels, sie kommen uns entgegen. Ich freu mich, sie zu sehen, und ich glaub, Nele freut sich auch. Sie löst die Leine vom Halsband, damit ich die beiden besser begrüßen kann. Pebbels ist guter Dinge, er gibt einen begeisterten Quietschlaut von sich und tut, als würde er nach mir schnappen. Doch Rob gefällt mir gar nicht. Sein Gesicht ist blass und seine Augen von dunklen Schatten umgeben. Seine Schultern sind gebeugt, als läge eine schwere Last auf ihnen. Er lächelt zwar, aber er sieht gequält dabei aus.

Als Nele uns erreicht, drehen Rob und Pebbels um und wir gehen gemeinsam weiter. Auch Nele spürt, dass etwas mit Rob nicht stimmt. „Geht's dir nicht gut? Bist du krank?", erkundigt sie sich.

Er schüttelt langsam den Kopf. „Nein, ich bin nicht krank." Seine Stimme klingt belegt, als er weiterspricht. „Es ist nur… Zoe und ich haben uns ziemlich heftig gestritten."

„Oh, das tut mir leid für euch. Aber ein Streit kann auch für klare Luft sorgen. Ihr solltet euch aussprechen und wieder vertragen", rät sie.

Rob schüttelt den Kopf. „Das wird nicht viel nützen", murmelt er.

„Probier's doch wenigstens."

Sie gehen schweigend weiter. „Du fragst nicht, warum wir uns gestritten haben", stellt er nach einer Weile fest.

„Warum sollte ich? Um mich auf deine Seite zu schlagen und Zoe in ein schlechtes Licht zu rücken? Nein."

„Das könnte mir helfen, meinen Selbstwert wiederherzustellen", meint er mit schiefem Grinsen.

„Du meinst, ich sollte dir sagen, dass du was Besseres als sie verdient hast, so was in der Art?", fragt sie lächelnd.

„Ach, ich fühl mich einfach wie ein elender Versager. Wie einer, der nichts, aber auch gar nichts hinkriegt in seinem Leben", seufzt er. „Ich hab den Hof gekauft und geglaubt, ich würde sie damit glücklich machen. Sie hatte Santana und Obelix vorher in einem Pensionsstall untergestellt, und es ist doch viel schöner, die Pferde zu Hause zu haben. Das dachte ich zumindest."

Er tritt gegen einen kleinen Stein und schießt ihn im hohen Bogen über den Weg ins lange Gras. Pebbels und ich flitzen hinterher, schnüffeln im Gras, entdecken den Stein, finden ihn uninteressant und lassen ihn liegen. Wir kehren zu unseren beiden Menschen zurück, und traben beziehungsweise schlendern wieder nebeneinander her.

„Meinst du wirklich, dass ein Hof jemanden glücklich machen kann, der nicht sowieso schon glücklich ist?", fragt Nele bedächtig. „Ich glaub nicht, dass das auf Dauer funktioniert."

Rob denkt darüber nach, was sie gesagt hat. „Danke, das hat mir gerade sehr geholfen", erwidert er schließlich.

„Dasselbe hab ich in diesen Tagen auch für mich selbst erkannt. Ich hab jahrelang einem Pferdehof und dessen Besitzer hinterher getrauert. Ich hab mir eingeredet, nicht gut genug für ihn zu sein. Warum wäre er sonst fremdgegangen? Aber jetzt weiß ich, dass das eine Täuschung war. Dieser Mann ist definitiv nicht das, was ich in ihn hineinprojiziert habe."

„Und deswegen hätte dich auch sein Pferdehof nicht glücklich gemacht", schlussfolgert Rob, und Nele nickt.

Wir sind am Gehöft angelangt. Die beiden Pferde grasen auf der Koppel, sie heben ihre Köpfe und schauen interessiert zu uns rüber. Dann senken sie ihre Nasen wieder ins Gras und fressen weiter.

„Danke für deine Offenheit", sagt Rob und schaut Nele lange in die Augen.

„Danke ebenfalls." Sie erwidert seinen Blick, und ich spür, dass in diesem Moment etwas passiert. Es fühlt sich warm und neu und wunderbar an.

„Ich würd dich jetzt gern in den Arm nehmen", sagt er.

„Das wird Zoe nicht gefallen", entgegnet Nele und schaut kurz zum Wohnhaus rüber.

„Ich bin nicht verantwortlich dafür, was ihr gefällt und was nicht", erwidert er, legt seine Arme um sie und zieht sie an sich. Sie schließt für einen Moment die Augen, und als sie sie wieder öffnet, liegt ein schimmernder Glanz auf ihnen. Die beiden lösen sich voneinander.

„Vielleicht versöhnt ihr euch ja bald wieder!", sagt sie mit krächzender Stimme. Sie räuspert sich. „Ich drück dir die Daumen."

Ich hab den Eindruck, dass Rob nicht mehr ganz so bedrückt ist. Zumindest ist sein Gang wieder so aufrecht und entschlossen wie gewohnt. Pebbels trödelt hinter ihm her die Einfahrt hinunter, und wie auf ein Kommando drehen sie sich beide gleichzeitig nach uns um. Rob hebt die Hand und winkt uns zu, aber das bemerkt Nele nicht. Ihre Wangen sind gerötet und ihre Augen glänzen immer noch. Sie marschiert zielstrebig die Straße hinunter in Richtung unseres Autos, und es hat den Anschein, dass sie heute noch etwas Wichtiges zu erledigen hat. Während der Fahrt sagt sie kein Wort, und das Radio lässt sie auch aus.

Kaum dass wir zu Hause sind, greift sie zum Telefon und ruft Udo an. Während sie dem Redeschwall lauscht, malt sie mit dem Zeigefinger Kreise und Vierecke in die dünne Staubschicht auf der Küchenanrichte. Als er sie endlich zu Wort kommen lässt, sagt sie: „Können wir uns morgen Abend treffen?"

Sie hört auf zu malen und wandert mit dem Telefon am Ohr durch die Wohnung.

„Neunzehn Uhr? Bistro am Mühlenberg? Okay, prima, bis morgen." Sie legt auf und beendet die Wanderung.

„Puuuuhh!", macht sie, als sie sich ins Sofapolster fallen lässt. „Da brauch ich gute Nerven morgen Abend.

241

Udo scheint ja wirklich mega-verliebt zu sein. Damals war er so cool, ja oft sogar abweisend, und ich war dermaßen verschossen in ihn, dass ich am liebsten jede Minute mit ihm verbracht hätte. Und jetzt ist's genau umgekehrt."

Ich hopse neben sie aufs Sofa, sie nimmt mich auf den Schoß und krault mich hinter den Ohren. „Das Leben geht manchmal merkwürdige Wege, nicht wahr?", murmelt sie, und hat plötzlich eine Idee. Sie klappt den Computer auf und drückt ein paar Tasten.

„Weißt du was? Heute Abend werden wir mal aufs Fernsehen verzichten und deinen Babysitter anhören. Wie wär's mit ‚Dein Herz führt immer zum Erfolg'?", fragt sie grinsend.

Und so legen wir uns lang aufs Sofa, Nele breitet eine Decke über uns beide, und wir haben's herrlich gemütlich, während Robert Betz vom Weg in ein glückliches, erfülltes Leben spricht.

Am nächsten Morgen fahren wir mit dem Auto zu Traute und Edu.

Das mit Tine war nur eine Notlösung, erklärt Nele mir. „So gern ich sie auch habe, aber sie kann es leider einfach nicht lassen, dich bis oben hin vollzustopfen. Und ich möchte nun mal nicht, dass du dick und krank wirst."

Traute ist trotz der frühen Stunde hochbeschäftigt. Sie steht vorm Herd und rührt in zwei Töpfen gleichzeitig herum. Auf dem Tisch und auf allen verfügbaren Flächen sind unzählige blitzsaubere Gläser unterschiedlicher Größen aufgereiht, auf dem

Fußboden steht eine Plastikwanne voller Erdbeeren.

„Fünfundzwanzig Kilo, die hab ich gestern Nachmittag ganz allein auf dem Erdbeerfeld in Neuenhausen gepflückt", berichtet sie. „Dein Vater kann sich ja nicht mehr bücken." Der letzte Satz klingt wie ein Vorwurf.

„Wozu kochst du so viel Marmelade? Ihr seid doch nur zu zweit", erkundigt sich Nele und steckt sich eine Erdbeere in den Mund. Ich rieche kurz am Inhalt der Plastikwanne. Nicht mein Geschmack, überhaupt nicht mein Geschmack.

Traute macht ein langes Gesicht. „Du freust dich doch auch, wenn ich dir mal ein Gläschen schenke, oder etwa nicht?", erwidert sie beleidigt.

„*Ein Gläschen*, ja. Ich will doch gar nichts gegen deine Marmelade sagen, im Gegenteil, sie schmeckt wirklich gut, viel besser als gekaufte", beeilt sich Nele zu sagen. „Aber ich frag mich, warum du dir so wahnsinnig viel Arbeit aufhalst."

Edu taucht in Schlafanzug und Pantoffeln im Türrahmen auf. Seine Haare stehen wirr vom Kopf ab. „Du kennst doch deine Mutter", murrt er. „Die kann nicht einen Augenblick lang still auf dem Hintern sitzen. Die muss immer was zu tun haben. Schlimm ist das."

Trautes Augen verengen sich zu schmalen Schlitzen. „*Das* findest du schlimm?", faucht sie. „Ich will dir sagen, was schlimm ist: Den ganzen Tag dein mauliges Gesicht anzugucken und mir dein Gejammer anzuhören. Und mir dann auch noch vorwerfen zu lassen, dass ich fleißig bin! Seit zweieinhalb Jahren muss *ich* mich um alles kümmern, ist dir das vielleicht schon aufgefallen? Seit zweieinhalb Jahren sitzt du rum und beklagst dich, wie ungerecht das Leben ist."

Nele fächelt sich Luft zu. „Ich geh dann mal lieber, ich muss sowieso los zur Arbeit. Bis später – und vertragt euch!", ruft sie und eilt hinaus.

„Ich geh in'n Keller", murmelt Edu und schlurft Richtung Treppe.

„Jetzt schon?", quäkt Traute. „Du bist ja noch nicht mal angezogen. Und gefrühstückt hast du auch noch nicht." Im nächsten Augenblick stößt sie einen spitzen Schrei aus. „Hilfe, nein! Mir ist die Marmelade angebrannt! Da hab ich nur einen Moment lang nicht aufgepasst, und schon…"

Es klappert und klirrt, als sie die Gläser notdürftig zur Seite schiebt, die Töpfe vom Herd nimmt und sie auf der Abtropffläche der Spüle abstellt. Der aufsteigende Dampf lässt Tränen in ihre Augen schießen, und obwohl sie die Lippen fest zusammenpresst, hör ich sie schluchzen. Ich streiche sanft an ihrem Bein entlang und setze mich auf ihren Schuh, aber sie nimmt mich gar nicht wahr. Nach einer Weile lass ich sie allein, und geh runter in den Keller.

Edu steht an der Werkbank. Ein großes Stück Papier liegt ausgebreitet vor ihm, er starrt konzentriert darauf. Neben dem Papier liegen lauter kleine Holzteilchen, die er mit Kleber zu einem Flugzeug zusammenbasteln will. Zum Glück ist der Klebstoffeimer noch zu, das Zeug stinkt so furchtbar, dass es in den Nasenlöchern beißt. Ich hock mich auf den alten, ausgefransten Teppich, der einen Teil des Betonbodens bedeckt, und gähne lauthals, um auf mich aufmerksam zu machen.

Edu dreht sich zu mir um. „Na, du", murmelt er, um sich gleich darauf wieder dem Zettel zuzuwenden.

Er fasst sich an den Rücken und stöhnt bei dem Versuch, sich gerade aufzurichten. Gebückt und immer noch stöhnend öffnet er eine Schublade, holt die kleine Flasche raus und trinkt ein paar Schlucke. Er gibt ein zischendes Geräusch von sich, schraubt die Flasche wieder zu und legt sie zurück in die Schublade. Dann konzentriert er sich wieder auf das Blatt Papier. Ich warte noch ein Weilchen ab, doch er beachtet mich nicht, und es passiert rein gar nichts Spannendes. Mannomann, hier unten ist es ja sogar noch langweiliger als oben. Ich hüpfe die Treppe wieder rauf und schaue mich nach einer Beschäftigungsmöglichkeit um.

Nele hat mein Körbchen ins Wohnzimmer unters Fenster gestellt, daneben liegen ein paar meiner Spielsachen. Ich stöbere darin herum und nehme mir den grinsenden Tiger vor. Den hab ich schon länger auf dem Kieker. Er besteht aus weichem Stoff, aber sein Leib ist fest gestopft und wirklich zäh. Ich strecke mich bäuchlings auf dem Teppichboden aus, klemm das Vieh zwischen die Vorderpfoten und ramme meine Zähne in seine Brust. Dem wird das Grinsen schon noch vergehen.

Gegen Mittag lässt Traute mich in den Garten. Sie bleibt in der Terrassentür stehen, um mich gleich nach dem Geschäft wieder reinzurufen, weil sie befürchtet, dass ich bellen könnte. Sie will sich's nicht mit den

Nachbarn verscherzen, sagt sie. Edu macht Mittagsschlaf, danach schaltet er den Fernseher an und wir schauen zusammen eine Kindersendung. Darin wird erklärt, wie Körner gemahlen und daraus Brot und Brötchen gebacken werden.

Ich hab den Tiger längst erledigt und langweile mich wie noch nie. Kein Wunder also, dass ich völlig von der Rolle bin, als Nele mich endlich abholt. Ich quietsche und springe und tanze wie ein Irrer um sie herum. Traute hat eine Extra-Mahlzeit gekocht und deswegen brechen wir nicht sofort auf, sondern ich muss mich gedulden, bis Nele aufgegessen hat. Dann geht's endlich los, doch meine Hoffnungen auf einen ausgiebigen Spaziergang in Wiesmoor schwinden, als wir auf den Parkplatz des Schönewalds einbiegen. Na super! Vielleicht werde ich zur Krönung dieses wunderbaren Tages ja wieder von einem geifernden Rüden gerammelt, oder mir fährt aus Versehen eine Mutti mit dem Kinderwagen über die Pfoten.

Den Abend verbringe ich allein auf der Couch, während Robert Betz über Sterben und Tod spricht. Die Aussicht auf ein ewiges Leben tröstet mich in diesem Augenblick wenig. Ich fühl mich einsam, ungeliebt und außerdem hab ich Hunger. Nele hat mich wegen der Schlemmer-Tage bei Tine auf Diät gesetzt.

Je mehr mein Magen knurrt, umso mehr steigere ich mich in mein einsam-und-ungeliebt-Sein hinein. Deswegen strafe ich Nele, als sie endlich von ihrer Verabredung zurückkehrt, mit konsequenter Nichtbeachtung. Das fällt ihr jedoch gar nicht auf, denn sie ist in Gedanken noch bei ihrem Treffen mit Udo im Bistro.

„Du glaubst nicht, was passiert ist!", ruft sie mir vom Flur aus zu, wo sie sich Schuhe und Jacke auszieht. „Udo hat mir einen Heiratsantrag gemacht! Mit roten Rosen und Kniefall, und zwar mitten auf dem Marktplatz."

Ich tu so, als ob mich das kein Stück interessiert, und starre die Rückenlehne des Sofas an, während Robert Betz über den Umgang mit Ärger und Wut spricht.

„Dabei hab ich mich doch mit ihm getroffen, um mit ihm Schluss zu machen!" Sie geht in die Küche und befüllt die Kaffeemaschine. „Beziehungsweise, um ihm klar zu machen, dass aus uns nichts wird. So richtig zusammen waren wir ja noch gar nicht wieder." Sie klappert mit den Schranktüren rum und macht die Besteckschublade auf und zu. „Krass, oder?"

Nach einer Weile kommt sie ins Wohnzimmer, sie setzt vorsichtig einen Schritt vor den anderen und ich vermute, dass sie einen vollen Kaffeebecher vor sich her balanciert. Ich krieg Sehstörungen, ich seh nur noch Karos, weil ich die ganze Zeit auf den Bezug des Sofas starre. Sie stellt den Becher auf den Tisch, schaltet den Vortrag aus und hockt sich neben mich.

„Was ist mit dir, bist du beleidigt?", fragt sie so nebenbei, nippt am Kaffee und erzählt weiter. „Mir war wichtig, dass wir im Frieden auseinandergehen. Ich hab die ganzen letzten Jahre damit verbracht, mich mit Vorwürfen und Hassgefühlen ihm und mir selbst gegenüber zu quälen."

Sie nippt erneut an ihrem Kaffee, greift zum Telefonhörer und ruft Regina an. Nun erzählt sie die ganze Geschichte von vorne, nur viel ausführlicher. Ich mach die Augen zu, sonst werd ich verrückt von den vielen Karos.

„Ich glaub, er ist stinksauer auf mich, obwohl ich gerade das vermeiden wollte", sagt sie bedrückt. „Er hat die Rosen wutschnaubend in die Mülltonne gestopft und mir vorgeworfen, ich hätte ihn wochenlang verarscht." Sie schweigt eine Weile, dann antwortet sie: „Ach was, Unsinn, er ist nicht handgreiflich geworden."

Als sie mit dem Telefonat fertig ist, steht sie auf, bringt den Becher zurück in die Küche, öffnet die Terrassentür und ruft mich. Ich schalte auf stur, sie ruft mich nochmal, und ich muss an die Rabatten denken. Mit einem Satz springe ich von der Couch, rase durchs Wohnzimmer und zische durch die Küche an Nele vorbei ins Freie.

Angenehm kühle Nachtluft empfängt mich, sie strömt in meine Lungen und klärt mein Gemüt. Ich stürz mich kopfüber in die Blumenbeete, und da sind sie auch schon: Jede Menge kleine, feine, köstliche Salami-Quadrate. Gesegnet sei Oma Tine!

10

Vormittags putzt Traute im ganzen Haus die Fenster und am Nachmittag schau ich mit Eduard einen alten Wild-West-Film an. Statt eines Tigers erlege ich einen Eisbären. Wir gehen wiederum im Schönewald spazieren, weil der ja so praktisch auf dem Nachhauseweg gelegen ist. Dieser Tag ist an Langeweile und Ereignislosigkeit nicht zu überbieten. Der Abend verläuft jedoch glücklicherweise anders als gestern, denn Nele bleibt zu Hause. Wir wollen früh zu Bett gehen, sagt sie.

Zum ungezählten Male schaut sie sich den Pferdehof der Familie Klockgeter im tragbaren Computer an. Sie berechnet die Fahrtzeit und als sie den Kasten zuklappt und zur Fernbedienung des Fernsehers greift, klingelt und klopft es gleichzeitig. Helles Lachen dringt durch die Türritzen. Ich rieche und höre, wer da kommt, presche los und bin um einiges schneller an der Tür als Nele.

Tine und Heinz spazieren Arm in Arm ins Wohnzimmer, sie haben eine Flasche Sekt und drei Gläser mitgebracht. Nele macht die Wohnungstür hinter ihnen zu und holt die beiden Stühle aus der Küche. Heinz macht derweil die Flasche auf und der Korken knallt fast bis unter die Zimmerdecke.

„Wir wollen mit dir anstoßen", sagt Oma Tine feierlich.

„Oh, und was verschafft mir die Ehre?", will Nele wissen.

„Heinz und ich sind jetzt offiziell ein Paar", erklärt sie stolz.

Nele kichert. „Ich hab mir sowieso schon sowas gedacht, das sieht doch jeder Blinde, wie verliebt ihr seid."

„Schon – aber ab heute ist's offiziell", beharrt Tine.

Heinz hat eingeschenkt und verteilt die Gläser. „Deine Nachbarin und dein Nachbar haben sich soeben verlobt", erklärt er grinsend.

„Was, ehrlich?", ruft Nele aus. „Na, da graturlier ich euch ganz herzlich!"

Sie umarmt die beiden, dabei schwappt ein bisschen Sekt aus den Gläsern, aber das stört sie nicht. Die drei stoßen an und trinken, und dann, während Nele und Tine angeregt miteinander plaudern, dreht sich Heinz zu mir um und steckt mir unauffällig einen Hundekeks zu.

Tine setzt sich auf einen der Stühle und macht jetzt ein unglückliches Gesicht. „Ich hab heute Nachricht gekriegt, dass ich am Mittwoch nach Bad Wildungen muss", sagt sie. „Für mindestens vier Wochen! Eigentlich wollten wir ja noch mit der Verlobung warten. Aber weil ich am Mittwoch schon weg muss…"

„Das hört sich an, als hättest du einen Einberufungsbefehl bekommen und müsstest in den Krieg ziehen", meint Nele belustigt.

„So ähnlich kommt mir das auch vor", jammert Tine. „Ich war noch nie gerne von zu Hause weg, und jetzt, wo Heinz und ich uns gefunden haben, erst recht nicht."

Heinz setzt sich neben sie und umschließt ihre

kleine, schmale Hand mit seiner Pranke. „Deswegen haben wir die Verlobung vorgezogen. Hat sich heute ganz spontan ergeben", sagt er.

„Heinz hat mir einen großen Strauß Orchideen geschenkt. Und wenn ich aus Bad Wildungen zurück bin, suchen wir uns schöne Ringe aus." Jetzt strahlt Tine wieder über beide Wangen.

Nele kommt zu mir aufs Sofa, ich klettere auf ihren Schoß und betrachte das händchenhaltende Paar. Die beiden wirken so verliebt und glücklich, dass mir ganz warm ums Herz wird. Heinz schenkt die Gläser nochmal voll, ohne Tines Hand loszulassen, und sie prosten sich zu.

„Wir haben euch beiden so viel zu verdanken!", sagt er. Seine Stimme klingt belegt. „Wenn Napoleon nicht so klug gehandelt hätte…" Er bricht ab.

„Dann würd ich jetzt hier wohl nicht sitzen", vollendet Tine den Satz. „Und wir beide hätten nicht zueinander gefunden. Obwohl wir nur zwei Häuser voneinander entfernt wohnen."

Nele krault meinen Kopf. Ich stupse unter ihre Hand und lenke sie geschickt zu meiner Lieblingsstelle.

„Es ist wie ein Wunder", setzt Heinz erneut an. „Ein Wunder und ein Segen und ein großes Glück zugleich. Niemals hätte ich gedacht, dass ich sowas Schönes noch erleben würde."

Er stellt sein Glas auf dem Tisch ab, gibt Tine einen Kuss auf die Wange und dann richtet er sich gerade auf dem Stuhl auf. „Ich war schon einmal verheiratet", eröffnet er Nele.

„Ich auch. Ist aber nicht gut gegangen, wir waren zu jung", merkt Tine an.

Heinz' Blick haftet weiterhin auf Nele. „Meine Frau ist mir weggelaufen. Sie hatte die Faxen dicke, weil ich so viel gearbeitet hab."

Nele nickt. „Tine hat mir davon erzählt. Und auch, dass du bei der Polizei warst und dort entlassen wurdest."

„Ich wollte niemanden mehr sehen", fährt er verdrossen fort. „Ich war so unsagbar enttäuscht von den Menschen, die mir nahegestanden hatten, und mir von jetzt auf gleich den Rücken kehrten. Erst meine Frau und dann meine Kollegen. Ich hatte kein Vertrauen mehr, fühlte mich verraten und deswegen hab ich mich regelrecht vor der Welt versteckt. Wenn man das eine Weile macht, dann ist's schwer, aus eigener Kraft wieder in ein normales Leben zurückzufinden."

Das ist ja 'n Ding. Heinz hatte Angst vor die Tür zu gehen, weil er sich vor anderen Menschen gefürchtet hat, und wir hatten Angst vor Heinz.

„Du brauchst dich nicht zu rechtfertigen und du brauchst auch nichts zu erklären", erwidert Nele.

„Doch, das ist mir wichtig", beharrt er. „Du hast dich doch bestimmt über deinen Übernachbarn gewundert, der sein Haus nie bei Tageslicht verlassen hat."

Nele grinst. „Gewundert ist gut! Ich hab mich vor dir gegruselt. Deinetwegen mochte ich abends nicht mehr die Straße entlanggehen."

„Ach herrje, ist das wahr?", ruft er aus. „Das ist mir aber unangenehm."

So leicht kann man sich in jemandem täuschen, und ihm damit Unrecht tun. Zum Glück hat Nele ihm nicht erzählt, dass wir ihn für einen Zombie gehalten haben.

„Papperlapapp", fährt Tine dazwischen. „Was gewesen ist, das ist gewesen! Wir haben doch alle an unserer Vergangenheit zu knabbern, der eine mehr und der andere weniger."

Nele lenkt das Gespräch in eine andere Richtung. „Wann soll denn die große Hochzeitsfeier stattfinden?", erkundigt sie sich grinsend.

„Das Datum steht noch nicht fest, aber wir sagen dir rechtzeitig Bescheid", verspricht Tine. „Ihr beide sollt nämlich unsere Trauzeugen sein."

Heinz nickt bekräftigend.

„Ich bin mir nicht sicher, ob ein Hund als Trauzeuge zugelassen ist", meint Nele schmunzelnd. „Aber er wird auf jeden Fall dabei sein, nicht wahr, Napoleon?" Sie gibt mir einen Kuss oben auf den Kopf, dorthin, wo mein Fell ganz glatt und weich ist. Das macht sie manchmal, wenn sie mir zeigen will, wie doll sie mich lieb hat.

Das Telefon klingelt, Nele schaut auf den Apparat und anstatt dranzugehen, stellt sie den Ton aus. Sie macht ein mürrisches Gesicht dabei.

„Der Ärmste", kommentiert Tine kichernd. „Da will er dir seine Liebe gestehen und du drehst ihm den Saft ab."

Nele brummt unwillig. „Du bist ziemlich nah dran",

entgegnet sie. „Das war Udo. Ich hab gestern mit ihm Schluss gemacht."

„Dann ist er wohl nicht der Richtige", schlussfolgert Tine.

„Das sieht er aber leider anders", meint Nele.

Heinz schenkt nochmal ein, die Flasche ist jetzt leer, und als sie die Gläser ausgetrunken haben, verabschieden sich die beiden. Sie gehen Arm in Arm, genauso wie sie gekommen sind.

Nele räumt die Gläser und die Stühle weg, ich verschwinde in den Garten und sie ins Bad, und dann gehen wir ins Bett. Sie liest ein paar Seiten, legt das Buch auf den Nachtschrank und macht gähnend das Licht aus.

Wir haben schon ein Weilchen geschlafen, als wir von einem dumpfen Klopfen an unser Fenster geweckt werden. Ich spring auf und schlag Alarm. Noch nie hat's mitten in der Nacht bei uns im Schlafzimmer geklopft! Auch Nele schnellt in die Höhe, sie schaltet das Licht ein, zieht die Bettdecke bis zum Kinn hoch und lauscht angestrengt. Sie hat mindestens genauso viel Angst wie ich. Es klopft wieder, und jetzt rieche ich, wer da draußen steht. Ich knurre grollend. Was hat Udo mitten in der Nacht bei uns am Fenster verloren?

„Nele! Zuckerstückchen!", ruft er. „Ich muss mit dir reden!"

Sie stöhnt auf, schaut auf den Wecker, flucht, lässt die Decke sinken und steigt aus dem Bett. Mit einem groben *Ritsch* schiebt sie den Vorhang beiseite, legt den Griff um und kippt das Fenster auf.

„Was willst du, verdammt nochmal?", schnauzt sie.

„Ich hab den ganzen Abend versucht, dich anzurufen. Du bist nicht drangegangen", beschwert er sich. „Nele, Zuckerstückchen, bitte! Lass mich rein, nur ganz kurz!"

„Nein, Udo. Es ist ein Uhr in der Nacht! Fahr nach Hause und leg dich ins Bett." Sie will das Fenster wieder schließen, aber er steckt seine Hand durch den Spalt.

„Ich kann nicht ohne dich leben", schluchzt er. Seine langen Finger krümmen sich, als wolle er nach ihr greifen.

„Das stimmt nicht, und das weißt du. Du hast doch auch gelebt, bevor wir uns wiedergetroffen haben. Nun nimm deine Hand da raus und geh!"

Er jault auf. „Wie kannst du nur so hart sein? Du tust nur so, nicht wahr? In Wirklichkeit liebst du mich, aber du willst es dir nicht eingestehen."

Nele atmet hörbar aus. „Udo, ich zähl jetzt bis drei. Wenn du bis dahin deine Hand nicht weggezogen hast, wird sie dir sehr wehtun. Ich mach nämlich das Fenster zu. Eins…, zwei…, dr…"

„Aber Zuckerst…" Plötzlich schreit er vor Schmerz, Nele kippt das Fenster nochmal auf, und jetzt zieht er seine Hand raus. Heulend beteuert er: „Aber ich liebe dich doch…"

„Verdammter Idiot!", schimpft sie und schließt das Fenster.

Sie zieht den Vorhang zu und kommt zurück ins Bett. „So viel zum Thema in Frieden und Freundschaft auseinandergehen", knurrt sie, und macht das Licht aus.

Udo klopft noch ein paarmal, dann ist er weg. Ich roll mich zusammen, aber ich kann nicht einschlafen. Es ist eine sternenklare Nacht und der Mond leuchtet so hell ins Schlafzimmer, dass die Umrisse der Möbel erkennbar sind. Nele wälzt sich hin und her, flucht, weil sie nicht schlafen kann, und schaltet das Licht wieder ein. Sie liest eine Zeitlang, und macht das Licht wieder aus, aber sie kommt nicht zur Ruhe. Schließlich steht sie auf und stapft in die Küche. Ich hör, wie sie den Wasserkocher füllt und mit Geschirr klappert.

Offenbar bin ich doch noch eingeschlafen, denn als ich wach werde, hat ein neuer Tag angefangen. Morgenlicht bricht durch die Vorhänge, Nele ist am Kleiderschrank zugange. Sie zieht sich saubere Jeans und einen weichen Pulli an. Ihre Haare sind noch feucht vom Duschen und ihr Gesicht glänzt von der Creme, mit der sie sich morgens immer einschmiert.

Ich gähne herzhaft und recke und strecke mich.

„Es ist erst fünf", sagt Nele. „Aber ich konnte nicht mehr schlafen. Ist auch noch viel zu früh, um zum Pferdehof zu fahren, der Termin ist ja erst um elf." Sie zieht die Vorhänge beiseite und ich seh die Sonne wie einen Feuerball am Himmel aufgehen.

Sie schaut durchs Fenster, dann wendet sie sich abrupt zu mir um. „Hey, was hältst du von einem Frühmorgen-Spaziergang in Wiesmoor? Wär das nicht toll? Live dabei sein, wenn die Natur erwacht? Heute ist genau der richtige Tag dafür!"

Ich bin begeistert, nein, mehr als das, ich bin völlig von der Rolle. Das ist ein Tagesbeginn nach meinem

Geschmack! Ich spring vom Bett und lauf im Zickzack durch Neles Beine, dreh mich im Kreis, renn zur Tür und wieder zurück. Nele lacht.

„Du musst dich noch einen Moment gedulden. Ich föhn noch eben meine Haare trocken."

Ich leg den Kopf schief. Eben Haare föhnen kenn ich. Das kann eine Ewigkeit dauern.

„Keine Sorge, ich beeil mich", verspricht sie lächelnd. Sie verschwindet im Bad, hantiert mit dem Föhn rum und erscheint schon wenig später wieder im Flur. Sie hat sich wirklich beeilt, ihre Haare sind noch gar nicht ganz trocken, sie hat sie zum Pferdeschwanz zusammengefasst. Nun zieht sie eine Jacke an, sieht, dass ich die Leine schon geholt hab, befestigt sie an meinem Halsband und wir brechen auf.

Nur vereinzelte Autos sind unterwegs, außerdem ein Radfahrer und ein Mann, der die Zeitungen austrägt. Die meisten Ampeln sind ausgeschaltet, wir fahren in ruhigem, gleichmäßigem Tempo raus aus der Stadt, der Sonne entgegen. Als wir auf der schmalen, holprigen Straße in Wiesmoor sind, kreuzt ein Kaninchen unseren Weg, es rennt vor uns her und verschwindet im Busch. Auf den Wiesen zu beiden Seiten der Straße steigt Nebel auf, die Sonnenstrahlen brechen hindurch und lassen das feuchte Gras wie ein Meer aus Sternen glitzern.

„Guck dir das an, ist das nicht atemberaubend?", sagt Nele andächtig, fährt auf den Randstreifen und stellt den Motor aus.

Das Gezwitscher der Vögel empfängt uns, aber

gleichzeitig ist es so still, als würde die Erde noch schlafen. Die Luft ist süß und satt und würzig. Nele schaut sich staunend um, sie atmet tief, hält inne. Gewiss spürt auch sie den Zauber, der an diesem Morgen über dem Land liegt.

Wir gehen die Runde heute mal wieder andersrum und folgen der Straße, wir gehen langsam und nahezu geräuschlos. Nele bleibt immer wieder stehen und schaut, denn in jedem Augenblick erscheint die Natur in einem anderen Licht. Jeder Moment ist einzigartig und man kann ihn nur dann wirklich wahrnehmen, wenn man anhält. Ich bin an der Leine, aber ausnahmsweise macht mir das gar nichts aus. Dies ist nicht der richtige Zeitpunkt zum Rennen und Toben.

Wo eben noch dichter Nebel war, tauchen jetzt ein paar Rehe im weißen Sonnenlicht auf. Sie frühstücken gerade, und obwohl eines den Kopf hebt und zu uns rüber schaut, laufen sie nicht weg.

Das Gehöft rückt in unser Blickfeld, wir gehen am Zaun der Pferdeweide entlang. Das alte Obelix-Pferd erscheint im sich lichtenden Nebel, es wirft den Kopf zu uns herum und schnaubt kräftig. Auf einmal spüre ich, dass etwas anders ist als sonst. Mein Nackenfell stellt sich auf, noch bevor ich weiß, was der Grund dafür ist. Und dann rieche ich es: Blut.

Nele schaut lächelnd auf das Pferd, lässt ihren Blick im Weitergehen über die taubedeckte Wiese schweifen und bleibt plötzlich wie erstarrt stehen. Sie hält den Atem an, schaut, schaut nochmal rüber auf die Weide, und dann schreit sie auf. Sie schreit ihre Verzweiflung, ihre Wut und ihre Trauer hinaus, rennt die Einfahrt runter, und plötzlich bleibt sie nochmal kurz stehen, als wäre es möglich, dass sie sich vielleicht doch getäuscht hat.

Das Gras am Seitenrand der Einfahrt ist niedriger und nun kann auch ich sehen, was passiert ist: Das schwarze Pferd liegt bewegungslos auf dem Boden, in seinem Bauch ist eine große klaffende Wunde. Das rosafarbene Fleisch, die heraushängenden Gedärme und all das Blut werden von einem Sonnenstrahl wie von einem Scheinwerfer angeleuchtet.

Wir erreichen den Innenhof, und Nele ruft nach Rob. Auf dem Hof ist alles ist ruhig, auch Pebbels ist nirgendwo zu hören oder zu sehen. Sie stürzt zur Hintertür, rüttelt an der Klinke und hämmert mit den Fäusten gegen das Holz.

„ROOOBBBB!", brüllt sie. Tränen stürzen wie Bäche ihre Wangen hinunter. Endlich ertönt von drinnen ein Geräusch.

„Einen Moment!", erklingt es dumpf hinter der Tür, der Schlüssel wird gedreht und Rob erscheint. Seine langen Haare sind zerzaust und er hat nur eine Unterhose an.

„Rob! Die Stute… Santana…", stammelt Nele.

Sie kann nicht weitersprechen, weil sie so sehr weint. Mit zitternden Fingern zeigt sie nach nebenan zur Weide. Rob wird blass, als ahne er, was passiert ist. Er tritt aus der Tür, schaut in die Richtung, in die Nele zeigt, stößt einen Schreckenslaut aus und läuft los. Er läuft barfuß über die fiesen, kleinen Schottersteine, überquert die gepflasterte Fläche, taucht unterm Zaun durch und watet durch das Gras zu dem schwarzen Pferd. Nele will ihm hinterher, macht einen Schritt, schwankt und wäre beinah hingefallen. Sie hält sich an der Hauswand fest und schnappt nach Luft.

Rob lässt sich auf die Knie fallen, legt sein Ohr an die Nase des Tieres, verharrt, springt wieder auf die Füße, streicht mit beiden Händen vorsichtig über seine Rippen, verharrt wieder, und geht zurück zu seinem Kopf. In stiller Verzweiflung lässt er seine Schultern fallen, wiederum sinkt er auf die Knie. Er spricht leise Worte zu der toten Stute, dann lässt er seine Hände sanft über ihre Augenlider gleiten, erhebt sich und wendet sich ab.

Mit langsamen Schritten überquert er die Weide. Das Obelix-Pferd, das sich abseits gehalten hatte, setzt sich jetzt in Bewegung, es folgt ihm, geht so dicht hinter ihm, dass es ihm fast auf die Fersen tritt. Rob tätschelt seinen Hals, dann öffnet er das Tor und geht hindurch. Das Pferd scharrt unruhig mit den Vorderhufen, es lehnt sich über das Gatter und wiehert dunkel.

Nele stößt sich von der Hauswand ab, und wir gehen Rob entgegen.

„Es tut mir so leid", flüstert sie unter Tränen.

„Wenn ich den Scheißkerl in die Finger kriege, bring ich ihn um!"

Zoe erscheint in der Tür. Sie trägt ein rosafarbenes Sportdress und schneeweiße Turnschuhe. Ihr blondes Haar ist zu einem Zopf geflochten. Als sie uns erblickt, zieht sie die Augenbrauen hoch.

„Ich hab Geräusche gehört. Ist was?", erkundigt sie sich.

Rob lässt Nele stehen und eilt zu Zoe. Er will sie in den Arm nehmen, aber sie springt zurück. „Iiihh, ist das etwa Blut da an deinen Fingern?" Sie schüttelt sich angewidert. „Warum läufst du hier draußen in Unterhose rum? Und was will *sie* hier?", fragt sie mit Blick in unsere Richtung.

Er guckt kurz auf seine blutbeschmierten Finger, dann schaut er wieder Zoe an. „Santana ist tot", sagt er mit belegter Stimme.

Zoe schreit gellend auf. „Nein! Nein! Sag, dass das nicht wahr ist! Nicht Santana!"

Sie stürzt aus dem Haus, rennt an uns vorbei zur Wiese, bleibt am Zaun stehen, sieht das schwarze Pferd in der Morgensonne liegen, und bricht in Tränen aus. Rob geht zu ihr, er will sie trösten, aber sie will nicht von ihm berührt werden.

„Hast du den Tierarzt angerufen?", schluchzt sie.

„Santana braucht keinen Tierarzt mehr", erwidert er mit brüchiger Stimme.

Sie wirbelt herum und funkelt ihn an, während die Tränen weiter über ihr Gesicht laufen. „Ach nein? Woher willst denn du das wissen?", kreischt sie und läuft ins Haus.

Rob wirft Nele einen verzweifelten Blick zu. „Ich werd mal nach ihr sehen", murmelt er. „Und die Polizei anrufen."

„Mach das. Und ich verschwinde jetzt besser", krächzt sie.

„Nein, bitte bleib! Ich... äh… Scheiße!" Er sucht nach Worten, und weil ihm nicht die richtigen einfallen, sagt er: „Die Polizei will bestimmt mit dir sprechen." Er verschwindet im Haus.

Neles Knie geben nach, sie schaut sich nach einer Sitzmöglichkeit um. Die alten Klappstühle sind nicht mehr da. Unter den Bäumen nahe der Weidepforte, dort wo Rob sie bei unserem letzten Besuch hingestellt hatte, hängt Wäsche an einer Leine.

Auf wackligen Beinen geht Nele in Richtung Scheune und hockt sich an deren Seitenwand auf einen Baumstumpf. Sie stützt den Kopf in die Hände und schließt die Augen. Ich setze mich auf ihren Schuh und lehne meinen Rücken an ihr Bein. So verharren wir bewegungslos, bis ein großer Wagen in die Einfahrt biegt und auf dem Innenhof zum Stehen kommt. Ein bulliger Mann in hohen schwarzen Gummistiefeln wirft die Fahrertür zu und geht mit langen Schritten zum Wohnhaus. Er hat eine schwarze, unförmige Ledertasche dabei, die bei jedem Schritt gegen sein Knie schlägt. Ich kann Tierärzte schon von weitem riechen, und bin mir sicher, das ist einer.

Zoe stürmt ihm entgegen und im selben Moment fährt das nächste Auto auf den Hof. Zwei Polizisten steigen aus. Sie gehen die paar Schritte zu Zoe und dem Tierarzt, die vier beraten sich kurz, Zoe schluchzt laut auf und schüttelt den Kopf. Die drei Männer gehen durch die Pforte auf die Weide, Zoe bleibt davor stehen und schaut ihnen hinterher. Das Obelix-Pferd kommt erst neugierig näher, dann erschrickt es vor den

Männern und galoppiert davon. Die Gruppe hat jetzt die Stute erreicht, der Tierarzt holt irgendwas aus seiner Tasche, ich kann das nicht richtig erkennen, weil einer der Polizisten davor steht. Kurz darauf schüttelt der Tierarzt den Kopf, steht auf und klappt seine Tasche zu.

Er redet gestikulierend auf die Polizisten ein und zeigt mit dem ausgestreckten Arm auf das Pferd zu seinen Füßen. Einer der Polizisten schreibt eifrig auf einen Block, der andere macht Fotos. Inzwischen ist auch Rob wieder draußen, er hat sich Jeans, T-Shirt und Schuhe angezogen. Er stellt sich neben Zoe, spricht mit ihr und geht dann auf die Wiese. In diesem Augenblick verlassen die drei Männer das tote Pferd und kommen zurück. Rob hält ihnen das Tor auf. Sie geben ihm die Hand zur Begrüßung, dann gehen sie hindurch und Rob schließt es wieder.

Das Obelix-Pferd donnert wiehernd über die Weide, schlägt einen Haken und kommt zurück zum Tor. Es prustet laut, scharrt mit den Hufen und galoppiert wieder los.

„Sie sollten den Wallach in die Box bringen, damit er sich beruhigen kann", rät der Tierarzt. „Sonst bricht er sich noch die Gräten, er ist ja nicht mehr der Jüngste."

„Okay, mach ich", sagt Rob bereitwillig, doch Zoe kommt ihm zuvor.

„*Du* lässt die Finger von meinem Pferd", keift sie.

Die Polizisten werfen sich einen kurzen Blick zu. Sie geht zu einem der Nebengebäude, holt einen Strick und stapft wiederum an der Gruppe vorbei zum Weidetor. Sie hat die Tür des Gebäudes offen gelassen, und jetzt taucht Pebbels auf. Er sieht verschlafen aus, schaut sich verwundert um, schüttelt das Stroh aus seinem Pelz und kommt gemächlich zu uns rüber.

Während Zoe das Obelix-Pferd einfängt, holt der eine Polizist seinen Notizblock hervor und spricht mit dem Tierarzt. Der andere Polizist nimmt Rob an die Seite und fragt ihn etwas, und daraufhin zeigt Rob in unsere Richtung. Sie kommen näher und als sie bei uns angekommen sind, hebt Nele den Kopf. Ihr Gesicht ist schneeweiß und ihre Augen sind rot gerändert.

Pebbels begrüßt erst Rob, schnüffelt an den Schuhen des Polizisten und stupst Nele an. Er schüttelt sich nochmal, als müsse er den Rest Schlaf vertreiben, und dann schiebt er seine Nase unter meine Brust und verpasst mir einen kräftigen Schubs. Das soll eine Aufforderung zum Spielen sein, und sie reißt mich fast von den Pfoten. Begeistert renn ich einmal um ihn herum und tauche unter seinem Bauch durch. Dabei wickelt sich meine Leine um Pebbels Hinterbeine und verheddert sich in seinem zottigen Fell.

Nele steht vom Baumstumpf auf und bückt sich, sie macht die Leine von meinem Halsband ab und befreit auch Pebbels. Sofort flitz ich los, und er nimmt die Verfolgung auf. Fast gleichzeitig entern wir das Nebengebäude, Pebbels überholt mich und will mich um einen Holzstapel jagen, aber ich bin neugierig auf sein Nachtlager. Das besteht aus einer dicken Schicht plattgelegenem Stroh und einer muffigen Decke. Herausfordernd wälz ich mich im Stroh, krabble unter die Decke, robbe durch die miefige Dunkelheit und komm auf der anderen Seite wieder raus. Pebbels bellt begeistert, aber nach nur wenigen Belllauten ist er heiser.

Abenteuerlustig streifen wir durch das Gebäude, spielen Kriegen rund um einen alten Kleiderschrank und finden einen kaputten Lederfußball und einen echten Knochen. Nele gibt mir nie echte Knochen mit Fleisch dran. Ich krieg nur die in Folie verpackten von Zoomaxx, die angeblich aus Büffelhaut bestehen sollen, aber nach Plastik schmecken. Während Pebbels den schlappen Fußball durch die Luft schleudert, stürze ich mich begeistert auf den Knochen. Er ist zwar alt, vertrocknet und das Fleisch ist längst abgenagt, aber trotzdem will ich unbedingt darauf herumkauen. Weil er für große Hunde wie Pebbels gemacht ist, gestaltet sich das ganz schön schwierig.

Ich geb nicht auf und müh mich ab mit dem sperrigen Ding, und hab einen Heidenspaß dabei. Pebbels, der nach einer Weile keine Lust mehr zum Fußballschleudern hat, latscht rüber zu seinem Strohlager, haut sich hin und kratzt sich ausgiebig. Als er damit fertig ist, legt er seinen Kopf auf die Pfoten und schaut mir durch seinen Fransenvorhang zu. Ich hätte mich noch eine Ewigkeit mit dem Knochen amüsieren können, doch auf dem Hof ist es laut geworden. Zoe schreit und jetzt schreit auch Nele.

Ich lass den Knochen liegen und geh nachschauen. Was ich sehe, verwirrt mich, und ich kratz automatisch mit meinem Hinterfuß meinen Bauch. Einer der Polizisten hat Rob am Arm gefasst und hilft ihm, hinten in das Polizeiauto einzusteigen. Nele versucht erfolglos, das zu verhindern. Der Polizist ermahnt sie, dann steigt er ebenfalls ein und schlägt die Tür zu.

Nun stürzt sie auf den anderen Polizisten zu, der eine große, durchsichtige Tüte, in der sich etwas befindet, das nach einem Kleidungsstück aussieht, in den Kofferraum legt. „Sie dürfen Rob nicht verhaften! Er würde niemals..."

„Beruhigen Sie sich, junge Dame!", entgegnet er streng. „Gehen Sie aus dem Weg und lassen Sie uns unsere Arbeit machen." Er schließt den Kofferraum, geht nach vorn, setzt sich hinters Steuer und fährt los.

Zoe schaut dem Polizeiwagen mit in die Hüften gestützten Händen und verkniffener Miene hinterher.

„Bist du jetzt zufrieden?", faucht Nele sie an. „Du spinnst doch! Wie kannst du nur behaupten, dass Rob dein Pferd getötet hat?!"

„Was weißt du denn schon über Rob, hä? Gar nichts weißt du!", keift Zoe.

„Ich weiß, dass er Tiere liebt", erwidert Nele.

„Ach, wie entzückend, ihr sprecht über Liebe", zischt sie und setzt ein falsches Lächeln auf. Für einen Moment hat es den Anschein, als wolle sie Nele ins Gesicht spucken. „Hau ab! Verschwinde, und lass dich hier nie wieder blicken!"

„Ich hoffe, du verschmorst in der Hölle", knurrt Nele, klopft an ihren Oberschenkel und ich bin sofort neben ihr.

Als wir die Einfahrt entlang gehen, schau ich rüber zur Weide und sehe, dass der tote Pferdeleib mit einer dunklen Plane bedeckt ist. Die Plane ist nicht groß genug, ein Hinterhuf schaut darunter hervor. Nele guckt stur geradeaus, sie beißt die Zähne fest aufeinander. Erst als wir die Einfahrt hinter uns gelassen haben und auf die Straße abgebogen sind, lässt sie ihren Tränen freien Lauf.

Sie weint während der gesamten Fahrt nach Hause und ich bin froh, dass nur wenige andere Autos auf der Straße sind. Im Treppenhaus kommen uns Oma Tine und Heinz entgegen. Sie sehen glücklich aus.

„Guten Morgen, ihr beiden!", ruft Tine überrascht. „Ich dachte, ihr wärt unterwegs zur Hofbesichtigung."

Nele hebt den Kopf und nun sieht Tine, dass sie weint. „Kind, was ist denn los?", fragt sie erschrocken, lässt Heinz' Hand los und nimmt sie in den Arm. „Was ist denn bloß passiert?"

Nele kann nicht antworten, sie weint, ihre Lippen beben, ihre Knie zittern.

„Heinz, ruf im Café Stürmer an und sag das Frühstück ab!", ordnet Tine an, nimmt Nele den Schlüsselbund aus der Hand und schließt unsere Wohnungstür auf. Wir gehen hinein, Nele wankt zum Sofa und lässt sich darauf fallen, Tine hockt sich neben sie und streichelt ihre Hand. Ich setz mich still zu ihren Füßen und halte mich bereit für den Fall, dass sie mich braucht. Heinz holt einen Stuhl aus der Küche, damit er auch einen Sitzplatz hat.

Nele schnäuzt sich die Nase. Zwischen den Schluchzern erzählt sie, was geschehen ist. Zoes Pferd wurde vom Pferdeschänder getötet, berichtet sie, und da horche ich alarmiert auf. Pferdeschänder? Der Pferdeschänder hat auch das Happy-Pferd verletzt. Und wer das Happy-Pferd verletzt hat, das weiß ich: Das war Udo.

Heinz hört konzentriert zu. Ich glaube, er hat gerne als Polizist gearbeitet. Er sitzt mit vorgebeugtem Oberkörper da, hat die Ellenbogen auf die Knie gestützt und die Hände verschränkt.

„Die Polizisten haben Robs Latzhose in der Mülltonne gefunden. Sie war voller Blut."

„Blut? Vom toten Pferd vermutlich. Der Täter wird sein Messer darin gesäubert haben."

„Da hing Wäsche an der Leine, gleich neben der Pferdekoppel. Die Latzhose hätte dort auch hängen müssen, sagt Rob. Aber sie war in der Mülltonne", stammelt Nele. „Und Zoe hat den Polizisten erzählt, dass er Blut an den Händen hatte, und dass sie gestern Abend Streit gehabt hätten. Sie behauptet doch tatsächlich, dass Rob ihr Pferd erstochen hat und sich damit an ihr rächen will!" Sie ist immer noch fassungslos.

„Moment mal!", ruft Heinz aufgebracht. „Wie konnten die Kollegen die Hose denn überhaupt finden? Sie hatten doch gar keine Durchsuchungsanordnung!"

„Nein", räumt Nele ein. „Sie haben sie nur durch Zufall gefunden. Zoe hat die Mülltonne aufgemacht, um ihr Taschentuch reinzuwerfen, und da lag die Latzhose obenauf. Sie hat aufgeschrien, weil sie sich vor Blut ekelt, und hat sie den Polizisten gezeigt, und die haben die Hose in eine Tüte verpackt und zur Untersuchung mitgenommen."

Heinz wiegt nachdenklich den Kopf.

„Und nachdem sie die Hose gefunden hat, hat sie Rob die ganze Sache in die Schuhe geschoben. Je mehr die Polizisten sie fragten, umso mehr hat sie sich in ihren Verdacht reingesteigert, und am Ende schien sie wirklich überzeugt zu sein, dass er ihr Pferd getötet hat. Und daraufhin haben sie ihn verhaftet."

„Sie haben ihn nicht verhaftet, sondern allenfalls vorläufig festgenommen", korrigiert Heinz. Er räuspert sich. „Bitte nimm mir die Frage nicht übel, aber bist du wirklich überzeugt, dass dein Bekannter unschuldig ist?"

„Rob würde sowas niemals tun", versichert Nele. „Niemals."

„Hhmm", macht Heinz und streicht über seine Wangen, wo früher sein wilder Bart war. „Dann sollten wir ihm helfen, möglichst schnell aus der Sache rauszukommen."

„Er tut mir so leid", murmelt Nele, und wiederum schwimmen ihre Augen in Tränen. „Und ich hab Angst um ihn."

Tine guckt ihr forschend ins Gesicht. „Ich glaub, du bist in ihn verliebt", stellt sie fest.

„Unsinn!", erwidert Nele unwirsch. „Ich mag ihn nur."

Tine lässt sich nicht beirren. Sie ahnt, was ich schon seit einer Weile weiß.

„Wir sollten keine Zeit verlieren, und sofort loslegen", meint Heinz.

„Ich bin bereit. Womit fangen wir an?" Tine

klatscht unternehmungslustig in die Hände.

Heinz lächelt sie liebevoll an. „Würdest du uns bitte ein schönes Frühstück zubereiten? Damit wir Kraft haben für diesen Tag."

„Das mach ich gerne", entgegnet sie, streichelt noch einmal über Neles Hand, anschließend über meinen Kopf und erhebt sich vom Sofa. Sie gibt Heinz einen schmatzenden Kuss auf den Mund und verlässt mit leichten Schritten das Wohnzimmer.

„Hast du was zu schreiben da?", fragt Heinz. „Ich möchte, dass du mir alles erzählst, was du über den Pferdeschänder weißt. Und außerdem will ich ganz genau wissen, was da heute auf dem Hof abgelaufen ist. Okay?"

Nele nickt. Sie holt Papier und Stift und beginnt beim grausigen Tod ihres Bonny-Pferds, dann berichtet sie von der getöteten Hannoveranerstute, die Elfentanz hieß, und vom Happy-Pferd. Alle hatten ähnliche Verletzungen am Bauch, deswegen glaubt sie, dass es derselbe Täter war. Heinz macht sich eifrig Notizen.

Sie spricht über den Pferdeschänder als wär er der große Unbekannte, und sie hat wirklich keine Ahnung, dass das Udo ist. Und wenn ich sie richtig verstanden habe, glaubt die Polizei, dass Rob der Pferdeschänder ist. Deswegen haben sie ihn mitgenommen. Ich scheine der einzige zu sein, der die Wahrheit kennt, außer Udo natürlich. Mannomann, was soll ich denn noch anstellen, damit sie mich versteht? Menschen sind manchmal wirklich schwer von Begriff.

Obwohl meine Pinkel-Aktion nicht von Erfolg

gekrönt war, so denk ich doch gern an den lustigen Anblick zurück, als Udo mit seinem feuchtwarmen Hosenbein durch unsere Wohnung gehüpft ist, und sich fürchterlich aufgeregt hat.

Wenn Nele und Heinz doch nur genauso gute Nasen hätten wie ich. Dann hätten sie das Rätsel längst gelöst.

Oh, ich hab eine Idee! Ich weiß, wie ich sie auf die richtige Spur bringe! Ich spring auf, tauch unterm Wohnzimmertisch und Heinz' Stuhl hindurch und trabe in den Flur. Die Tür zum Schlafzimmer ist nur angelehnt, ich stupse mit der Nase dagegen und sie schwingt auf. Unterm Schrank liegt das Udo-Kissen. Ich leg mich flach auf den Boden und robbe auf dem Bauch durch die Staubflusen, schubse einen Schuh beiseite, erreiche das Kissen, beiße hinein und zerre daran. Der Rückweg gestaltet sich noch mühseliger, aber ich gebe nicht auf und hab's schließlich geschafft. Nun muss ich es nur noch ins Wohnzimmer tragen.

Die beiden bemerken mich gar nicht. Sie sprechen über die tote schwarze Stute und über Rob und über Zoe. Ich belle, um sie auf mich aufmerksam zu machen, schnappe mir wieder das Kissen und lege es auf Neles Füße.

Sie guckt mich fragend an. „Was soll das denn?"

Ich belle wieder, kraftvoll und hell, damit sie begreift was ich meine.

„Na, hast du dein Schmusekissen geholt?", fragt mich Heinz in dem wohlmeinenden Tonfall, den die Menschen nur für kleine Kinder und niedliche Tiere benutzen. Schon im nächsten Augenblick guckt er wieder Nele an. „Du sagtest, dein Bekannter macht Nachtschichten."

Nele schaut auf. „Ja, er arbeitet als Maschinenschlosser. Seine Schichten dauern von zehn Uhr abends bis sechs Uhr morgens. Gestern war er aber nicht arbeiten, da hat er sich freigenommen."

„Schade", murmelt Heinz. „Sonst hätte er ein Alibi."

He! Was ist? War das alles? Das kann nicht euer Ernst sein!

Nun, dann muss ich wohl noch deutlicher werden. Ich schnappe mir das Kissen und schleudere es in die Luft so wie Pebbels das mit dem kaputten Fußball gemacht hat. Es fliegt hoch, landet auf meinem Rücken und kommt neben mir auf dem Teppich zu liegen. Niemand reagiert. Nächster Versuch: Ich belle Nele auffordernd an, schnapp mir nochmal das Kissen, wirble es herum und als es genug Schwung hat, lasse ich los. Es fliegt quer über den Wohnzimmertisch.

„Napoleon!", schimpft Nele. „Pfui ist das!" Sie guckt mich böse an und zwar so durchdringend, dass ich demütig die Augen niederschlage und die Ohren hängen lasse.

An Heinz gewandt sagt sie: „Entschuldige, er ist sonst nicht so ungezogen." Sie nimmt das Kissen von seinem Notizblock runter und legt es kurzerhand oben ins Bücherregal – und da komm ich beim besten Willen nicht dran. Ich setz mich vors Regal und kläffe hoch zum Kissen bis Nele der Kragen platzt und sie droht, mich wegzusperren. Ich bin mit meinen Ideen am Ende.

Tine kommt mit einem vollbeladenen Tablett rein.

Sie hat frische Brötchen vom Bäcker geholt und eine Wurst- und eine Gemüseplatte vorbereitet. Das Gemüse interessiert mich nicht, aber die Wurst und die Brötchen duften wirklich verführerisch. Weil aber Nele mit am Tisch ist, kann ich meinen Traum vom Glück begraben.

Als sie fertig gefrühstückt haben, reißt Heinz die vollgeschriebenen Seiten vom Notizblock ab und steht auf. Seine Schultern hängen herunter und er schaut unglücklich drein. Tine sieht ihn fragend an.

„Ich fahr jetzt ins Präsidium", sagt er.

„Zu deinen ehemaligen Kollegen?", erwidert Tine verblüfft.

Heinz nickt. „Ich werde herausfinden, wie weit sie mit den Ermittlungen sind und was sie gegen Neles Bekannten in der Hand haben."

Tines Kinn zittert. „Das willst du wirklich tun?", fragt sie mit belegter Stimme. „Du hattest dir doch geschworen, nie wieder ein Wort mit ihnen zu sprechen. Du wolltest ihnen *nie* wieder begegnen!"

Er seufzt geschlagen. „Ja, das ist wahr."

Plötzlich scheint ein Ruck durch seinen Körper zu gehen, er richtet sich zu voller Größe auf und strafft die Schultern. „Ich glaube, jetzt ist für mich der Zeitpunkt gekommen, die Vergangenheit zu begraben und nach vorne zu schauen."

Tine schießen die Tränen in die Augen. „Ach, Heinz! Das ist wunderbar. Das ist wirklich großartig!"

Die beiden umarmen sich. „Nicht weinen, mein Liebling", sagt er schmunzelnd und wischt mit dem Daumen eine Träne von Tines Wange weg. „Es sei denn, das sind Freudentränen." Er gibt ihr einen sanften Kuss auf die Stirn, und dann verlässt er unsere Wohnung.

Tine will Nele nicht allein lassen. Sie räumt das Frühstücksgeschirr vom Tisch und trägt das Tablett in die Küche. Ich folge ihr auf dem Fuße. Im Türrahmen drehe ich mich unauffällig um. Nele hat den Computer aufgeklappt und tippt konzentriert auf den Tasten herum. Sehr gut.

In der Küche stelle ich mich mitten auf Tines Laufweg zwischen Tisch und Spüle. Sie zwinkert mir zu, ich wackle in weiser Voraussicht mit dem Hinterteil und dann schmiert sie doch tatsächlich ein Brötchen für mich ganz allein. Sie macht das sehr liebevoll, verteilt die Butter gleichmäßig auf beiden Hälften und belegt sie mit Käse und Wurst. Danach ist sie eine Ewigkeit damit beschäftigt, aus den Brötchenhälften kleine Vierecke zu schneiden. Mir läuft indessen dermaßen die Spucke, dass ich andauernd schlucken muss.

Sie serviert mir die Köstlichkeit in meinem Futternapf, und ich kann mich nicht erinnern, dass der jemals so voll gewesen ist. Gierig falle ich darüber her, schlinge die Vierecke hinunter und habe sie in atemberaubender Geschwindigkeit verputzt. Zum Abschluss lecke ich den Napf blitzblank und suche den Fußboden nach Krümeln ab.

Sie macht das Geschirr sauber und dann trägt sie das Tablett nach oben in ihre Wohnung. Ich hopse ihr hinterher, die Treppenstufen hinauf, und das findet Tine so niedlich, dass sie mich mit ein paar Salamiquadraten aus ihrem Vorrat belohnt. Sie lässt das Tablett da, nimmt ihr Strickzeug mit und wir gehen wieder runter zu Nele.

Die ist immer noch über ihre Tasten gebeugt, sie schaut auf den Bildschirm und tippt wieder. Neben dem Computer liegen der Notizblock und der Stift, jetzt nimmt sie die Finger von den Tasten und schreibt etwas auf den Block. Tine setzt sich mit ihrem Strickzeug in die andere Ecke der Couch, so dass noch genug Platz für mich bleibt. Ich nehm Anlauf und spring aufs Polster. Mein voller Bauch zieht mich nieder. Kaum, dass ich liege, schlaf ich ein.

Ich wache vom Türklingeln auf. Tine springt vom Sofa, geht öffnen und Heinz kommt rein.

„Du warst lange weg, ich hab mir Sorgen gemacht", sagt sie.

Er gibt ihr einen Kuss auf die Wange. „Du brauchst dir um mich keine Sorgen zu machen", erwidert er schmunzelnd. „Ich bin ja schon groß."

Nele schaut ihm erwartungsvoll entgegen. „Was ist mit Rob? Hast du ihn gesehen? Wie geht es ihm?"

„Nein, ich hab ihn nicht gesehen", erwidert er bedauernd. „Er wird gerade vernommen, und ich hab keine Ahnung, was bisher dabei herausgekommen ist."

„Wollten deine ehemaligen Kollegen nicht mit dir reden?", erkundigt sich Tine anteilnehmend.

„Oh doch", erwidert er. „Sie haben sich sogar sehr gefreut, mich wiederzusehen. Das hätte ich nicht erwartet."

„Ach wie schön, das freut mich aber für dich!", ruft

Tine aus.

„Ein paar von den Alten sind inzwischen ebenfalls pensioniert und wurden durch neue Beamte ersetzt. Willi, mit dem ich jahrelang auf Streife war, ist noch da, und er hat mich gefragt, ob ich wieder mit zum Kegeln kommen will. Wir haben früher einmal im Monat zusammen gekegelt."

„Dann kannst du die Vergangenheit ja jetzt endgültig hinter dir lassen", meint Tine zufrieden. „Gut, dass du hingefahren bist."

Heinz nickt nachdrücklich. „Leider bin ich aber, was den Pferdeschänder angeht, nicht viel weiter gekommen." Er holt seine Notizen hervor und setzt sich auf den Stuhl. „Das Ermittlungsteam arbeitet mit Hochdruck…"

„Pfff", macht Nele. „Entschuldige, Heinz, aber so wie ich das seh, ist das genaue Gegenteil der Fall." Sie erzählt ihm von unserem Besuch bei Polizeiobermeister Christian. „Außerdem setzen sie auf die völlig falsche Fährte, indem sie Rob verdächtigen", ergänzt sie.

„Christian Zeisig?", vergewissert sich Heinz und als Nele nickt, sagt er: „Das ist wirklich ein Döskopf, keine Frage. Doch davon abgesehen konnte er zum Zeitpunkt, als du ihn aufgesucht hast, vermutlich wirklich nicht viel mehr sagen. Der letzte Fall eines getöteten Pferdes in unserer Umgebung liegt Jahre zurück, die Ermittlungen verliefen ohne nennenswertes Ergebnis und auch wenn die Akte nie ganz geschlossen wurde, so wurde sie doch beiseitegelegt. Das ist normaler Polizeialltag."

Nele schnaubt widerwillig. „Santana wäre noch am Leben, wenn die Polizei Happys Verletzung ernstgenommen hätte", ist sie überzeugt.

„Ich kann verstehen, dass du das vermutest. Vor allem deshalb, weil du selbst betroffen bist. Dein Pferd Bonny war ja das erste in der Reihe."

„Du sagst es." Nele schluckt. „Und dass der Täter in all den Jahren nicht zur Rechenschaft gezogen wurde, macht mich unglaublich wütend. Er bringt ein Pferd nach dem nächsten um und die Polizei unternimmt nichts."

„Das ist so nicht richtig. In allen Fällen ermittelt nicht nur das hiesige Team, sondern auch die überregionale Ermittlungsgruppe", erklärt er. „Mit allen bisherigen Taten des in Niedersachsen und Ostdeutschland als Pferderipper bezeichneten Täters oder eines seiner Nachahmer sind kompetente Leute betraut. Sie untersuchen auch unklare Tatbestände wie zum Beispiel bei Happy. Und sie nehmen ihre Arbeit sehr ernst."

„Okay", meint Nele wenig überzeugt. „Und wie weit sind sie mit ihren Untersuchungen?"

Heinz bittet Tine, ihm eine Tasse Kaffee zu machen, lehnt sich auf dem Stuhl zurück und sagt: „Für die drei Tötungsfälle in unserer Gegend scheint nicht der Pferderipper, sondern ein Trittbrettfahrer verantwortlich zu sein."

„Ach was?", schnaubt Nele. „Darauf bin ich auch schon gekommen. Deswegen wird unser Täter ja auch Pferdeschänder genannt. Um Verwechslungen zu vermeiden"

Heinz überhört ihren Kommentar. „Der hiesige Täter ist bisher nur im Umkreis von etwa fünfzig Kilometern rund um unsere Stadt aktiv geworden und er geht anders vor als der Ripper. Zum Beispiel benutzt er weder ein Gewehr noch Betäubungsmunition."

„Und weiter?", fragt Nele ungeduldig.

„Somit liegt der Verdacht nahe, dass unser Täter in der Gegend wohnt oder sich zumindest zeitweilig hier aufhält. Er kennt sich gut mit den örtlichen Gegebenheiten aus, und er liest die Regionalausgabe der Zeitung."

„Er liest *unsere* Zeitung?" Sie ist jetzt deutlich interessierter an Heinz' Ausführungen.

Tine kehrt zurück, sie stellt Tassen und kleine Teller auf den Tisch und geht wieder in die Küche. Ich überlege, ihr zu folgen, entscheide mich aber dagegen, weil ich nur Kaffee rieche und sonst nichts. Ich strecke meine Glieder, tippe dabei mit den Vorderpfoten an Neles Oberschenkel, und sie krault mich abwesend. Ihre Hand wandert ganz von selbst zu meiner Lieblingsstelle, ich strecke mein Bein in die Höhe, damit sie gut drankommt.

„In den drei beziehungsweise vier Fällen wurden die betroffenen Pferde wenige Tage vor der Tat mit einem Foto abgebildet."

Nele macht große Augen, doch fast im selben Moment schüttelt sie nachdrücklich den Kopf. „Nein, Bonny war nicht in der Zeitung."

„Aber im Reitsport-Magazin, womit wir zu der

Annahme kommen, dass der Täter selbst Reiter ist, oder sich zumindest in Reiterkreisen bewegt. Das Reitsport-Magazin erscheint vierwöchentlich…"

„Das weiß ich", unterbricht Nele ihn Nele und hört auf zu kraulen. „Und es stimmt wirklich: Ich hatte mit Bonny an einem Springwettbewerb teilgenommen, und im Reitsport-Magazin wurde ein Artikel zu dem Turnier mit einem Foto der Siegerehrung gedruckt."

„Genau", bestätigt Heinz. „Das nächste Opfer, die Stute Elfentanz, wurde von einer Frau bei einer Zuchtschau vorgestellt. Die Stute bekam eine Auszeichnung, und ihr Foto erschien in der Zeitschrift ‚Der Hannoveraner'."

„Mein Gott…", murmelt Nele. Ich stupse ihre Hand an und sie krault mechanisch, aber sie ist nicht bei der Sache. „Auf diese Weise sucht er sich also seine Opfer aus!"

„Happy war mit ihrer Besitzerin in der Regionalausgabe unserer Tageszeitung abgebildet. Darin wurde von einem Jugendturnier in Freimühlen berichtet."

„Ich erinnere mich. Benjamin Pasternak vom Sport hat darüber geschrieben", sagt Nele.

„Und das Pferd Santana war wiederum im Reitsport-Magazin abgebildet, es hat den ersten Platz in einer Dressurprüfung belegt."

„Er liest also die hiesige Zeitung, das Reitsport-Magazin und den ‚Hannoveraner'", schlussfolgert Nele. „Aber nach welchen Kriterien wählt er die Opfer aus? Es gibt doch unzählige Fotos von Pferden in etlichen

Zeitungen und Zeitschriften."

Tine bringt eine Platte mit Kuchenstücken und eine Kanne Kaffee. Sofort strömt ein verlockender Duft in meine Nasenlöcher. Warum hab ich den Kuchen denn nicht schon vorher gerochen? Sie schenkt reihum ein, gibt ein wenig Milch in Heinz' Tasse und rührt um. Dann macht sie dasselbe auch mit ihrer Tasse und setzt sich neben mich.

„Die Ermittler vermuten, dass der Täter aufgrund bestimmter persönlicher Umstände aktiv wird. Auf allen Fotos sind Mädchen beziehungsweise Frauen abgebildet. Seine Opfer sind immer Stuten. Der Verdacht liegt nahe, dass er große Schwierigkeiten im Umgang mit Frauen hat. Vermutlich greift er immer dann auf ein Pferd über, wenn sein Maß an Misserfolgen voll ist."

„Wenn er einen Korb bekommen hat, meinst du?", wirft Tine ein.

„Zum Beispiel. Sein Fass läuft über, er sieht das betreffende Foto oder er erinnert sich daran, und dann plant er die Tat", erläutert Heinz.

„Was ist das nur für ein Mensch, der zu solchen Grausamkeiten fähig ist?", ereifert sich Tine.

Heinz spitzt die Lippen, nimmt einen Schluck Kaffee und stellt die Tasse vorsichtig wieder ab. „Forensiker gehen in den meisten solcher Fälle von psychisch und oder sexuell gestörten Tätern aus. Der Täter könnte zum Beispiel große Hemmungen gegenüber Frauen, Potenzprobleme und oder eine leidvolle Beziehung zur eigenen Mutter haben."

„Deswegen muss man doch keine Pferde töten!",
entgegnet Tine entrüstet.

„Seine Opfer sind Stuten", wiederholt Nele, ohne
auf Tines Kommentar einzugehen. „Aber könnte es
nicht auch sein, dass er es in Wirklichkeit auf die
jeweiligen Frauen und Mädchen auf den Fotos
abgesehen hat? Und weil er sich an die nicht ran traut,
tötet er ihre Pferde?" Ihre Streichelhand greift zur
Kaffeetasse.

„Möglich ist das", räumt Heinz ein. „Aber ich
persönlich nehme das nicht an. Ich bin wie meine
ehemaligen Kollegen der Meinung, dass der Täter
sozusagen aus der eigenen Verletzung heraus handelt.
Er erlebt etwas, was ihn zutiefst trifft, eine tiefe
Kränkung durch eine Frau beispielsweise, und daraufhin
weiß er sich nicht anders zu helfen und greift zum Messer."

Weil sie keine Anstalten macht mich weiter zu
streicheln, probier ich mein Glück bei Tine und rutsch
auf ihren Schoß. Die hat gerade wieder ihr Strickzeug
zur Hand genommen, besinnt sich jetzt aber eines
Besseren. An ihrem Daumennagel klebt ein bisschen
Zuckerguss, ich leck ihn sauber, und leck auch über ihre
Handfläche, weil die so herrlich duftet und weil ich da
weitere Spuren von Zuckerguss finden könnte.

„Im Fall der Hannoveranerstute Elfentanz war die
Frau auf dem Foto eine Angestellte des Zuchtverbands.
Sie hat die Stute durch den Ring geführt, oder wie man
das nennt", fährt Heinz fort.

„An der Hand vorgestellt", korrigiert Nele. „Sie

hatte mit dem Pferd also nur an diesem einen Tag zu tun. Berufsmäßig sozusagen."

„Selbstverständlich forschen die Ermittler auch nach einer Verbindung zwischen den Frauen, nach einem gemeinsamen Bekannten."

Nele seufzt. „Die Reiterszene ist groß und auf Turnieren trifft man viele Leute. Da gibt's sicher etliche mögliche Verbindungen."

Heinz rührt seinen Kaffee um. „Dennoch bleibe ich bei der Annahme, dass die Tat für ihn ein Ventil ist, um den eigenen Schmerz zu kompensieren."

„Und bevor er mordet, blättert er die aktuellen Zeitungen und Zeitschriften durch?", erwidert Nele zweifelnd.

„Warum nicht? Er handelt ja nicht im Affekt", meint Heinz. „Vielleicht erinnert er sich in dem betreffenden Moment an ein Foto, das er vor kurzem gesehen hat, und diese Erinnerung liefert ihm die Idee dafür, wer sein Opfer sein wird."

„Wenn er nicht mit den betroffenen Pferdehaltern bekannt ist, wird er ein bisschen recherchieren müssen", überlegt Nele. „Aber heutzutage ist's ja kein Problem, innerhalb weniger Minuten eine Adresse rauszufinden."

„Ist das wahr?", staunt Tine. „Auch wenn man nicht im Telefonbuch steht?"

„Auch dann", antwortet Heinz und lächelt ihr zu. Er nimmt eine Rosinenschnecke vom Teller und betrachtet sie von allen Seiten. „Die hast du aber nicht selbstgebacken, oder?", erkundigt er sich.

„Nein, nein, dazu hatte ich gar keine Zeit. Die hab

ich eben schnell vom Bäcker geholt."

Sie hält Nele den Teller mit den Köstlichkeiten vor die Nase und will sie überreden, eine Schnecke zu nehmen, aber die schüttelt den Kopf und lehnt dankend ab. Wie kann man nur? Ich versteh das nicht. Mich bräuchte man nicht lange zu bitten, ich wär sofort dabei. Aber an mich denkt hier mal wieder keiner.

Tine stellt die Kuchenplatte wieder auf den Tisch und wählt eine Rosinenschnecke für sich aus. Ich hopse von ihrem Schoß runter auf den Fußboden und hoffe auf Krümel.

Sie wechselt das Thema. „Sag mal, was war eigentlich gestern Abend bei dir los?", erkundigt sie sich bei Nele.

„Es klingelte, und dann kamen überraschend zwei frisch Verlobte zu Besuch", kommt Heinz ihrer Antwort zuvor. Er lacht glucksend.

„Nein, danach", beharrt Tine. „Ich hab mitten in der Nacht Geräusche im Garten gehört. Und Napoleon hat auch gebellt."

Nele war mit ihren Gedanken weit weg, jetzt schaut sie auf. Für einen Moment scheint sie sich nicht erinnern zu können, doch dann sagt sie: „Ach, das war Udo, der war draußen vor meinem Fenster. Ich musste ihn erst energisch auffordern, bevor er wieder abgezogen ist."

„Dein Verflossener? Er kommt wohl nicht damit zurecht, dass du ihn nicht willst." Tine beißt in die Rosinenschnecke. Sie hält sie in einer Hand und mit der anderen hält sie einen kleinen Teller darunter, damit sie nicht auf den Teppich krümelt.

„Ich gehe davon aus, dass er's jetzt begriffen hat", erwidert Nele.

„Wenn er nochmal Schwierigkeiten machen sollte, dann werd ich mal ein ernstes Wörtchen mit ihm reden", sagt Heinz.

Sie beugt sich vor und stützt das Kinn auf die Hände. „Und wie geht's jetzt weiter?", fragt sie und meint damit nicht Udo, sondern den Pferdeschänder, der ja wiederum Udo ist.

Heinz stellt seinen Kuchenteller auf den Tisch. „Ich halte Kontakt zu den ehemaligen Kollegen und sobald ich was Neues weiß, sag ich dir Bescheid. Bis dahin können wir nichts tun außer abwarten."

„Ausgeschlossen!", ruft Nele. „Ich kann doch nicht die Hände in den Schoß legen! Ein weiteres Pferd wurde umgebracht und…"

„Das solltest du aber. Ruh dich ein bisschen aus! Dein Rob steckt gerade bis zum Hals in Schwierigkeiten und er wird vielleicht bald deine Hilfe brauchen", meint Tine.

„Das ist nicht *mein* Rob", stellt Nele richtig.

„Wie dem auch sei, aber in Zoe wird er keine Unterstützung haben", bekräftigt sie.

„Tine hat Recht", schaltet sich Heinz ein. „Die Polizei wird ihn vermutlich bald nach Hause schicken, was jedoch ganz und gar nicht bedeutet, dass sie ihn nicht mehr verdächtigen. Sie werden weiter ermitteln, und sie bleiben ihm auf den Fersen. Das wird eine schwere Zeit für ihn werden."

Eine Weile später verabschieden sich Tine und Heinz. Nele bringt sie zur Tür und bedankt sich für ihre Hilfe, und Heinz versichert noch einmal, dass er sich meldet, sobald er neue Nachrichten hat.

Sie haben den Kuchen zurückgelassen. Auf dem Tisch steht noch immer die Platte, zwei Rosinenschnecken sind übrig geblieben. Ich glaube nicht, dass Nele misstrauisch werden würde, wenn da plötzlich nur noch eine läge. Meine Nase streift an der Tischkante entlang. Soll ich, oder soll ich nicht? Ich zögere. Ich weiß, dass ich nicht auf den Tisch darf, und Kuchen klauen darf ich erst recht nicht. Aber manchmal tut man verbotene Dinge, obwohl man weiß, dass sie verboten sind. Jeder macht das.

Nele kommt zurück ins Wohnzimmer und ich nehme gerade noch rechtzeitig meine Pfoten vom Tisch runter. Ich tu unbeteiligt, schnuppere oberflächlich am Teppichboden und beobachte, wie sie durch den Raum geht. Puh, Gott sei Dank hat sie nichts bemerkt. Sie öffnet das Fenster, frische Luft strömt herein, sie stützt sich auf die Fensterbank und schaut nach draußen auf die Straße. Nach einer Weile wendet sie sich zu mir um.

„Du musst bestimmt mal raus, oder?", erkundigt sie sich antriebslos. Als Antwort wackle ich mit dem Hintern, und das zaubert die Andeutung eines Lächelns auf ihr Gesicht.

„Komm mal her", sagt sie liebevoll und klopft an ihren Oberschenkel. Kaum ausgesprochen, bin ich schon da. Sie bückt sich, nimmt mich hoch und hält mich auf dem Arm. Sie ist warm und weich und sie riecht gut. Meine Nele. Wir schauen uns in die Augen.

„Ich hab dich lieb, weißt du das?", sagt sie, und gibt mir einen Kuss oben auf den Kopf.

Zärtlich lecke ich über ihren Handrücken. Ich hab sie auch lieb, und ich weiß, dass sich daran niemals etwas ändern wird.

Das Telefon klingelt, Jens ist dran. Widerwillig erzählt sie ihm, was passiert ist, und was sie über den Vorfall weiß.

„Er will aus der Pferdeschänder-Sache ein Riesending für die Montagsausgabe machen", berichtet sie mir ärgerlich, nachdem sie aufgelegt hat. „Angeblich hatte unser Blatt noch nie so viele Online-Aufrufe wie heute."

Sie zieht sich eine Jacke über und schlüpft in die Schuhe. Ich hab die Leine schon hergeholt, stehe freudig erregt vor der Tür und warte darauf, dass sie fertig ist und wir losgehen. „So ein Idiot. Als ob mich die Online-Klick-Zahlen interessieren würden! Jetzt auf einmal ist das *die* heiße Story! Aber weißt du noch, wie er reagiert hat, als das mit Happy passiert ist?"

Kurz nach meiner Abendmahlzeit klingelt wiederum das Telefon. Diesmal ist Regina dran. Aus Neles Antworten schließe ich, dass sie sich erkundigen will, wie es uns auf dem Pferdehof gefallen hat.

„Ach, verflucht!", ruft sie aus. „Daran hab ich ja überhaupt nicht mehr gedacht. Ich hätte wenigstens absagen müssen!" Sie macht ein unglückliches Gesicht. „Was sollen die bloß von mir denken? Bestimmt geben sie mir keinen neuen Vorstellungstermin." Schon wieder kämpft sie mit den Tränen. Dabei hat sie für heute eigentlich schon genug geweint.

Regina will wissen, was passiert ist, und als Nele ihr alles erzählt hat, fragt sie, ob sie herkommen soll.

„Lieb von dir, dass du mich trösten und bei mir sein willst", sagt Nele. „Aber danke, ich komm schon zurecht. Außerdem hast du doch morgen das Date mit diesem holländischen Modefritzen, oder?"

Sie hört zu, was Regina sagt. „Na gut, dann ist er eben ein Belgier. Aber du sagst ihm ganz bestimmt nicht meinetwegen ab!"

Regina schafft es, dass Nele lächelt.

„Ich wünsch dir einen tollen Tag, und ich drück dir ganz fest die Daumen!" Sie legt auf, schaltet den tragbaren Computer ein und tippt auf die Tasten. Ich rolle mich vor ihren Füßen zusammen, mir ist gerade nicht nach Sofa. Wiederum greift sie zum Telefon, und in dem Gespräch erklärt sie, warum sie heute nicht zum vereinbarten Vorstellungstermin gekommen ist.

Das Telefonat dauert nicht lange, und als Nele aufgelegt hat, sagt sie dumpf: „Sie hatten noch eine andere Bewerberin, und die hat jetzt den Job." Sie starrt auf den Bildschirm, dann flucht sie laut und muss schon wieder weinen.

Es klingelt, Heinz ist an der Tür. Er hat sich umgezogen und trägt jetzt ein schneeweißes Hemd und einen gestreiften Schlips. Nele, die auf Neuigkeiten hofft, ist enttäuscht. Er weiß nichts zu berichten, außer dass die Polizei ihre Ermittlungsergebnisse aus taktischen Gründen für sich behält.

„Und was ist mit Rob?", bestürmt sie ihn.

Heinz schüttelt den Kopf. „Auch darüber durften sie mir nichts sagen", bedauert er und fügt beruhigend hinzu: „Vielleicht ist er ja inzwischen schon wieder zu Hause. Sie werden ihn erstmal laufenlassen, so oder so."

Nele lässt die Schultern sinken. „Ich halt das Warten nicht aus. Es muss doch irgendwas geben, das ich tun kann."

„Das ist Polizeiarbeit. Bitte vertrau darauf, dass alles Menschenmögliche getan wird, um den Schuldigen zu ermitteln", sagt er.

Sie seufzt geschlagen auf, aber überzeugt ist sie nicht. „Zumindest kann ich mir die Mühe sparen, alle anderen Pferdebesitzer zu warnen. Die Nachricht hat inzwischen die Runde gemacht. Auf Facebook wird von nichts anderem gesprochen und im Radio lief's in den Nachrichten."

„Hoffentlich melden sich Zeugen", sagt Heinz. Er räuspert sich.

„Tine und ich wollen gleich ausgehen. Wir haben einen Tisch im Parkhotel bestellt. Möchtest du mitkommen?"

Nele schüttelt den Kopf. „Nein, danke für das Angebot. Genießt ihr lieber einen schönen Abend zu zweit. Ich würde sowieso keinen Bissen runterkriegen und euch nur die Stimmung verderben."

„Dann will ich meine Verlobte mal fein ausführen", verkündet er unternehmungslustig. „Sollen wir anschließend nochmal bei dir reinschauen? Und uns vergewissern, dass es dir gut geht?"

Nele lächelt leicht. „Warum komm ich mir gerade so vor, als wär ich zwölf und soll zum ersten Mal einen Abend lang allein zu Hause bleiben?"

Heinz geht darauf nicht ein. „Gegen elf oder halb zwölf sind wir wieder zurück." Er stiefelt die Treppe nach oben und winkt über die Schulter.

„Alles klar, Papi", erwidert Nele und schließt die Tür.

Sie nimmt wieder auf dem Sofa Platz und klopft neben sich aufs Polster, damit ich raufspringe. Sie braucht mich jetzt. „Wollen wir einen Film angucken?", fragt sie lustlos und greift schon zur Fernbedienung. Bitte keine Zombies! Sonst machen wir beide garantiert die ganze Nacht kein Auge zu.

Auf dem Bildschirm bereitet ein Mann einen Bauerngockel-Salat zu. Der Mann trägt eine schneeweiße Schürze und einen hohen Hut. Vor sich auf dem Tisch hat er einige Lebensmittel aufgereiht. „Dieser pikante Salat besteht aus gekochtem Huhn, gebratenen Hühnerbrüsten und viel frischem Gemüse", erklärt der Mann und präsentiert nacheinander die Zutaten. „Ich mache ihn mit selbstgemachter Mayonnaise an, aber Sie können natürlich auch ein Fertigprodukt verwenden."

Nele drückt einen Knopf auf der Fernbedienung und im nächsten Augenblick gehen zwei lumpig gekleidete Männer mit Messern aufeinander los. Die Messerklingen blitzen auf. Nele drückt noch einen Knopf und der Fernseher geht aus.

Sie guckt wieder in den Computer und bewegt das

Maus-Ding. „Ich werd noch verrückt", stöhnt sie, zieht den Notizblock heran und blättert ihn durch. „Da muss es doch einen Zusammenhang geben."

Es klingelt an der Tür. Nele schaut zur Uhr. „Wer kann das denn sein? Doch wohl hoffentlich nicht Udo?"

Ich springe vom Sofa, renne in den Flur, schnuppere unterm Türspalt hindurch und wackle voller Vorfreude mit dem Hintern.

„Das ist definitiv *nicht* Udo", murmelt Nele und drängelt mich ein Stück zur Seite, damit sie öffnen kann.

Plötzlich steht sie stocksteif da. „Rob!", ruft sie überrascht.

„Entschuldige, dass ich dich überfalle. Ich hätte angerufen, aber ich hab deine Nummer nicht", sagt er zögernd. „Aber wenigstens deine Adresse."

Sein Gesicht ist ungefähr so weiß wie die Kochschürze vorhin und seine Augen liegen in dunklen Höhlen. Er müsste sich mal wieder kämmen und rasieren.

„Äh, komm doch rein." Sie bewegt sich wie eine dieser Puppen, an deren Armen und Beinen lange dünne Bänder befestigt sind. Die sind manchmal sonntagnachmittags im Fernsehen.

„Ich hab sie heute früh aufgeschnappt. Äh, deine Adresse. Als du sie den Polizisten…" Er unterbricht sich. „Hoffentlich komm ich nicht ungelegen."

„Nein, nein, da mach dir mal keine Gedanken", sagt Nele und geht voran ins Wohnzimmer. Ich spring so lange um Rob herum, bis er sich runter beugt und mich ausgiebig streichelt. Nele stellt derweil Getränke und

Gläser auf den Tisch.

„Setz dich doch", sagt sie förmlich.

Rob hockt sich auf den Stuhl, auf dem vorhin Heinz gesessen hat, und Nele nimmt ihm gegenüber Platz. Ich spring auf die Couch, da hab ich beide gut im Blick. Sie schenkt Mineralwasser in zwei Gläser und stellt eines davon auf den Tisch vor Rob hin.

„Möchtest du vielleicht etwas essen? Eine Rosinenschnecke…" Sie bricht ab, so als hätte sie etwas sehr Dummes gesagt.

„Nein danke", erwidert er. Er rührt auch das Glas nicht an.

„Nele", sagt er dunkel, beugt sich vor und schaut ihr in die Augen. „Du glaubst nicht, wie leid es mir tut, dass ausgerechnet du diejenige warst, die Santana heute Morgen gefunden hat. Dass es überhaupt passiert ist, nachdem du uns doch vor dem Pferdeschänder gewarnt hast! Und am meisten quält mich, dass ich dich in diese furchtbare Sache hineingezogen habe."

„Es ist passiert, und das ist jetzt leider nicht mehr zu ändern", erwidert sie. „Du brauchst dir nichts vorzuwerfen, du hast mich schließlich nicht gezwungen, morgens in aller Herrgottsfrühe spazieren zu gehen." Sie schaut ihn schweigend an. „Wie geht es dir?", fragt sie schließlich.

Er versucht ein Grinsen, aber das misslingt ihm. „Mir ging's schon mal besser", gibt er zu. „Ich hab den ganzen Tag im Präsidium verbracht. Eben durfte ich endlich gehen, aber ich muss jederzeit erreichbar sein. Sie verdächtigen mich."

Nele schluckt hart. „Diese Schwachköpfe", flucht sie und boxt mit der Faust der einen Hand in die Handfläche der anderen. Sie erzählt Rob von Heinz und ihren gemeinsamen Bemühungen, auf die Spur des Pferdeschänders zu kommen.

„Du scheinst so ziemlich die einzige zu sein, die mich für unschuldig hält", murmelt er düster.

Nele geht darauf nicht ein. Sie beugt sich ebenfalls vor und erläutert ihm, was sie auf ihren Notizblock geschrieben hat, dann dreht sie den Bildschirm des Computers so, dass sie ihn beide anschauen können. Sie zerbrechen sich die Köpfe, dabei ist die Lösung so einfach. Aber wenigstens reden sie jetzt wieder normal miteinander und nicht mehr so steif.

„Vielleicht will er in Wirklichkeit den Frauen auf den Fotos schaden", sagt Nele. „Heinz hält von dieser Theorie allerdings nicht viel."

„Die Angestellte des Zuchtverbands ist vierzig, seit Jahren verheiratet, und wirklich betroffen ist sie vom Tod der Stute nicht. Und Happys Besitzerin ist dreizehn", erinnert sie Rob. „Das passt nicht zusammen."

„Ich hab so ein merkwürdiges Gefühl", murmelt sie. „Es fühlt sich an, als wäre ich ein Puzzleteil in seinem Spiel."

„Du?" Rob mustert sie nachdenklich, dann sagt er: „Natürlich hat's mit dir zu tun, du warst schließlich die erste Betroffene."

„Schon, aber mein Gefühl sagt mir, dass noch mehr dahinter steckt."

„Da komm ich nicht ganz mit", gesteht er.

„Besser kann ich das nicht beschreiben", entgegnet sie leise.

„Du solltest nochmal mit der Polizei sprechen", schlägt er vor.

Nele zieht eine Grimasse. „Ich wüsste nicht, was das bringen sollte. Außerdem habe ich ja neuerdings einen Polizisten im Haus, beziehungsweise in der Nachbarschaft."

Rob fährt sich mit beiden Händen durch die Haare und bringt sie noch mehr durcheinander. „Es ist mir wirklich ein Rätsel, wie der Typ das hingekriegt hat. Santana ist, äh… war nicht besonders zutraulich. Mich hat sie so leidlich akzeptiert, aber vor Fremden hatte sie Angst. Wie ist er bloß an sie rangekommen?"

„Und dazu auf der Weide, wo sie alle Möglichkeiten hatte, ihm auszuweichen", ergänzt Nele. „Er muss sich sehr gut mit Pferden auskennen. Mehr noch: Er muss einen ganz besonderen Draht zu Pferden haben. Oder er kann gut mit einem Lasso umgehen."

„Außerdem frag ich mich, wie er sich nachts auf fremdem Gelände zurechtfindet. Würde er die Pferde mit einer Taschenlampe nicht erst recht verschrecken?"

Nele schüttelt nachdrücklich den Kopf. „Heute war es schon gegen vier Uhr hell, und etwa um die Zeit war er da. Das stimmt auch mit der Einschätzung des Tierarztes überein, was den Todeszeitpunkt betrifft."

„Stimmt, du hast Recht", seufzt Rob. „Entschuldige, ich bin total durcheinander, ich weiß gar nicht mehr, was ich rede." Er greift zum Glas und trinkt ein paar

Schlucke.

Ach, ihr beiden, ihr solltet euch lieber über was Schönes unterhalten! Die Lösung für euer Problem ist doch so einfach. Okay, was soll's, ich werd's nochmal probieren. Dummerweise liegt das Pferdegesicht-Kissen von Udo jetzt oben auf den Büchern im Regal. Da komm ich beim besten Willen nicht dran, es sei denn, ich schmeiß das ganze Regal um. Aber auch das wäre nicht ganz so einfach.

Ich setz mich kerzengerade hin und belle auffordernd, damit sie aufmerksam werden. Die beiden unterbrechen ihr Gespräch und gucken mich an.

„Was ist los?", fragt Nele.

Jetzt ist genau der richtige Moment, um mit einem Wahnsinnssatz vom Sofa zu hechten und das Bücherregal anzukläffen. Ich mach ein Riesentheater, stell mich auf die Hinterfüße und starre auf das Kissen da oben.

„Ich hab keine Ahnung, was er hat", sagt Nele über meinen Lärm hinweg.

„Vielleicht hast du ein Spielzeug von ihm ins Regal gelegt und er hätt's jetzt gerne wieder?", schlägt Rob vor. Nun, er kommt der Wahrheit recht nahe.

Nele steht auf, schaut flüchtig durch die Buchreihen und schüttelt den Kopf. „Hier liegt nur dies Kissen. Das hab ich extra hier versteckt, weil er es unter meinem Schrank rausgezerrt hat", erklärt sie.

„Napoleon sorgt für Ordnung. Kissen gehören nun mal nicht unter den Schrank", erwidert Rob grinsend.

„Dort warten die Sachen, die demnächst in den Müll

kommen", sagt Nele.

„Wenn du das sowieso wegwerfen willst, dann kannst du es ihm genauso gut vorher zum Spielen geben. Er scheint ja richtig scharf darauf zu sein", meint er.

Sie hält das Kissen vor meine Nase. „Okay, du kriegst es, aber nur, wenn du jetzt deine Klappe hältst!", sagt sie.

Ich nehm es zwischen die Zähne und trag es zu Rob, um es auf seinen Füßen abzulegen. Doch er ist schon wieder im Gespräch mit Nele vertieft und nimmt keine Notiz von mir. Sie rätseln, ob der Pferdeschänder wohl tagsüber die Gegend auskundschaftet. Rob meint, dass ihm an den Tagen zuvor nichts aufgefallen sei. Auch der Jäger hat nichts Verdächtiges gesehen, die Polizei hat ihn bereits gefragt.

Als ich das Kissen herumgeschleudert habe, wurde ich dafür nicht gerade belohnt, und kapiert hat's auch keiner. Deswegen mach ich's diesmal anders: Ich nehm es von Robs Füßen und platziere es auf dem Teppich zwischen Tisch und Bücherregal, damit Nele und Rob es gut sehen können. Dann laufe ich zu Nele, stups sie mit der Nase an, lauf zurück zum Kissen, umkreise es, und lauf zu Rob. Ich stups ihn an, lauf zum Kissen, umkreise es und lauf zu Nele. Sie unterhalten sich angeregt und es dauert eine ganze Weile bis sie bemerken, was ich da treibe. Dann aber schauen sie mir zu – und fangen lauthals an zu lachen.

„Napoleon, was wird das? Studierst du eine Zirkusnummer ein?", fragt Nele prustend.

„Bau doch noch einen Salto mit ein", scherzt Rob gutmütig. Doch während Nele das begonnene Gespräch fortsetzt, schaut er mir weiterhin aufmerksam zu. „Kann es sein, dass Napoleon uns irgendwas sagen will?", erkundigt er sich schließlich.

„Und was?", fragt sie lächelnd.

Rob zuckt die Schultern. „Keine Ahnung. Aber er benimmt sich schon irgendwie seltsam, oder?"

Ich kann nicht behaupten, dass ich Spaß an diesem stupiden Hin- und Hergerenne habe. Außerdem wird mir so langsam schwindelig von den vielen Kreisen. Dennoch mache ich immer weiter, ich werde nicht aufhören, bis sie's endlich geschnallt haben.

„Das letzte Mal, als er das Kissen zu fassen hatte, hat er damit fast den Tisch abgeräumt", berichtet sie.

„Macht er sowas öfter?"

„Normalerweise reißt er Schlenkerpuppen die Arme ab", informiert sie ihn trocken.

Er lacht auf. „Das kenn ich von Pebbels. Wenn der ein Stofftier zwischen die Zähne kriegt, pult er als erstes die Augen raus, dann reißt er den Kopf ab und dann nimmt er den Rest auseinander."

„Und anschließend liegt die ganze Wohnung voller Watteflöckchen", ergänzt Nele grinsend. Sie will das Thema auf sich beruhen lassen, das merke ich ihrer Stimme an, aber Rob lässt nicht locker.

„Vielleicht hat's irgendwas mit dem Kissen auf sich?", schlägt er vor. „Woher hast du es denn?"

Gute Frage! Ich bleib stehen und kläffe bestätigend. Dann mach ich weiter mit meinem stupiden Gerenne.

Nele macht ein zerknirschtes Gesicht. „Von Udo", sagt sie.

„Dem Pferdehof-Besitzer?"

Sie nickt und schaut rüber zum Kissen. „Das ist Sunshine, mein damaliges Pflegepferd."

„Du scheinst es sehr liebgewonnen zu haben."

Wiederum nickt sie. Dann atmet sie hörbar aus. „Ja, das habe ich."

Rob erhebt sich vom Stuhl. „Ich muss los", sagt er. „Es ist schon spät." Er geht zur Tür.

Plötzlich benehmen sie sich genauso seltsam wie vorhin. Nele bewegt sich wie eine alte Frau und Rob kriegt kaum noch ein Wort raus. Ich schlepp das Kissen hinter ihnen her bis zur Tür, doch sie beachten mich nicht.

„Äh… bist du mit dem Auto da?", erkundigt sie sich und er nickt.

„Ja, mein Arbeitskollege hat's mir zur Polizeiwache gebracht."

„Das ist nett von ihm…" Sie zögert, ihr liegt etwas auf der Zunge, aber sie spricht es nicht aus.

Rob drückt die Klinke runter, dann lässt er sie wieder los und dreht sich nochmal um.

„Danke", sagt er mit rauer Stimme und schließt Nele in seine Arme. Er hält sie für einen Moment ganz fest, und dann geht er. Sie steht stocksteif da und schaut ihm stumm hinterher. Und als draußen der Motor seines Autos anspringt, steht sie noch immer da wie angewachsen.

Als sie zurück ins Wohnzimmer kommt, hab ich das

Kissen wieder auf dem Teppich platziert wie zuvor. Ich lauf im Kreis darum herum, setz mich drauf und umkreise es wieder. Sie streift mich mit einem Blick, hockt sich aufs Sofa und schaut auf ihre Notizen.

„Was hat der Pferdeschänder mit mir zu tun?", murmelt sie. „Was habe *ich* mit dem Pferdeschänder zu tun?" Sie überlegt angestrengt, während ich nach wie vor meine Kreise ziehe.

Rasch blättert sie die Seiten um, bis sie eine leere findet, nimmt den Stift zur Hand und schreibt. Ich setz mich auf das Pferdegesicht und leg eine Pause ein.

Plötzlich gibt sie ein keuchendes Geräusch von sich. Der Stift fällt ihr aus der Hand und landet auf dem Fußboden. Sie starrt auf den Block und dann starrt sie mich an. Sofort nehme ich meine Jagd rund ums Kissen wieder auf. Um die ganze Sache noch zu steigern, belle ich es an, renn zu Nele, renn wieder zurück und umkreise es.

„Die Zeitabstände – das ist es…", ächzt sie. „Udo! Oh mein Gott, das darf doch nicht wahr sein! *Udo ist der Pferdeschänder!*"

Sie hat's, sie hat's! Ich freu mich wie verrückt, spring an ihren Beinen hoch, quietsche und kläffe. Und ich renn wieder zum Kissen, obwohl das jetzt gar nicht mehr nötig wäre.

Bewegungslos, aber mit weit aufgerissenen Augen schaut sie mich an. „Und du hast das die ganze Zeit gewusst", wispert sie.

Ich hock mich vor sie hin, leg den Kopf schief und wackle mit dem Hintern.

„Aber *woher* wusstest du es?", fragt sie erschüttert.

Sie beugt sich runter zu mir, hebt mich hoch und nimmt mich auf den Schoß. Ihre Finger fahren mit langen Strichen über mein Fell, von der Stirn bis ans Ende meines Rückens.

„Du wolltest mir das von Anfang an sagen", stellt sie tonlos fest. „Deswegen hast du geknurrt und gebellt. Und ihn angepinkelt."

Sie schweigt eine Weile und streichelt mich mechanisch weiter, während ein Gedankenstrom durch ihren Kopf rauscht. Und dann umfasst sie meinen Körper mit beiden Händen und drückt mich an ihren Bauch.

„Manchmal ist es direkt ein bisschen unheimlich, wie klug du bist", meint sie.

Ich höre ihrem Herzschlag zu und schließe die Augen. Es wird Zeit ins Bett zu gehen, finde ich. Allerdings will ich vorher noch in die Blumenrabatten.

„Alles passt. Er kann super mit Pferden umgehen, er hat Potenzprobleme und eine beknackte Mutter. Und er hatte die Verletzung an der Hand. Happy hat ihn gebissen..." Ihr Herz pocht schneller, ihr Atem geht stoßweise.

Nach und nach wird ihr das ganze Ausmaß seiner Schauspielerei bewusst. „Von wegen, er hat den Traktor repariert. Der hat doch von Technik überhaupt keine Ahnung. Und diesen schmierigen Typen im roten Wagen hat er garantiert auch erfunden." Sie schnappt nach Luft. „Er hat mich von vorne bis hinten belogen. Jetzt will ich die Wahrheit hören! Ich will aus seinem

Mund hören, was er getan hat!"", ruft sie wutschnaubend, und greift zum Telefon.

„Udo?", sagt sie, woraufhin ein Redeschwall einsetzt. Der gibt ihr Zeit zum Durchatmen.

„Ja, ich weiß, was ich letzte Nacht gesagt habe." Wiederum setzt ein Redeschwall ein.

Sie verdreht die Augen gen Zimmerdecke und schluckt hart. „Könntest du vorbeikommen? Ich muss mit dir reden…"

Keine gute Idee, überhaupt keine gute Idee, finde ich.

Udo ist wieder am Zug und als er zu Ende gequasselt hat, beginnt sie zu zittern, schluckt nochmal und dann sagt sie kaum hörbar: „Bis gleich."

Sämtliche Farbe ist aus ihrem Gesicht gewichen. „Das war ein Fehler", keucht sie. „Verdammt, wie konnte ich nur?"

Sie springt vom Sofa, ich kann mich gerade noch rechtzeitig von ihrem Schoß aufs Polster retten. „Er ist *in ein paar Minuten* hier. Großer Gott, was mach ich jetzt bloß?" Ihre Stimme überschlägt sich.

Nervös fährt sie mit den Händen durch ihre Haare, genau wie Rob das vorhin gemacht hat. Eine lange Strähne löst sich aus ihrem Zopf und hängt jetzt vor ihrem Auge.

„Verflucht, das war total bescheuert und unüberlegt von mir. Warum hab ich nicht bis morgen gewartet?" Sie läuft in die Küche und zurück, greift wieder zum Handy, tippt auf zwei Tasten, hält es ans Ohr und geht im Wohnzimmer auf und ab. Auf einem ihrer Wege hebt sie das Kissen auf und legt es wieder oben aufs Bücherregal. „Heinz geht nicht dran." Sie nagt auf ihrer Unterlippe herum.

„Soll ich die Polizei anrufen? Und wenn er denen seine Lügengeschichten auftischt, und sie sich von ihm einwickeln lassen? Nein, ich zieh das jetzt alleine durch." Sie faltet die zitternden Hände. „Gott steh mir bei!"

Ich sitz nach wie vor auf dem Sofa und jetzt stürzt sie auf mich zu. Ihre Finger zittern wie verrückt, als sie das Handy nimmt. Sie tippt ein paarmal daneben. „Ich hab die Diktierfunktion eingeschaltet", flüstert sie mir schließlich zu, und legt den Apparat mit der Vorderseite nach unten auf die Tischplatte.

„Napoleon!", beschwört sie mich. „Du musst gleich sehr brav sein, wenn Udo kommt. Nicht bellen, nicht knurren, gar nichts, hörst du?"

Ich lass die Ohren hängen und guck runter auf meine Vorderpfoten. Und schon klingelt es an der Tür.

Ich hab keine Ahnung, was eine Diktierfunktion ist, aber das scheint ein wichtiges Ding zu sein. Sie flitzt zur Wohnungstür und öffnet. Udos Geruch kriecht in meine Nasenlöcher und ich muss mich sehr beherrschen, ihm nicht zornig bellend entgegenzuspringen.

„Hereinspaziert, hereinspaziert", poltert er gutgelaunt. „Hätt ja nicht gedacht, dass du dich jemals wieder bei mir melden würdest, nach dem, wie du mich gestern weggejagt hast, Zuckerstückchen." Er will sie auf die Wange küssen, aber sie dreht sich schnell weg.

„Es ist schon spät", plappert sie und macht die Tür hinter ihm zu. Sie lässt sich Zeit dabei.

Mit großen Schritten marschiert er voran ins Wohnzimmer. „Hast du über uns nachgedacht? Und hast du dir endlich eingestanden, was du für mich empfindest? Das ist gut. Ja, das ist sehr gut!"

Er steht mitten im Raum, hat sein Grinsegesicht aufgesetzt und breitet die Arme aus. „Komm an Vatis Brust, dann ist alles wieder in Butter. Ich bin ja zum Glück nicht nachtragend."

Es dauert für gewöhnlich nicht lange eine Tür zu schließen, aber Nele ist immer noch im Flur. Sie braucht Zeit, um genug Mut zu sammeln.

Udo lässt die Arme fallen. „Soll ich dir was helfen?", erkundigt er sich.

„Nein, nein", erwidert sie. Endlich kommt auch sie herein. Mit fahrigen Händen streicht sie ihre Haare aus dem Gesicht.

„Was für ein glücklicher Zufall, dass ich gerade in der Nähe war! Ich hab eine Bekannte meiner Mutter nach Hause gefahren. Sie war zu Besuch bei uns, meine Mutter hat nämlich heute Geburtstag."

Nele geht an ihm vorbei Richtung Sofa.

Er dreht sich um und grinst mich an. „Sieh an, da ist ja auch unser kleiner süßer Poldi", zwitschert er, als wären wir die besten Kumpels. Mit unbewegter Miene halte ich seinem Blick stand, während ich im Geiste abwäge, was ich jetzt lieber täte: Mein Fell büschelweise in seinem Auto verteilen oder ihm ans andere Hosenbein pinkeln.

Als Nele ihn bittet, sich auf den Stuhl zu setzen, guckt er sparsam aus der Wäsche. „Ich muss mit dir reden, das hab ich doch schon am Telefon gesagt", erklärt sie nervös.

„Ah ja?", fragt er gedehnt und schaut wiederum zum Sofa. Auf der einen Seite sitzt Nele und auf der anderen ich. Er nimmt umständlich Platz, seine langen Beine reichen weit unter den Tisch hindurch.

„Der Pferdeschänder hat wieder zugeschlagen." Sie blickt ihm forschend ins Gesicht.

Udo lacht erleichtert auf. „Ach so, deswegen bist du so durcheinander! Ich hab im Radio davon gehört. Und ich hab auch schon mit meiner Mutter beratschlagt, ob wir unsere Pferde ab jetzt wieder nachts reinholen."

„Und zu welchem Ergebnis seid ihr gekommen?"

„Meine Mutter will drüber nachdenken", verkündet er. „Weil, wenn wir uns dafür entscheiden, dann werden wir das für den Rest der Saison durchziehen. Sonst weiß ja bald keiner mehr auf dem Hof, woran er ist."

„Es sei denn, der Pferdeschänder wird bald gefasst", wirft Nele ein.

„Das wär natürlich was anderes", erwidert er eifrig. „Dann hätten wir ja nichts mehr zu befürchten."

Ich frag mich, wann sie ihn endlich festnagelt. Und ich frag mich, wie sie das wohl anstellen wird. Sie wickelt eine Haarsträhne um ihren zitternden Zeigefinger.

„Du willst über uns reden, nicht wahr?", fragt er mit samtiger Stimme. „Deswegen hast du mich angerufen!"

Plötzlich wirkt ihr Gesicht fremd, ihre Züge sind

hart. „Wir hatten nie Sex miteinander", sagt sie mit schneidender Stimme und ich merke ihr an, dass sie selbst erschrocken ist von ihren Worten. Dennoch fährt sie fort: „Warum Theresa und die anderen, und warum nicht ich?"

Für einen Moment gefriert Udos Miene, dann hat er sich wieder in der Gewalt und setzt ein schiefes Grinsen auf, das vermutlich cool wirken soll. „Ich versteh deine Frage nicht", weicht er aus. „Hey, so lange waren wir doch gar nicht zusammen! Eine Partnerschaft muss erst wachsen, bis…"

„Wir waren ein ganzes Jahr lang zusammen, und wir hatten keinen Sex. Warum nicht?", bohrt sie.

„Verdammt nochmal, Nele, was ist mit dir los? Darüber redet man nicht…"

„Wer sagt, dass man nicht über Sex reden darf? Deine Mutter? Deine Oma? Der Papst?"

„Das ist eine Sache, die sich irgendwann ergibt, wenn's soweit ist", nuschelt er. Er rutscht auf seinem Stuhl herum, als suche er nach einer bequemeren Sitzposition und schaut auf den Boden, als könne er dort sein verlorengegangenes Grinsen wiederfinden.

„Ach, und mit Theresa war's schon *soweit*? Warum? Weil du sie gefesselt und dich dadurch stärker gefühlt hast?", beharrt Nele.

Ich spüre, wie aufgewühlt sie ist, obwohl sie sich bemüht, sich nichts anmerken zu lassen.

„Wir haben das alles geklärt", erinnert er sie mit monotoner Stimme. „Ich habe bereut, was damals passiert ist, und du hast mir verziehen. Und nun fangen wir beide ganz von vorne an, als wär nichts geschehen. Ich liebe dich."

Ihr Körper versteift sich, sie hört ihm gar nicht zu. Mit weit aufgerissenen Augen starrt sie ihn an, ihr ist plötzlich ein furchtbarer Gedanke gekommen. „Oder… hat Theresa gar nicht freiwillig…" Sie schluckt und hat Mühe, weiterzusprechen. „Hast du sie etwa *vergewaltigt*?", flüstert sie fassungslos.

Jetzt wird Udo sauer. „Spinnst du? Sowas hab ich doch gar nicht nötig!"

„Ich hab danach nie wieder von ihr gehört, sie ist wie vom Erdboden verschluckt."

„Theresa wohnt in München und ist glücklich verheiratet. Ich bin mit ihrem Bruder auf Facebook befreundet."

Nele starrt ihn an und schüttelt den Kopf, als wolle sie den abscheulichen Gedanken vertreiben.

„Was deine Mutter angeht", beginnt sie, wird aber von Udo unterbrochen: „Lass verdammt nochmal meine Mutter aus dem Spiel!"

Doch sie lässt nicht locker. „Ist sie der Grund, warum du Potenzprobleme hast? Hat sie dir den Hintern versohlt, als sie dich beim Onanieren erwischt hat?"

Udo hält sich die Ohren zu, sein Gesicht wird dunkelrot.

„Sie redet dir ein, dass alle Frauen schlecht sind. Damals hab ich das auf mich bezogen. Ich hab geglaubt, dass sie mich nicht mag. In Wirklichkeit will sie dich für sich allein behalten."

Er nimmt die Hände von den Ohren, an seiner Gesichtsfarbe ändert das jedoch nichts. Unvermittelt haut er so doll mit der Faust auf die Tischplatte, dass das Handy einen kleinen Hüpfer macht. Ich knurre drohend, aber er übertönt mich mühelos. „Schluss jetzt! Kein Wort mehr über meine Mutter!" Seine Hand bleibt zur Faust geballt.

Neles Stimme klingt jetzt gefasst. „Weißt du, mir ist eben erst klar geworden, dass ich etwas übersehen habe."

„Dass du *was* übersehen hast?", fragt er argwöhnisch.

„Die Abstände, in denen der Pferdeschänder gemordet hat."

Udo lehnt sich auf seinem Stuhl zurück. „Verzeih mir, aber da komm ich nicht mit. Jetzt bist du wieder beim Pferdeschänder?" Er setzt ein einfältiges Grinsen auf.

„Wobei sich mir die Frage stellt, wie Ann-Christin und du drei Jahre lang zusammen sein konntet. Okay, ihr habt nicht unter einem Dach gewohnt und euch nicht oft gesehen. Sie ist ja als Bereiterin im ganzen Zuchtverband gefragt. Aber trotzdem… War das nur eine Scheinbeziehung? Sie ist neuerdings offiziell mit einer Berufskollegin liiert."

Udo hat ihr mit schief gelegtem Kopf zugehört, jetzt erhebt er sich kopfschüttelnd. „Du bist durcheinander, und ich hör mir den Unsinn nicht länger an. Wir treffen uns morgen, wenn du wieder klar denken kannst."

Nele holt tief Luft. „Vor vier Jahren hast du das

erste Pferd getötet, meine Bonny. Das war, nachdem sich Corinna in einen anderen verliebt und mit dir Schluss gemacht hat."

Er erstarrt in der Bewegung. „Was sagst du da?" Jedes einzelne Wort klingt wie ein Gewehrschuss.

„Kurz darauf haben wir uns kennengelernt, weißt du noch? Ich wollte meinen Pferdeanhänger verkaufen und du hast ihn dir angesehen. Du warst sehr mitfühlend und verständnisvoll und hast mir Sunshine als Pflegepferd angeboten, damit ich über den Schmerz hinwegkomme."

Ich lasse Udo nicht einen Moment aus den Augen. Er steht noch immer mit eingefrorener Miene da, das Grinsen und Quasseln ist ihm vergangen.

Neles Augen sind gerötet, sie wirkt erschöpft, dennoch fährt sie fort: „Ein Jahr später war Schluss mit uns und wiederum musste eine Stute unter deiner Enttäuschung leiden. Das war Elfentanz. Dann warst du mit Ann-Christin zusammen und das Ende der Beziehung sollte auch Happys Ende sein. Aber sie hat sich heftig gewehrt und dir in die Hand gebissen. Am nächsten Tag bin ich bei dir aufgetaucht, und du hast dir Hoffnungen gemacht, dass aus uns wieder was wird. Und als diese Hoffnungen starben, musste Santana sterben. Wegen mir, und letztlich auch wegen Ann-Christin."

Und dann passiert es: Unvermittelt macht Udo einen Satz über den Tisch, packt Nele am Kragen ihres Pullis und reißt sie vom Sofa hoch. Ich will sie verteidigen, erwische einen Zipfel seines Hemdes, beiße hinein und zerre grollend daran. Gleichzeitig bin ich nahezu starr vor Angst um Nele.

„Du sagst jetzt sofort, dass das alles nur deiner blühenden Phantasie entspringt, und du nie wieder, hörst du…" Er schüttelt sie. „Nie wieder auch nur einen Gedanken daran verschwendest, dass ich irgendetwas mit den getöteten Pferden zu tun habe!"

Obwohl er sie fest im Griff hat, sucht ihr Blick das Handy. Es liegt auf dem Teppich. Sie neigt den Kopf und sagt deutlich: „Du warst das, Udo. Du hast die Pferde getötet. Der Pferdeschänder – das bist du!" Ihr Mut spornt mich an, ich bin wieder im Vollbesitz meiner Kräfte und zerre wie verrückt am Hemdzipfel.

Er stutzt, folgt ihrem Blick, schnappt sich in einer einzigen fließenden Bewegung das Handy vom Fußboden und schaut drauf. Mit der anderen Hand hält er sie weiterhin am Kragen fest. Seine Lippen verziehen sich zu einem schmalen Grinsen. „Aufnahme gelöscht", grunzt er.

Sie windet sich aus seinem Griff und will ihm das Handy entreißen, und im selben Moment lass ich den Hemdzipfel los und beiße zu. Meine Zähne durchbohren den Stoff und treffen auf festes Fleisch.

„Arrrgg! Verdammte Scheißtöle", brüllt er und schlägt reflexartig mit seiner Hand nach mir. Es ist die Hand, mit der er auch das Telefon festhält. Sein Schlag trifft mich hart am Kopf, ich fliege durch die Luft und lande rücklings auf dem Boden. Ich jaule auf vor Schmerz, während meine Umgebung gleichzeitig im Nebel versinkt.

Ich höre Nele wie aus weiter Ferne meinen Namen rufen. Verzweifelt kämpfe ich gegen die Dunkelheit, die mich einhüllen will, und rapple mich auf. Ich schwanke, kippe um, und hör Udos Stimme. Ich rieche Neles Angstschweiß und im nächsten Moment schreit sie vor Schmerz auf.

Mit letzter Kraft komm ich auf die Füße und taumle ein paar Schritte. Dann bleib ich stehen, schüttle mich kräftig und das Drehen in meinem Kopf lässt nach.

Udo hat Nele ins Gesicht geschlagen, sie ist aufs Sofa gefallen, doch auf einmal reißt sie beide Beine hoch und tritt ihm mit den Fersen in den Bauch. Damit hat er nicht gerechnet. Er krümmt sich stöhnend, und Nele will ihm entwischen, doch er ist schneller, packt sie an den Haaren und zieht sie in die Höhe.

Ihr Schrei zerreißt mir fast das Herz. Ich stürze auf Udo los. Im selben Moment klingelt es und jemand schlägt mit der Faust gegen das Türblatt.

„Aufmachen!" Jetzt hämmern zwei Fäuste gegen das Holz.

Udos Kopf fliegt herum in Richtung Wohnungsflur. Nele nutzt diesen Überraschungsmoment, um sich aus seinem Griff zu befreien, und das gelingt ihr beinah, doch leider ist er wiederum schneller. Ich bin außer mir vor Wut, meine Zähne bohren sich durch den festen Stoff seiner Jeans und treffen auf das harte Leder seiner Stiefel. Von der Tür her ist ein dumpfes, lautes Krachen zu hören.

Nochmals versetzt Udo ihr einen Schlag ins Gesicht und lässt gleichzeitig ihre Haare los. Sie fällt zurück aufs

Sofa und verschränkt wimmernd die Arme vorm Kopf, um sich vor weiteren Attacken zu schützen. Ich bin so zornig wie noch nie zuvor in meinem Leben. Udo, das wirst du mir büßen! Wiederum ein lautes Krachen, noch lauter als eben, Holz splittert. Jemand macht unsere Tür kaputt.

Wegen des Stiefels richte ich leider kaum Schaden an seinem Bein an, er schüttelt mich ab wie ein lästiges Insekt, schaut sich hektisch im Zimmer um und läuft zum Fenster. Er reißt es auf, gleichzeitig ertönt ein ohrenbetäubendes Krachen. Vom Wohnungsflur sind schwere Schritte zu hören.

Ich weiß genau, was Udo vorhat, er will abhauen, und das werde ich verhindern. Mit aller Kraft zerre ich an seinem Hosenbein, ich stemm die Pfoten in den Teppich und zerre wie der Teufel. Meine Zähne haken sich unerbittlich im Stoff fest. Ich werde nicht loslassen, auf keinen Fall werde ich loslassen. Und plötzlich verliere ich den Boden unter den Füßen, als Udo sich behände über die Fensterbank hinaus in den Vorgarten schwingt, ich fliege durch die Luft, weil meine Zähne wie Widerhaken im Jeansstoff festhängen. Ich lande neben ihm im Rosenbeet und jetzt schmecke ich Erde auf meiner Zunge anstatt des Stoffs.

Udo befreit sich fluchend aus den Dornen und hechtet Richtung Straße, und ich renn hinter ihm her. Während des Laufens tastet er in seinen Hosentaschen nach dem Autoschlüssel, findet ihn und zieht ihn heraus. Das passiert genau in dem Moment, als ich ihn eingeholt habe und ihm vor die Füße laufe, um ihm den

Weg abzuschneiden. Er stolpert über mich, strauchelt und fliegt zwar nicht hin, aber der Schlüsselbund fällt ihm aus der Hand und landet klirrend vor meiner Nase auf dem Gehweg. Blitzschnell heb ich die Schlüssel auf, beiß die Zähne zusammen, damit ich sie nicht verliere, und zische davon. Im Licht der Straßenlaterne hat Udo sehr wohl gesehen, was ihm da passierte, und er konnte nichts dagegen tun. Diesmal hab ich gewonnen.

„Scheißköter!", brüllt er hinter mir her.

Die Haustür fliegt auf, jemand stürzt nach draußen, gleichzeitig nähert sich ein Auto auf der Straße. Es wird langsamer und hält hinter dem schwarzen Geländewagen am Straßenrand.

Udo verfolgt mich, aber weil ich unter der Hecke durchgetaucht bin und er nicht so gut im Dunkeln sehen kann wie ich, findet er mich nicht. Jemand rennt hinter ihm her, das wird ihm jetzt auch klar, und deshalb gibt er die Hoffnung auf seinen Schlüssel auf und flüchtet zu Fuß. Er hastet die Straße hinunter, und Rob ist ihm dicht auf den Fersen. Rob?!

Zwei Autotüren werden zugeschlagen, Tine und Heinz sind zurück.

„Was ist denn hier los?", fragt Heinz erstaunt, und fast im selben Moment erscheint Nele im Türrahmen.

„Heinz!", krächzt sie. „Hilf Rob, bitte! Er ist hinter Udo her."

„Da hinten!", ruft Tine und zeigt in die Richtung, in der die beiden Männer gelaufen sind. „Beeil dich!"

Heinz schwingt sich in sein Auto und braust schon im nächsten Moment an mir vorbei.

Tine läuft schnell zu Nele und nimmt sie in den Arm. „Hast du die Polizei angerufen?", fragt sie, und Nele nickt.

„Kind! Oh Kind!", jammert sie. „Was ist denn bloß geschehen?" Sie will Nele ins Haus bringen, aber die weigert sich.

„Napoleon ist verschwunden", stammelt sie aufgebracht. „Und Rob... Ich hab Angst, dass was Schlimmes passiert. Udo ist zu allem fähig!"

Ich lass den Schlüssel liegen und komme schnell unter der Hecke hervor. Sie schluchzt auf, als sie mich sieht, nimmt mich hoch und drückt mich an sich. Tränen laufen ihre Wangen hinunter und tropfen in mein Nackenfell. „Gott sei Dank, du bist heil und gesund!", flüstert sie dicht an meinem Ohr.

Sie tritt aus der Haustür und geht mit eiligen Schritten den Gartenweg entlang zum Bürgersteig. Ich hör ihren Herzschlag.

„Nele! Bleib hier! Das ist zu gefährlich!", ruft Tine, aber Nele drückt mich an ihre Brust und läuft so schnell sie kann. Das ist deutlich langsamer als normalerweise. Sie muss ein paarmal anhalten, weil ihr schwindelig ist.

Ein ganzes Stück weiter können wir drei Männer sehen. Einer liegt mit dem Gesicht auf dem Asphalt, einer hockt auf dessen Rücken und einer fuchtelt mit einer Taschenlampe herum. Heinz' Auto steht mit eingeschaltetem Warnblinklicht auf der Straße. Aus der Ferne sind Polizeisirenen zu hören.

Es ist Rob, der auf Udos Rücken hockt. Er hat Udos Unterarm hoch bis zum Schulterblatt gehebelt und drückt den Rest seines Körpers mit dem Knie auf den Boden. Udo liegt bewegungslos mit der Wange auf er Straße, er keucht und jammert und stöhnt.

Mit seiner freien Hand packt Rob Udos Haarschopf, zieht ihn zu sich heran und stößt ihn grob zurück aufs Pflaster. „Ich könnt dich umbringen, du Schwein", zischt er hasserfüllt. Udo wimmert kläglich.

„Du solltest dich damit beeilen", empfiehlt Heinz trocken, und weist mit dem Kinn in die Richtung, aus der die Polizeisirene zu hören ist. „Bevor die Uniformierten hier sind." Er leuchtet dem Polizeiwagen mit seiner Taschenlampe entgegen.

Rob haut Udos Kopf nochmal aufs Pflaster, dann lässt er es gut sein, denn jetzt sieht er, dass Nele und ich näher kommen. Er schaut sie an, und seine Gesichtszüge werden weich.

„Nele…"

„Gott sei Dank, dir ist nichts passiert", krächzt sie, und lehnt sich erschöpft gegen einen Gartenzaun.

Das Blaulicht durchschneidet die Dunkelheit und die Sirene heult ohrenbetäubend, als das Polizeiauto neben uns abbremst. Die Sirene verklingt endlich, das war ja kaum auszuhalten.

„Warum bist du nicht bei Tine geblieben?", schimpft Heinz mit Nele, aber richtig böse ist er nicht.

Zwei Polizisten springen aus dem Wagen, Heinz klärt sie über den Stand der Dinge auf, und dann übernehmen die Beamten Udo und stellen ihn auf die Füße.

Rob tritt neben Nele und legt seinen Arm um ihre

Schultern.

„Wie geht's dir?", fragt er mitfühlend.

„Ging schon mal besser", gesteht sie.

Schweigend gehen sie nebeneinander den Gehweg entlang.

„Wieso bist du zurückgekommen?"

„Weil mir plötzlich klar wurde, was Napoleon uns sagen wollte. Ich hab umgedreht und bin im Affenzahn zurück gefahren. Aber Udo war schneller."

„Ich hab ihn angerufen…", murmelt sie.

„Mutiges Mädchen", meint er, und gibt ihr einen sanften Kuss auf den Scheitel.

Ein weiteres Polizeiauto nähert sich, außerdem bremst ein Rettungswagen vor unserem Haus.

„Ich geh nicht ins Krankenhaus", stellt sie klar, als die beiden Sanitäter mit einem Koffer voller Geräte in unsere Wohnung einrücken.

„Du solltest dich wenigstens durchchecken lassen", rät Rob unbeeindruckt.

„Seh ich so schlimm aus?", erkundigt sie sich, und er nickt.

Seufzend gibt sie nach. Während die Sanitäter sie untersuchen, hält Rob mich auf dem Arm. Ich bohre meine Nase in seine Armbeuge und schließe für einen Moment die Augen.

Als ich sie wieder öffne, sind Tine und Heinz ebenfalls im Wohnzimmer. Die Sanitäter klappen ihren Koffer zu. Erst jetzt seh ich, dass Neles Auge zugeschwollen und ihre Lippe aufgeplatzt ist.

„Ich begleite dich", sagt Tine sanft.

„Verdammt, ich will nicht ins Krankenhaus!",
schimpft Nele.

„Sie sollten zur Sicherheit Ihren Kopf röntgen lassen", drängt einer der Sanitäter.

„Und Ihre Lippe muss genäht werden. Sonst
behalten Sie eine unschöne Narbe zur Erinnerung",
ergänzt der andere.

„Da hörst du's", bekräftigt Tine.

„Und wer kümmert sich währenddessen um Napoleon?", startet Nele einen weiteren Versuch, sich vorm
Krankenhaus zu drücken.

„Ich", entgegnet Rob. „Ich bleibe so lange bei ihm,
bis du wieder zurück bist." Er schaut sie aus dunklen
Augen an, und ich spüre seinen Herzschlag.

Sie versucht ein Lächeln, was ziemlich gequält
ausfällt. „Dann hab ich wohl keine Chance, wie?" Sie
streichelt zum Abschied über meinen Rücken und ihre
Hand berührt dabei Robs Brust.

„Mach dir keine Sorgen um Napoleon, ich pass gut
auf ihn auf", verspricht er. Seine Stimme klingt rau.

„Danke", sagt sie, und dann umarmen sie sich. Ich
werd ein bisschen eingequetscht dabei, aber das macht
mir gar nichts aus.

Später, als Rob mit mir zum Pinkeln rausgeht, fällt
mir ein, dass ich den Schlüssel unter der Hecke liegen
gelassen habe. Ich schnapp ihn mir und nehm ihn mit
ins Haus.

Nele kommt im Morgengrauen zurück nach Hause.
Während sie weg war hab ich auf Robs Schoß gedöst,

und Rob hat sich mit Heinz und mit zwei Polizisten unterhalten. Die beiden Beamten haben sich sehr über den Autoschlüssel gefreut, weil sie nach Udos Tatwaffe suchen. Sie haben sich sogar ausdrücklich dafür bei mir bedankt, bevor sie abgezogen sind.

„Alles in Ordnung!", verkündet Tine. „Nele hat großes Glück gehabt."

Nele kann nur mit einem Auge gucken, auf dem anderen ist weißer Verbandsstoff aufgeklebt. Ihre Lippe wurde mit zwei Stichen genäht.

„Du solltest dich jetzt hinlegen", sagt Tine und tätschelt ihre Schulter. „Ruhe ist die beste Medizin."

„Und wir werden ebenfalls schlafen gehen", verkündet Heinz gähnend.

„Brauchst du Hilfe?", erkundigt sich Tine.

Nele schüttelt den Kopf. „Ich komm schon klar", nuschelt sie. Ihre Lippe ist angeschwollen, und deswegen kann sie nur undeutlich sprechen.

Heinz hakt Tine unter und die beiden gehen durch unsere kaputte Wohnungstür zur Treppe nach oben.

Nele und Rob stehen sich gegenüber.

„Ich bleib hier und schlaf auf dem Sofa, wenn's dir recht ist", sagt er mit Blick auf die Wohnungstür. „Damit du nicht geklaut wirst", fügt er lächelnd hinzu.

Sie nickt müde, dann schlurft sie Richtung Schlafzimmer, zieht Hose und Pulli aus, legt sich hin, und ist ruck-zuck eingeschlafen. Ich springe auf die Matratze und roll mich auf meiner Bettseite zusammen. Liebevoll zupft Rob die Decke über uns zurecht, lässt die Schlafzimmertür angelehnt und schleicht rüber in die Stube.

11

An einem sonnigen Nachmittag holt Rob uns mit dem Auto ab. Morgens hat die Kirchenglocke gebimmelt, deswegen weiß ich, dass Sonntag ist. Nele setzt sich auf den Beifahrersitz und ich geh nach hinten auf die Ladefläche zu Pebbels. Der macht sich ganz schön breit, er will seine Beine unbedingt lang ausstrecken, deswegen kuschel ich mich an seinen Bauch.

Wir fahren los. Der Motor bollert dumpf und ziemlich laut, das ist bei Robs Auto normal.

„Mein erster Tag als Arbeitslose", sagt Nele zufrieden und reckt sich, wie sie das manchmal morgens nach dem Aufstehen macht.

Rob wirft ihr einen Seitenblick zu und lächelt. „Wirklich nett von den Zeitungsfritzen, dass sie dir eine kleine Abfindung gezahlt haben." Er schaut in den Rückspiegel und schaltet den Blinker an.

„Ich hab's gut investiert", entgegnet sie.

„Ich find's toll, dass du deinem Herzen folgst", meint Rob. „Das Leben ist zu kurz, um Kompromisse zu machen."

„Wahre Worte", erwidert sie ruhig.

„Erzähl: wie war's gestern in der Schule?"

„Nun, das war ja erst der zweite Unterrichtstag, aber ich hab total viel gelernt. Es hat super viel Spaß gemacht."

„Wenn's Spaß macht, dann fällt einem das Lernen leicht. Du wirst eine gute Tierheilpraktikerin sein", ist er überzeugt.

„Ich hab mir überlegt, dass ich mich auf gesunde Tier-Ernährung spezialisieren will."

Auch das noch! Und ich werd bestimmt der erste sein, der in den Genuss ihrer neuen Erkenntnisse kommt. Vermutlich krieg ich bald nur noch Gemüse zu fressen.

„Gute Idee", meint Rob.

Der hat leicht reden, er ist ja nicht betroffen.

„Am nächsten Sonnabend nehme ich an der Schulung eines Herstellers von naturbelassenen Futtermitteln teil. Wenn mir sein Konzept zusagt, werde ich seine Produkte als Handelspartnerin vertreiben."

Rob biegt an der Kreuzung ab und gibt wieder Gas. „Von zu Hause aus? Per Internet?", fragt er.

„Sowohl als auch", antwortet sie, und schaut erst jetzt bewusst auf die Straße. „Sag mal, wohin fahren wir eigentlich?"

„Ich dachte, du hättest vielleicht Lust, dir mal wieder meinen Hof anzuschauen. Es hat sich eine Menge getan, seitdem du das letzte Mal da warst", sagt er betont munter.

Neles Fröhlichkeit ist auf einmal verflogen. „Das letzte Mal, als ich da war, ist das mit Santana passiert", murmelt sie. Unbehaglich rutscht sie auf ihrem Sitz herum und es hat den Anschein, als wolle sie lieber aussteigen als weiterfahren.

Ich freu mich wie verrückt, als wir die holprige Wiesmoorer Straße entlangfahren und spring im Kreis zwischen Pebbels ausgestreckten Beinen herum. Bei jedem Schlagloch scheppert und klötert Robs Auto, es ist zu laut, um sich zu unterhalten, aber die beiden schweigen sowieso schon seit einer Weile. Schwungvoll biegt er in seine Einfahrt und parkt den Wagen mitten auf dem Hof.

Er steigt aus und öffnet die Kofferraumklappe, ich spring mit einem Satz raus, Pebbels erhebt sich gemächlich. Nele zögert, aber alleine im Auto sitzenbleiben will sie wohl auch nicht.

„Obelix ist ja immer noch da", sagt sie erstaunt. Plötzlich wird sie blass. „Du hast gesagt, Zoe sei ausgezogen!"

Das große alte Pferd steht auf der Wiese und wiehert dunkel.

„Das ist sie auch, und zwar noch am selben Tag, als sie mir vorgeworfen hat, ich hätte ihr Pferd getötet", erwidert Rob. Er geht langsam Richtung Koppel, und Nele schließt sich ihm an.

„Ich kann einfach nicht verstehen, warum sie das getan hat. Santanas Schicksal war ein furchtbarer Schock für sie, keine Frage, aber warum hat sie dich beschuldigt?"

„Weil ich in der Nacht zuvor mit ihr Schluss gemacht habe", entgegnet er.

Nele schaut ihn überrascht an. „Tatsächlich? Sie hat gesagt, ihr hättet euch gestritten…"

„Sie wollte den Anwesenden nicht die Wahrheit auf die Nase binden", erwidert er. „Vor allem dir nicht."

„Sie war wirklich extrem eifersüchtig", erinnert sich Nele schaudernd.

„Nun, so falsch war ihre Wahrnehmung nicht", sagt er.

Nele schaut irritiert drein. Sie will Rob was fragen, aber sie weiß nicht, wie sie's fragen soll, und bleibt stumm.

Ich kapier das nicht. Die beiden tun so, als wären sie nur Freunde, dabei merkt doch jeder, dass sie total verliebt ineinander sind.

Das Obelix-Pferd wartet am Tor, Rob streichelt seinen Hals und dann krault er ihm zwischen den Ohren. Das Pferd senkt den Kopf, seine Augenlider werden schwer.

„Zoe wollte Obelix nicht mehr haben. Sie hatte ihn ohnehin nur als Gesellschafter für Santana, und somit war er für sie nicht mehr von Nutzen. Sie hat ihn mir mitsamt seinen Papieren übereignet. Als Abschiedsgeschenk sozusagen." Er setzt ein schiefes Lächeln auf.

Nele tätschelt den Pferdehals und ich finde, sie übertreiben es wirklich. Man muss nicht mit zwei Leuten an einem Pferd rumstreicheln. Ich stupse gegen ihre Beine, damit sie auf mich aufmerksam werden, und als sie nicht reagieren, nehm ich umständlich auf Robs Schuh Platz.

„Dann bist du jetzt also stolzer Pferdebesitzer", sagt Nele und lächelt endlich wieder. „Herzlichen Glückwunsch!"

Rob grinst.

„Er sollte aber nicht allein…", beginnt sie, und Rob ergänzt: „Pferde sind Herdentiere, das hab ich inzwischen von dir gelernt."

Er tut geheimnisvoll und bemüht sich um ein Pokerface, aber das gelingt ihm nicht. „Er wird nicht mehr allzu lange allein bleiben", sagt er schmunzelnd.

Nele schaut ihn an und versucht in seinen Augen zu lesen. „Das Heim für Pferde?", fragt sie. „Du willst es *wirklich* machen?"

Rob nickt, und jetzt strahlt er. Er fasst nach ihrer Hand, flitzt los und zieht sie mit sich. Beinah hätte er mich weggeschossen wie einen Fußball, ich kann mich gerade noch von seinem Schuh retten. Rücksichtslose Bande.

„Komm, ich zeig dir was!", ruft er, und verschwindet mit ihr in einem der Nebengebäude. Ich trabe hinterher, ich will wissen, was er Spannendes auf Lager hat. Als er das Geheimnis lüftet, bin ich deutlich weniger begeistert als Nele. Es ist ein großes Schild aus Holz.

„Heim für Pferde in Not", liest sie andächtig vor. „Das hast du aber toll gemacht!"

„Wie findest du das Logo?", fragt er aufgeregt.

„Sieht klasse aus!"

„Hilfst du mir beim Aufhängen?", bittet er, und schon tragen die beiden Leiter und Werkzeug nach draußen, und beraten über den perfekten Platz für das Schild.

Mir ist das Ganze entschieden zu langweilig, und ich mach mich auf die Suche nach Pebbles. Der steht mal wieder auf der Straße rum, als würd er auf den Bus warten. Ich stups ihn an, umkreise ihn, lauf Slalom um seine Füße, und endlich bewegt er sich. Wir flitzen an

Nele und Rob, die das Schild an der Einfahrt aufhängen, vorbei.

Pebbels hat mal wieder Lust auf Versteckspielen, und ich bin begeistert dabei. Ich finde ihn hinter einem Stapel Feuerholz, und nun versteck ich mich. Er lässt sich Zeit mit der Suche, und als ich schon denk, dass er mich vergessen hat, schaut er plötzlich um die Ecke und entdeckt mich im ehemaligen Hühnerstall. Der hat's wirklich drauf, sich anzuschleichen! Er bellt laut und auffordernd, und ich krabble aus dem staubigen Nest.

Nele und Rob haben das Schild aufgehängt und nun wollen sie picknicken. Da schließ ich mich doch gerne an. Rob trägt einen prallgefüllten Picknickkorb, aus dem es köstlich duftet, und er hat eine zusammengerollte Decke unterm Arm. Nele öffnet das Tor zur Pferdeweide, sie gehen hindurch und sie macht das Tor wieder zu.

Hä? Was soll das denn? Der Hof ist riesengroß, und sie müssen ihr Lager ausgerechnet mitten auf der Weide vom Obelix-Pferd aufschlagen? Ich bin hin- und hergerissen. Mein Magen knurrt, aber ich hab Manschetten vor dem Riesenvieh. Pebbels nicht. Der schlüpft einfach unterm Draht durch und trottet hinter Nele und Rob her. Seine Nase klebt am Picknickkorb, und der scheint es wirklich in sich zu haben. Pebbels ist ein Feinschmecker, genau wie ich.

Rob breitet die Decke auf einem kleinen Hügel aus, die beiden setzen sich hin und genießen die Aussicht über die Ländereien. Doch Pebbels hält nichts von andächtigem Schauen. Er latscht so lange durch ihr

Blickfeld, bis Rob den Picknickkorb auspackt. Das ist der Moment, indem ich all meinen Mut zusammennehme, unterm Tor durchkrieche und über die Wiese presche. Das Obelix-Pferd ist zum Glück mit Grasfressen beschäftigt.

Rob hat wirklich an alles gedacht. Er hat Bockwürste für Pebbels und mich dabei, aber natürlich muss Nele ihm reinreden. Ich soll nur eine halbe bekommen. Begründung wie gehabt: Ich werde zu dick. Zum Glück setzt Rob sich durch. Weil ich hier auf dem Hof so viel Bewegung habe, muss ich ein ganzes Würstchen essen, meint er. Gesagt, getan.

Die beiden futtern Sandwiches, Kuchen und Erdbeeren. Als sie satt sind, legt Rob die Reste zurück in den Korb, damit Pebbels und ich nicht in Versuchung geraten. Ich krabble auf Neles Schoß und richte mich gemütlich ein. Eine Weile ist nur der Gesang der Vögel zu hören. Nele und Rob hängen ihren Gedanken nach, und Pebbels ist eingeschlafen.

Das Obelix-Pferd kommt vom anderen Ende der Wiese langsam auf uns zu. Es hat die Ohren gespitzt und schaut freundlich drein. Ich bleibe entspannt, auf Neles Schoß bin ich sicher. Sie lächelt dem Riesenvieh entgegen.

„Es ist einfach wunderbar, dass du das Heim für Pferde in Not eröffnest", sagt sie zu Rob, und setzt scherzhaft hinzu: „Du brauchst nicht zufällig eine Angestellte?"

Eine lange Haarsträhne hat sich aus seinem Zopf gelöst, er streicht sie langsam hinters Ohr. „Genau darüber wollte ich mit dir sprechen", entgegnet er.

Nele guckt ihn verwirrt an. „Worüber?"

„Ich könnte deine Hilfe wirklich gut gebrauchen. Ich will meinen Job nicht aufgeben, und außerdem muss ich noch einiges über Pferde lernen."

Nele schluckt. „Ist das dein Ernst?", fragt sie mit belegter Stimme.

Rob nickt nachdrücklich. „Du wärst die beste Heimleiterin, die sich die Pferde nur wünschen können."

Neles Herz klopft, sie will etwas sagen, aber sie kriegt kein Wort raus.

Rob legt ihre Hand in seine. „Abgemacht?", fragt er grinsend.

„Abgemacht", krächzt sie. Ihre Augen leuchten. Und plötzlich lacht sie befreit auf. „Das ist wunderbar, ich kann's noch gar nicht glauben! Das Wiesmoorer Heim für Pferde in Not, mein größter Traum wird Wirklichkeit! Wir müssen sofort anfangen zu planen."

Ihre Hand liegt noch immer in seiner, und er lässt sie auch dann nicht los, als sie über Sandpaddocks, Offenställe und Sponsoren sprechen. Sie planen Werbung im Internet, Fachzeitschriften und Zeitungen, und Rob fällt ein, dass die Frau eines Kollegen bei einem Heimatfernsehsender arbeitet.

Nele sprudelt über vor lauter Einfällen. „Wie wär's mit einem Hofcafé? Als zusätzliche Einnahmequelle. Wir öffnen nur am Wochenende, und locken damit bestimmt Spaziergänger und Radfahrer in diese schöne Gegend. Und interessierte Pferdeliebhaber natürlich."

„Eine tolle Idee!", meint Rob, und überlegt sogleich, welches der Nebengebäude sich für das Café eignet.

„Wollen wir es *Die Sattelkammer* nennen?", fragt sie, als die Gebäudefrage geklärt ist.

Rob hält inne, er bleibt stumm und schaut ihr unverwandt in die Augen. „Du bist wunderbar", sagt er schließlich.

„Ist das deine Antwort auf meine Frage?", erkundigt sie sich lächelnd.

Er schaut sie immer noch an. „Ich will dich küssen", raunt er.

„Oh…", macht sie, und dann kann sie nichts mehr sagen, weil seine Lippen auf ihren liegen. Sie küssen sich ausgiebig und obwohl es zu eng zwischen den beiden wird und ich deswegen meinen Platz räumen muss, bin ich sehr glücklich. Endlich wissen sie, dass sie sich ineinander verliebt haben. Warum sie so lange dazu gebraucht haben, ist mir wirklich ein Rätsel.

12

Ich hab kaum noch Zeit zum Nachdenken. Das liegt daran, dass ich so viel um die Ohren habe. Seit wir umgezogen sind, ist den ganzen Tag was los, und wenn ich mich zwischendurch mal hinlege, dann schlaf ich auf der Stelle ein.

Dies ist ein ganz besonderer Morgen, das merke ich daran, dass Rob mit einem geheimnisvollen Lächeln in die Küche schleicht. Ich hab wie immer auf der Eckbank übernachtet, und jetzt räkle und strecke ich mich, damit er bemerkt, dass er nicht das einzige wache Lebewesen im Haus ist.

„Guten Morgen, Kumpel", flüstert er, und strubbelt mir in gewohnt rauer Manier durch mein Fell. Ich grunze genüsslich.

„Nele hat heute Geburtstag", erklärt er, öffnet die Küchenschränke, und deckt den Tisch für zwei. Er schaltet die Kaffeemaschine ein, kocht Eier und wärmt Brötchen im Ofen auf. Dann stellt er Marmelade und Aufschnitt auf den Tisch, und schneidet eine Salatgurke in feine Scheiben. Ich schau ihm verwundert dabei zu. Wer, bitte schön, freut sich denn über eine Gurke zum Frühstück? Und dazu noch am Geburtstag?

Er hat eine große, bunte Karte geschrieben, und die platziert er mitten auf den Tisch. „Die wird Augen machen!", frohlockt er, und reibt sich schmunzelnd die Hände.

Ich spring von der Bank runter und geh nach draußen, um Pebbels zu wecken. Im Gegensatz zu mir schläft er am liebsten im Stall. Er liebt sein muffiges Strohbett, und er findet das nächtliche Rascheln und Knacken rundherum hochinteressant. Ich hab das mal eine Nacht ausprobiert und mich neben ihn ins Stroh gelegt. Das ist nicht mein Ding, das mach ich nicht nochmal. Da war vielleicht was los! Was tagsüber ein Riesenspaß ist, das ist nachts das reinste Gruselkabinett. Ich hab kein Auge zugemacht, und war am nächsten Tag dementsprechend gerädert.

Draußen ist es noch kühl, das Gras auf den Wiesen glitzert silbern, wir haben Spätherbst. Die meisten Blätter sind schon von den Bäumen gefallen, ein paar hängen noch an den Ästen, sie glänzen goldgelb in den Strahlen der Morgensonne. Der Wind macht heute Pause, ich halte meine Nase in die Luft und sehe kein einziges Wölkchen am Himmel.

Hinter der Scheune ist eine Ecke für Geschäfte, da flitz ich hin, und während ich mich erleichtere, lass ich den Blick über die Wiesen schweifen. Das Obelix-Pferd und die anderen Pferde stehen dösend in den Sandpaddocks. Rob hat auf einen Teil der vorderen Wiesen hellen Sand aufgefahren, und die Fläche in mehrere Parzellen aufgeteilt. Nele meint, wenn die Pferde Tag und Nacht Gras futtern, ist das nicht gut für ihre Gesundheit.

Eines der Pferde hat sich hingelegt. Es hält die Augen geschlossen, wackelt mit den Ohren und schnaubt ganz entspannt. Hei, wie wär's, wenn ich dich aufscheuche, du Faulpelz? Dich aus dem Hinterhalt anbelle und dir den Schreck deines Lebens einjage? Das wird lustig, das wird mir Spaß machen! Gedacht, getan. Den Unbeteiligten spielend, schlendere ich an der hölzernen Umzäunung entlang, und behalte den Schnarchsack im Augenwinkel. Er teilt sich seinen Auslauf mit einem struppigen Pony, und das bemerkt mich nicht, denn es wendet mir den Hintern zu und rupft Heu aus der Raufe. Ich befinde mich am perfekten Ausgangspunkt für meinen Angriff, bringe mich in Position und fixiere mein Ziel. Und dann, Achtung: Attacke!

Ich spring unterm Zaun durch, pflüge durch den schweren Sand und halte wie ein Geschoss auf das liegende Pferd zu. Und dann, als ich es erreicht habe, kläffe ich es lauthals an. Hallo, hier bin ich!

Aber hey, was ist mit dem denn los? Ich kläffe und kläffe, aber seine einzige Regung ist ein kaum merkliches Blinzeln mit einem seiner Augen, und das war's. Es bleibt genauso entspannt liegen wie zuvor, und ich komm mir plötzlich ziemlich dämlich vor. Mit meinem Affentheater hab ich seinen Kameraden auf den Plan gerufen. Der interessiert sich auf einmal nicht mehr für das Heu in der Raufe, und startet durch zum Gegenangriff. Mit angelegten Ohren, die Nase dicht überm Boden, galoppiert das struppige Vieh auf mich zu. Oha!

Ich geb ein jämmerliches Quietschen von mir, das ist mir einfach so rausgerutscht, und hau ab. Ich renn um mein Leben und entkomme den harten Hufen des Ponys nur um Haaresbreite, als ich unterm Zaun durchtauche. Mein Verfolger legt 'ne Vollbremsung hin und prustet wütend. Puh, ich bin in Sicherheit! Mein Herz klopft bis zum Hals, ich atme schwer, und ich guck mich unauffällig um, aber niemand scheint meine peinliche Niederlage beobachtet zu haben. Das struppige Pony glotzt zwischen den Holzlatten durch. Es könnte sich wenigstens für sein ungezogenes Benehmen entschuldigen, finde ich.

Empört kehr ich ihm den Rücken und flitz rüber zu Pebbels Pennbude. Die Spinnenweben im Türrahmen wollen mich aufhalten, aber ich presch einfach hindurch. Er liegt schnarchend im Stroh, ich weck ihn auf, er blinzelt mich träge hinter seinem Fransenvorhang an, und ich mach ihm Dampf unterm Hintern. Wenn er mich nicht hätte, würd er gar nicht mitkriegen, dass ein neuer Tag auf uns wartet.

Ich begleite ihn zur Scheunenecke, und dann gehen wir ins Haus. Nele und Rob sitzen am Frühstückstisch, sie küssen sich, futtern und scherzen. Ich spring auf die Eckbank und halte mich für den Fall der Fälle bereit. Pebbels bezieht direkt neben dem Tisch Stellung, er starrt unverwandt den Teller mit Aufschnitt an, er ist da offensiver als ich.

Nele freut sich über die bunte Karte, die Rob für sie geschrieben hat, und sie pustet alle Kerzen in einem Rutsch aus. Gemeinsam räumen sie den Tisch ab, und sie sind noch nicht ganz fertig damit, als von draußen ein Rumpeln ertönt. Jemand fährt in unsere Einfahrt, bremst auf dem Hof ab und hupt.

„Hört sich an, als bekämen wir Zuwachs", meint Nele mit Blick durchs Fenster. Sie stutzt. „Ist das Edu da hinterm Steuer? Das ist doch der Wagen meiner Eltern?! Und unser Pferdeanhänger?"

Es rumpelt wieder, Hufe trampeln auf dem Anhänger, ein Wiehern ertönt. Nicht weiter aufregend, finde ich, doch Nele ist ganz aus dem Häuschen. „Was hat das zu bedeuten?", fragt sie, und dreht sich zu Rob um, der sich verzweifelt um eine gleichmütige Miene bemüht.

„Komm mit", sagt er, fasst sie bei der Hand und die beiden gehen nach draußen.

Wow, da haben sie doch in der Eile glatt die Eierbecher, den Brötchenkorb und den Teller mit dem Aufschnitt auf dem Tisch stehen gelassen! Pebbels und ich werfen uns vielsagende Blicke zu. Nee, ich geh nicht auf den Tisch, das mach ich nicht! Das ist unter Strafe verboten.

Pebbels zögert nicht länger. Er hat's leicht, er braucht nur den Kopf ein bisschen zu drehen und schon fällt der Aufschnitt fast von allein in seinen Schlund. Ich spring von der Bank und kümmere mich um die Reste, die in reichem Maße auf den Fliesen landen. Er schiebt auch noch das übrig gebliebene Brötchen aus dem Korb hinterher, und ich genieße den Krümelregen, der auf mich niederfällt.

Nach Beseitigung aller Spuren treten wir Seite an Seite durch die Tür nach draußen und finden Nele in Tränen aufgelöst vor. Sie hält ein weißes Pferd am Strick, und ich frag mich, warum das ein Grund zum Heulen ist. Nach einer Weile komm ich dahinter, dass dieses Pferd Sunshine heißt, und dass es sich dabei um

Neles ehemaliges Lieblingspferd auf Udos Hof handelt. Sie weint also vor Freude.

„Wie hast du das nur hingekriegt?", schluchzt sie.

„Ganz einfach", erwidert Rob. Er grinst von einem Ohr zum anderen. „Ich hab die Besitzerin angerufen, wir haben einen fairen Preis ausgehandelt, und schon war der Kauf perfekt. Dann musste ich nur noch Edu überzeugen, dass er den Transport übernimmt."

„Keine große Sache", winkt der ab. „Ich hab früher mit dem Siebeneinhalbtonner ganz andere Frachten bewegt."

Rob wird ernst. „Wir hatten ja beschlossen, dass Obelix bis zu seinem Lebensende hierbleibt. Dasselbe soll auch für Sunshine gelten, finde ich."

Nele ist so überwältigt, dass sie kein Wort rauskriegt.

„Aber das ist natürlich deine Entscheidung, denn Sunshine ist dein Pferd."

„Mein Pferd?", echot sie.

Rob stellt sich vor sie hin. „Herzlichen Glückwunsch zum Geburtstag, mein Schatz", sagt er, nimmt sie in den Arm und küsst sie lange auf den Mund. Das Sunshine-Pferd scharrt indes gelangweilt mit dem Vorderhuf. Als sie sich voneinander lösen, flüstert Nele: „Das werde ich dir nie vergessen, Rob. Du hast mir das schönste Geburtstagsgeschenk meines Lebens gemacht."

Er lächelt, gibt ihr einen Kuss auf den Scheitel, und wendet sich dann Edu zu. Der hat Kuchenplatten und Torten im Kofferraum. Gemeinsam tragen sie die Köstlichkeiten ins Sattelkammer-Café und verstauen sie dort im großen Kühlschrank. Nele kriegt davon nicht viel mit, sie hat nur Augen für ihr Pferd.

„Bis später dann", sagt Edu, und klopft Rob freundschaftlich auf die Schulter.

Der legt den Zeigefinger auf die Lippen, und Edu nickt grinsend. Dann geht er zurück zu seinem Wagen und kuppelt den Anhänger ab. Seitdem er Rob bei den handwerklichen Arbeiten auf dem Hof hilft, hat er keine Rückenschmerzen mehr und verbringt kaum noch Zeit in seinem Keller.

Nele hat das Sunshine-Pferd zum alten Obelix gebracht, und der freut sich offensichtlich über die Gesellschaft. Die beiden beschnuppern sich, quietschen fröhlich, und dann machen sie ein Wettrennen. Nele kann sich an dem Anblick der Pferde nicht sattsehen, sie setzt sich auf eine der Holzbänke vorm Sattelkammer-Café und ich springe auf ihren Schoß.

So verweilen wir bis ihr einfällt, dass ja heute Sonnabend ist, und sie sich um das Café kümmern muss. Doch Rob meint, sie bräuchte nichts vorzubereiten, weil er das schon erledigt hat. Sie soll einfach sitzenbleiben und den Tag genießen.

Gegen Nachmittag lockt er sie unter einem Vorwand rein. Kurz darauf kommen Traute, Edu, Tine, Heinz, Regina und unsere ehemaligen Kollegen Silke und Niklas zu Besuch. Regina hat ihren neuen Freund mitgebracht, der heißt Adam und spricht eine lustige Sprache.

Mit Robs Hilfe schmücken sie in Windeseile den Hof. Sie hängen Ballons und Lampions an die Wäscheleine und in die Bäume. Außerdem bauen sie einen großen Schwenkgrill auf. Hach, ich liebe Grillfeste. Da fällt immer was ab, und zwar reichlich.

Als sie alles vorbereitet haben, ruft Rob Nele nach draußen, und reiht sich schnell bei den Gästen ein. Sie stehen im Halbkreis da wie ein Empfangskomitee, und als Nele aus dem Haus tritt, stimmen sie ein Geburtstagslied an. Dann applaudieren sie übermütig, überreichen Geschenke, umarmen sie und wünschen ihr alles Gute. Ihr kullern schon wieder die Tränen über die Wangen, weil sie nicht mit einer Überraschungsparty gerechnet hat. Das ist logisch, sonst wär's ja auch keine Überraschung. Ich finde, für heute hat sie allemal genug geweint.

Pebbels und ich mischen uns unter die Gäste, lassen uns streicheln und knuddeln, und als es Kaffee und Kuchen gibt, werden wir überreichlich bedacht. Außer Neles Geburtstagsgästen kommen auch ein paar fremde Leute zum Kuchenessen, und sie sind begeistert, wie gut er ihnen schmeckt. Traute sonnt sich in ihrem Lob. Sie berichtet den Leuten, dass sie jedes Wochenende verschiedene Kuchen und Torten fürs Sattelkammer-Café backt, und alle nach alten Hausfrauenrezepten anfertigt.

Am Abend macht Heinz das Feuer im Grill an, Pebbels und ich schauen interessiert zu, doch das Grillfleisch ist noch nicht in Sicht. Tine und Traute versorgen die Gäste mit Getränken, Silke und Regina stellen Teller, Salate und Brot auf die Tische. Reginas Freund Adam hat eine Gitarre dabei, er hockt auf einer der Bänke, und singt und spielt Countrysongs. Jedenfalls meint Tine, dass das Countrysongs sind, und die kennt sich mit Musik ja ganz gut aus.

Niklas singt mit, er hat eine gute Stimme und kennt alle Lieder. Ich hab gar nicht gewusst, dass der auch singen kann, und Silke offenbar auch nicht. Sie meint scherzhaft, dass er seinen Beruf verfehlt hat, und sie strahlt ihn an, als sie das sagt. Doch Niklas will weiter Redakteur bleiben, auch wenn sein Arbeitsweg jetzt länger ist, weil er jeden Tag nach Kleinburg fahren muss. Dennoch freut er sich über ihr Lob, das seh ich daran, dass seine Ohren ganz rot werden.

Pebbels und ich schlüpfen unter den Holzlatten durch in eines der Sandpaddocks. Weil alle Pferde inklusive des hinterhältigen Ponys gerade auf den Weiden sind, droht keine Gefahr. Wir wälzen uns ausgiebig im Sand, tollen herum und untersuchen die Pferdeäpfel, bis ein unbeschreiblich köstlicher Duft zu uns rüber weht.

Wie erhofft fallen Knochen von Koteletts und Rippchen für uns ab, und von Tine krieg ich den knusprigen Speckrand vom Bauchfleisch. Mir ist ein bisschen übel von all den Leckereien, und Pebbels geht's ganz ähnlich. Deswegen lassen wir uns auf den warmen Pflastersteinen nahe am Grillfeuer nieder und legen eine Verdauungspause ein.

Ein später Gast kommt um die Ecke und Nele kriegt einen Schreck, als sie sieht, wer das ist. Es handelt sich um eine Frau.

„Du hast Theresa ausfindig gemacht?", keucht sie, und Rob nickt nachdrücklich. Liebevoll nimmt er sie in den Arm und zieht sie an sich.

„Es ist an der Zeit, die Vergangenheit zu klären, findest du nicht?"

Sie schluckt und geht ihrem Besuch auf wackligen Beinen entgegen.

„Herzlichen Glückwunsch zum Geburtstag", sagt Theresa und überreicht Nele ein kleines Geschenk. Die ist sprachlos, und sie hat wohl für heute noch immer nicht genug geweint, denn es geht schon wieder los.

Edu verteilt Fackeln auf dem Gelände und zündet sie an. Zusammen mit den Lampions tauchen sie den Hof in sanftes Licht. Adam und Niklas stimmen ein bekanntes Lied an, und animieren die anderen Gäste zum Mitsingen und Mitklatschen. Heinz fordert Tine zum Tanzen auf, und schon schweben die beiden leichtfüßig an uns vorbei. Ich erhebe mich und geh zu Nele, streich an ihrem Bein entlang und setz mich auf ihren Schuh.

„Ich hab schon lange auf eine Gelegenheit wie diese gehofft", sagt Theresa. Sie kämpft ebenfalls mit den Tränen. „Um das, was seit Jahren zwischen uns steht, zu bereinigen."

„Ich find's großartig, dass du hergekommen bist", schluchzt Nele, hakt Theresa unter und führt sie zu einer Bank, die abseits von den anderen Gästen an der Hauswand steht. Die beiden setzen sich und ich spring auf Neles Schoß. Sie schweigen eine ganze Weile, das gibt ihnen Zeit, ihre Tränen zu trocknen und durchzuatmen.

„Am Tag nach dem Vorfall mit Udo bin ich nach

Hamburg zu meiner Tante gezogen. Ich wollte ein neues Leben anfangen, und vergessen, was passiert ist."

„Nach Hamburg?", wiederholt Nele erstaunt, und Theresa nickt.

„Du warst meine beste Freundin, und ich hatte dich verloren. Doch darüber hinaus hatte ich mehr verloren, als mir damals bewusst war. Ich war ziemlich lange in Therapie."

„Udo hat dich vergewaltigt", murmelt Nele dumpf, und Theresa nickt wiederum.

„Ich war zu feige, um ihn anzuzeigen. Er hätte alles geleugnet. Da bin ich lieber untergetaucht."

Nele fasst nach ihrer Hand. „Das tut mir so leid! Ich war gekränkt, verletzt und furchtbar enttäuscht. Und mein Selbstwert war komplett dahin. Als mir vor ein paar Monaten endlich klar wurde, was damals wirklich passiert ist, hatte ich furchtbare Schuldgefühle. Ich hätte dir helfen sollen! Du warst ihm ausgeliefert, und ich bin einfach abgehauen."

„Dich trifft keine Schuld", versichert Theresa. „Und mach dir um mich keine Gedanken. Ich bin jetzt sehr glücklich."

„Ich hab versucht, dich ausfindig zu machen. Aber das ist mir nicht gelungen", sagt Nele. „Du bist nirgendwo im Netz zu finden."

Theresa lächelt. „Dein Freund hatte mehr Glück."

„Ja, offenbar", meint Nele. Sie räuspert sich und sucht nach den richtigen Worten. „Du könntest Udo immer noch anzeigen."

„Das hab ich inzwischen auch getan. Ich bin

übrigens nicht die einzige. Seit bekannt wurde, dass er der Pferdeschänder ist, haben sich vier Frauen bei der Polizei gemeldet. Alles Reitschülerinnen, die sich genau wie ich nicht getraut hatten, den Mund aufzumachen."

Nele lehnt sich zurück und atmet geräuschvoll aus. „Oh mein Gott", haucht sie.

„Er wird hoffentlich eine Weile hinter Schloss und Riegel bleiben", meint Theresa. „Und *wir* werden hoffentlich wieder Freundinnen", fügt sie hinzu und drückt Neles Hand ganz fest. „Ich ziehe nächsten Monat wieder hierher in diese Gegend. Ich hab einen Job gefunden und würde mich wirklich freuen, wenn wir uns ab und zu treffen könnten."

„Oh Theresa, das ist ja wunderbar!", jubelt Nele und fällt ihr um den Hals. „Ich freu mich so!"

„Wir könnten uns sogar zum Reiten verabreden, wie's aussieht", meint Theresa mit Blick auf die Pferdekoppeln.

„Wann immer du willst", erwidert Nele freudestrahlend.

Robs Gesicht wird von einer Fackel erhellt. Er schaut mit besorgter Miene zu uns rüber, seine Sorgenfalten glätten sich und er wendet sich wieder Edu zu. Der drängt darauf, die nächsten Baumaßnahmen zu besprechen.

Theresa ist Neles Blick gefolgt. „Rob scheint ein toller Mann zu sein", meint sie.

Nele streicht eine Haarsträhne aus ihrem Gesicht, aber die ist gleich wieder da. Sie nickt nachdrücklich. „Er ist wunderbar."

„Fast so wunderbar wie mein Patrick", erwidert Theresa, und lächelt verschmitzt. „Wir wollen im März heiraten."

„Wirklich?", ruft Nele. „Warum hast du ihn nicht mitgebracht? Ich würde ihn gerne kennenlernen. Und Rob bestimmt auch!"

„Die beiden kennen sich schon", erwidert Theresa, und als sie Neles kullerrunde Augen sieht, fügt sie grinsend hinzu: „Sie sind seit kurzem Arbeitskollegen."

Ich spring von Neles Schoß runter und geh zurück zu Pebbels. Der liegt noch immer bewegungslos neben dem Grill, ich stups ihn an, er brummt träge, und ich kuschel mich an seinen Bauch. Weil die Kohlen inzwischen verglüht sind, hat Edu kleingehacktes Feuerholz in der Grillschale angezündet, und das knackt und prasselt und verbreitet herrliche Wärme.

Als sich die Gäste verabschieden, wach ich wieder auf. Gähnend recke und strecke ich mich und bemerke, dass mich ein leichtes Hungergefühl überkommt. Leider wurde inzwischen alles Essbare vom Tisch geräumt, aber jetzt, wo die Gäste weg sind, lohnt es sich durchaus, nochmal den Fußboden unter den Bänken und Tischen in Augenschein zu nehmen.

Nele und Rob halten sich an den Händen und schauen über die Ländereien, die doch jetzt im Dunkeln gar nicht zu sehen sind. Von den Pferdekoppeln ist ein prustendes Schnauben zu hören und kurz darauf ein wohliges Seufzen. Das Feuer ist fast runtergebrannt, doch die Fackeln und Lampions erhellen den Hofplatz. Eine der Fackeln taucht die Gesichter meiner beiden

Lieblingsmenschen in warmes, goldenes Licht.

Ich lass die Krümel unterm Tisch liegen, und setz mich still neben Nele auf den Erdboden. Ich hab das Gefühl, dass dies ein besonderer Moment ist.

„Ich liebe dich, Nele", sagt Rob mit bewegter Stimme, und zieht sie an sich.

„Das hast du noch nie zu mir gesagt", murmelt sie dicht an seinem Ohr.

„Ich hab mich schon bei unserer ersten Begegnung tierisch in dich verliebt", gesteht er.

Sie räuspert sich, ihre Stimme versagt. Sie wird doch wohl hoffentlich nicht schon wieder anfangen zu weinen?

„Ja?", krächzt sie.

„Und inzwischen spüre ich, dass es viel mehr ist als Verliebtsein. Es ist viel größer, mächtiger, es ist allumfassend, verstehst du?"

„Ich weiß, was du meinst, denn ich empfinde ganz genauso", sagt sie lächelnd.

Ihre Augen strahlen wie die Sterne am Nachthimmel. Und dann küssen sie sich, und halten sich so fest, als wollten sie sich nie wieder loslassen.

Ich trabe zurück zu den Bänken und Tischen, doch die Krümel sind verschwunden. Pebbels liegt lang auf dem Bauch auf den warmen Pflastersteinen nahe der Grillschale, er hält einen Kotelettknochen zwischen den Vorderpfoten, und nagt hingebungsvoll daran herum. Hey, wo hat er den denn aufgetrieben? Ich stups ihn mit der Nase in die Seite, aber er denkt gar nicht daran, mir den Knochen zu überlassen. Da fällt mir ein, was ich vorhin in der Scheune entdeckt hab. Wie der Blitz zisch ich los, quetsch mich durch die kleine Luke, durchquere den ehemaligen Hühnerstall, flitz weiter ins nächste Gebäude, entere die Scheune und da liegt es: Ein kleines weißes Ei, besser gesagt, die kaputte Schale davon. Staub und Vogelkacke kleben daran, genauso, wie Pebbels es liebt. Vorsichtig nehm ich die Schale zwischen die Vorderzähne, und flitz so schnell ich kann zurück.

Vom Knochen ist nicht mehr viel übrig und Pebbels lässt ihn achtlos liegen als er sieht, was ich da anschleppe. Ich leg das Vogelei auf den Boden, und er macht sich gierig darüber her. Die Schale knackt und knirscht zwischen seinen Zähnen, ein paar Stückchen fallen ihm beim Kauen runter auf den Boden. Ich schnapp mir den Rest des Knochens und bemerke entzückt, dass da sogar noch ein winziger Fetzen Fleisch dran klebt.

Das Leben besteht aus einer Menge von Dingen – großen Dingen und kleinen Dingen, wichtigen und unwichtigen. Die meisten Menschen konzentrieren sich auf die Dinge, die sie für groß und wichtig halten, und nehmen die kleinen Dinge kaum wahr. Dabei liegen die größten Freuden des Lebens im Kleinen. Das kann ein wärmender Sonnenstrahl sein, oder ein winziger Fleischfetzen am Kotelettknochen. Ja, es sind die kleinen Dinge, die das Leben reich und wundervoll machen.

ÜBER KARIN KÖSTER

Karin Köster ist Autorin, freie Journalistin und Songtexterin. 1999 erschien ihr Romandebüt „Männer unerwünscht" im Bastei-Lübbe Verlag, nachdem sie erfolgreich an einem Wettbewerb für Jungautorinnen teilgenommen hatte. Mit ihrem Roman SPÜRNASE hat die Autorin ein neues Genre erschaffen: Krimi-Liebesroman mit Fellbesatz.

„Männer unerwünscht" wurde in einer überarbeiteten Neufassung als E-book auf Anhieb zum Bestseller. 2013 erschien der Nachfolgeroman „Lass beim Sex die Socken an" und wenig später wurde die Trilogie um die chaotische Heldin Doris Sack mit „Schnittenfänger" komplett.

2009 war das Geburtsjahr des ersten Bremerhaven-Krimis „Kein Mord wie jeder andere", erschienen im Schardt-Verlag. Die 67-jährige Heldin Martha Millers wohnt in einem Seniorenheim und löst auf chaotische Weise einen Mordfall. In „Wer zweimal stirbt, dem glaubt man nicht" (2011) sucht Martha Millers nach einer verschwundenen Leiche und setzt dabei ihr Leben aufs Spiel.

Die leidenschaftliche Autorin ist Pferdefachfrau und hat in ihrem hilfreichen Sachbuch „Praktischer Ratgeber Sommerekzem - Ein Weg zur Heilung" ausgetrampelte Pfade verlassen. Regelmäßig bedanken sich Leserinnen und Leser bei der Autorin, nachdem sie die Tipps erfolgreich umgesetzt haben und die Pferde wieder gesund sind.

Karin Köster liebt die Natur, Tiere, Menschen mit Herz und natürlich das Schreiben. Sie lebt in einem kleinen Dorf in Norddeutschland und genießt die Ruhe, um ihrer Kreativität freien Lauf zu lassen. Neben

Büchern schreibt sie Songtexte, die von Marcus Friedeberg vertont werden. Einige ihrer Songs sind auf Youtube zu finden.

Regelmäßig veranstaltet sie Lesungen mit Begleitung der Musiker Joanna Scott-Douglas und Marcus Friedeberg.

Aktuelle Informationen gibt es auf:

http://www.karin-koester.de und

www.facebook.com/koester.karin